BEL - AVENIR

AKLI Tadjer

BEL - AVENIR

ROMAN

J'AI LU

Pour Nawel & Inès

Tombe la neige.

Chanson populaire

1

— Ce soir ça ne va pas être possible. La prochaine fois, si Dieu le veut.

— T'occupe pas de Dieu. Je négocierai avec lui le moment venu.

Elle force le sourire, hoche la tête pour dire encore non, croise dans le dos ses mains mouillées. J'insiste. Elle ne peut pas me refuser. Pas aujourd'hui. Pas ce soir. Pas un soir comme celui-là. Je sors mon portable, lui fais écouter le message enregistré dans la boîte vocale : « *Bonjour monsieur Omar Boulawane, je suis Claire, l'assistante de M. Duvernoy. Votre candidature a été retenue. Soyez à neuf heures au* Nouveau Siècle, *par avance merci.* »

— Un dîner en tête à tête comme des vrais amoureux. Je vais réserver la meilleure table au Bœuf Couronné, celle qui donne sur la cour avec les palmiers géants en plastique.

Elle essore sa serpillière dans le seau d'eau poisseuse, l'enroule autour de son balai et, sans me regarder, continue de frotter le carrelage à damier ébréché du palier. Je la retiens par le bras. Elle lève la tête, hausse ses épaules tout en os. Je pique dans ses grands yeux sombres.

— Ne me fais pas ça. Je veux exploser avec toi, ce soir.

— Je ne suis pas chez les toubabs pour exploser. Je suis là pour gagner des sous. Je te l'ai déjà dit cent fois.

Angélina fait l'escalier, sort les poubelles, balaie la cour depuis que Conchita, ex-concierge, ex-amante, a déserté sa loge pour prendre la fuite avec l'agent du gaz venu relever les compteurs. Ah Angélina ! Il m'en a fallu des amabilités, des ronds de jambe, du fayotage XL pour lui arracher un soupir, un sourire, un rire. Si ce n'était cette glissade sur les marches mouillées qui me fit dévaler tout un étage sur le fion, nous serions toujours étrangers l'un pour l'autre. Je n'aurais jamais su qu'elle arrivait de Mandouwa, un trou perdu dans la brousse du Burkina.

Deux ans déjà qu'elle est à Paris la Cosette en négatif. Même dans ses cauchemars les plus noirs elle n'avait pas imaginé que, par-delà les déserts et la mer, par-delà les monts et les merveilles, elle serait là, une serpillière à la main, à décrasser les cages d'escalier. Elle s'était rêvée en aube blanche, sur des parvis d'église, à chanter au cœur d'un gospel, Dieu, la fraternité, et puis l'amour. Et lorsqu'elle chante, comme souvent : « *Oh happy day* », sa voix rauque et brûlante résonne du premier au dernier étage de l'immeuble comme une tendre mélopée tirée de ses songes brisés.

— Et notre belle journée, à nous, dis, c'est pour quand, Angélina ?

Elle met sa main devant sa bouche, puis comme pour un strip-tease elle ôte ses longs doigts noirs les uns après les autres pour dévoiler un sourire qui me rend fou d'amour.

— Si t'aimes pas le Bœuf Couronné, on peut voir ailleurs. C'est toi qui décides. Je signe pour un mafé, un couscous au poisson, un kebab, un riz cantonais. Je signe tout ce que tu veux pour être avec toi ce soir.

— Il me reste la cage du 24 et du 32. La concierge du 54 m'a dit qu'à l'Abreuvoir il cherche quelqu'un.

J'irai voir tout à l'heure si j'ai assez de force. Pour nous deux, ça sera pour une autre fois, *Inch Allah*.

Elle reprend son seau, sa serpillière, son balai, descend un étage, un autre, disparaît... Pas de *happy day*, ce soir.

Comme je ne tiens pas à fêter mon embauche en solitaire, je sonne Godasse pour l'inviter à ma table. Bien sûr, j'ai choisi l'Abreuvoir avec le secret espoir de croiser, sur le tard, ma gazelle du Sahel. Ce petit restaurant de quartier est tenu par Maurice, un Auvergnat au teint mat, court sur pattes, taiseux, qui ressemble à un Nord-Africain. D'ailleurs, sa clientèle ne l'appelle pas Maumau comme Maurice, mais Momo comme Mohamed. Sa femme est une grande tige aux yeux sales qui ne sort de sa cuisine que pour brailler : « Tête de veau ! Une ! » Il faut dire qu'en toute saison la spécialité de la maison c'est tête de veau avec patates à l'eau à gogo.

Godasse toutouille un morceau de cerveau gélatineux dans la sauce gribiche qui, à cette heure, file au liquide verdâtre.

— Tu vas enfin pouvoir t'installer dans le durable. Sans doute même que tu vas fonder une petite smala avec plein de petits Boulawane qui vont te les briser menu.

Je ne relève pas. L'idée de me reproduire m'a toujours paru une absurdité, une mauvaise blague, du gâchis assuré. Mon respect pour l'humanité et l'environnement m'a aussi dissuadé de me prolonger.

Après avoir craché un bout d'os dans son assiette, Godasse me harcèle, me tiraille, me talonne les chevilles ; il veut savoir par quel miracle j'ai dégoté cette place.

— C'est grâce à ma voisine de palier.

Tous les après-midi, Odette fréquente le Ball-Trap, un dancing de la rue de Lappe. Entre tango, paso, mambo, elle a tiré un gros pigeon : Martial, de son prénom. Un grand blond, large d'épaules, avec des yeux gris-vert comme la mer en hiver du côté de Berck. Et avec ça, une voix ! Elle m'a juré que lorsqu'elle était dans ses bras, qu'elle fermait les yeux, qu'elle posait sa tête tout contre sa poitrine, elle avait l'impression d'entendre Gérard Depardieu. Elle m'a fait grâce de ses coups de boutoir qui l'ont tétanisée de bonheur. Comme il était question d'autres rendez-vous, elle m'a incité à rédiger un courrier qu'elle s'était chargée de lui remettre en mains propres car le fameux Martial, Duvernoy de son patronyme, tient une place importante dans la presse.

Quelle presse ? que j'avais demandé.

Elle avait levé les yeux jusqu'au blanc pour me signifier qu'elle n'en savait rien, et qu'elle s'en fichait à un point qui pouvait me donner une idée de l'infini.

En une année de chômage, j'avais posté des dizaines de CV tous plus ou moins bidonnés. Je m'étais bardé de diplômes d'universités inconnues à ce jour. Je m'étais inventé des expériences professionnelles aussi improbables qu'invérifiables. Ainsi, quand j'appris que l'Irish Tavern de la place de la République recherchait un garçon de salle, j'avais expédié une bafouille faisant état de mes services dans de nombreux pubs du Connemara... Connemara, nom que j'avais honteusement pompé dans une chanson de Michel Sardou. Quand Partenaire & Partner, cabinet de détectives privés, recrutait des spécialistes de la filature, j'avais fait part de mon expérience, arguant que j'avais passé des heures et des nuits à pister mes femmes infidèles. Quand la mairie avait lancé un appel d'offres pour engager un écrivain public, j'avais rédigé une lettre de motivation dans laquelle j'avouais toute l'affection que m'inspirait le peuple des analphabètes, étant moi-même fils, petit-fils, arrière-petit-fils d'analphabètes... J'avais remonté la filiation jusqu'à Barberousse le pirate, à cause des poils roux qui s'insinuent sournoisement entre mes cheveux noir corbeau. Quand l'hypermarché de la porte de Bagnolet engageait pour les fêtes de fin d'année des Pères Noël, j'avais découpé la photo d'un Père Noël dans le catalogue des 3 Suisses en jurant sur la tête de mon père (qui ne l'avait plus puisqu'il était mort depuis lure-lure) que ce bonhomme mafflu en robe rouge avec sa barbe blanche et son nez de pochetron, c'était bien moi. Quand Muslim Brother's, une association guidée par un imam célèbre pour l'admiration sans borne qu'il voue à Ben Laden, enrôlait des éducateurs pour former aux choses de la religion de jeunes gangsters de banlieue, j'étais allé me faire tirer le portrait au Photomaton après avoir jeûné durant sept jours et m'être abstenu de me raser autant de temps. Ainsi, le teint terreux, l'œil cerné de fatigue, les joues creusées et salies par cette barbe naissante, on aurait juré que je briguais une place de martyr chez Al-Qaïda. Pour faire bonne mesure, j'avais spécifié au dos de la photo : À mort l'Occident ! *Allah ou Akbar !* Oussama vaincra ! et j'avais signé dans un arabe approximatif : Boulawane Le Pieux. Approximatif, car les lettres composant mon patronyme tenaient plus de vers de terre anémiés que de la calligraphie orientale... Quand... Quand... Quand...

Tous ces courriers étaient restés lettre morte. De guerre lasse, je finissais par m'envoyer des CV que je rejetais systématiquement... Trop ceci, trop cela, trop rien, trop mytho, trop schizo, trop barjot, trop, trop, trop...

Alors que je n'espérais plus rien de rien, la sonnerie de mon portable me sortit de mes jours inutiles. « *Vous avez un nouveau message... Bonjour monsieur Omar Boulawane, je suis Claire, l'assistante de M. Duvernoy. Votre candidature a été retenue...* »

— Pourquoi elle n'est pas avec nous, ta bienfaitrice ? questionne encore Godasse en fouillant ses poches à la recherche de son paquet de cigarettes.

La vie d'Odette est réglée comme du papier à musique. Après le thé dansant au Ball-Trap, si elle n'a rien levé, elle rentre chez elle se requinquer et se remettre en beauté. Puis à la tombée du soir, elle s'en retourne à la chasse au New-Delit, un rade sur le canal de l'Ourcq où l'on danse, picole, karaokette jusqu'à en perdre la tête. À l'heure des slows, des mains au panier, des « t'as de beaux yeux, tu sais », elle repart rarement bredouille, la donzelle.

Godasse allume une Marl. Il tire une longue bouffée, expulse d'un jet la fumée par le nez et frotte ses index l'un contre l'autre.

— Toi et elle, c'est une affaire qui roule ?

Je ne suis pas un Omar-couche-toi-là. Même lorsque la testostérone suinte par tous les pores de ma peau, j'ai besoin de sentiments pour passer à la casserole. Pour Odette, de l'amitié, j'en ai à revendre, mais de sentiments : *wallou*. Elle peut se déhancher du pelvis en marchant, porter des chemisiers échancrés jusqu'au nombril, mon cœur demeure imperturbable. Soixante-dix pulsations la minute. Pas une de plus. Pourtant elle ne manque pas d'atouts, ma voisine. On la croirait sortie d'un roman de gare désaffectée. Des yeux mauves façon Liz Taylor, des cheveux Blond Suprême de chez L'Oréal parce qu'elle le vaut bien, une peau sans aucune ride malgré son demi-siècle et une paire de rotoplos qui secoue la libido du vicelard du sixième, un vieux machin monté sur charentaises, la main toujours à portée de braguette. Pour affiner le portrait, elle a été Clodette avant de bâcler sa carrière aux Folies-Bergère dans l'ombre de Lisette Malidor. De la bergère il ne reste que ses longues gambettes qui ne savent que danser, danser, danser et de la Clodette il ne reste plus qu'Odette qui se regrette devant le poster jauni, placardé au mur de son séjour, où, en habit de lumière, elle couvait d'amour le chanteur d'*Alexandrie, Alexandra*, Ah !

Godasse écrase son mégot dans le cerveau de veau refroidi, demande l'addition que Momo glisse en loucedé sous la nappe en papier vichy avant de repartir en traînant la savate. On se fait des politesses comme des gens bien éduqués : « N'insiste pas, c'est pour moi... Je n'en ferai rien, cher ami... Ou Allah, c'est pour moi... »

À ce jeu-là, Godasse dégaine le premier une liasse d'euros en coupures de cinquante.

— Quand tu seras riche, tu passeras à la caisse, Omar.

— Pas question. C'est moi qui t'ai rameuté, c'est à moi de banquer, Godasse.

Godasse : ça ne lui plaît pas. Ça ne lui a jamais plu. Il rengaine ses billets, soupire d'agacement, tape du poing sur la table.

— Atterris, Omar. On n'est plus à Bel-Avenir. Oublie Godasse. J'en peux plus de te le répéter. *My name is Oskar ! Capito ?*

— C'est comme un tic, que je réplique. Je peux pas faire autrement. Pour moi, tu seras toujours Godasse.

Godasse, Oskar Godaski de son vrai nom, est le seul ami qui me reste de l'enfance. Les autres pourrissent en prison, dans des asiles psychiatriques ou ont disparu, ventilés aux quatre coins de nulle part, depuis que la cité Bel-Avenir a été rasée pour faire place à une zone industrielle hérissée d'icebergs en aluminium avec au beau milieu un centre commercial : Bel-Avenir 2. Dans ce paradis de la consommation on trouve un petit manège avec des z'avions qui montent et descendent pour faire patienter les morveux pendant que papa et maman bourrent les chariots de bouffe bradée, massacrée, sacrifiée. On y trouve, encore, une annexe du commissariat de police pour rassurer monsieur Auchan, un Jardiland pour les chrysanthèmes en novembre et les pieds de tomates à repiquer sur le balcon pour l'été, un McDo pour draguer les ados. Les frites, mayo ou ketchup ?

Et le Coca ? Normal ou Maxi ? Elle est pas belle, la vie, à Bel-Avenir 2 ! Mais oui, vous pouvez payer à crédit ce bonheur en kit, suffit de signer là, au bas du contrat. Pour les illettrés, une croix suffit. Roulez bolides ! Roulez jeunesse ! Décrochez le pompon ! Le prochain tour est gratuit.

Je disais donc... Godasse est le seul ami qu'il me reste de l'enfance. Tout en muscles, le sourire facile, des yeux trop bleus pour être honnêtes, la mèche blonde plaquée sur le front, il était toujours nippé dernière mode et rendait haineux tous les pouilleux que nous étions. Et, comme si tout ça ne suffisait pas, il avait une belle gueule, le salaud. À distance, on le prenait pour le fils de Robert Redford. Ses parents, des Polacks – comme on peut s'en douter –, tenaient le magasin de chaussures de Bel-Avenir. Godaski... Godasse. C'est moi qui lui avais trouvé ce surnom. Pas de quoi se vanter, j'en conviens, mais aucun n'avait pensé à mieux dans la cité. Toutes les girelles lui tournaient autour. Certaines s'imaginaient en madame Godasse derrière une caisse enregistreuse à compter la monnaie. D'autres, plus ambitieuses, se voyaient faisant fructifier l'affaire pour que l'enseigne Godaski devienne un empire de la chaussure. Quelques-unes, plus modestes, espéraient juste un coup de quéquette entre deux portes, entre deux cours, entre deux courants d'air. Mais Godasse ne voulait pas de ces amours-là. Il voulait de l'amour avec un grand « A », de la love story tout pareil que dans les romans de la collection « Émois et Moi »... « *Il était une fois une bécasse amoureuse d'un dindon* »... Hélas, la bécasse ne s'est jamais posée dans notre quartier. Le dindon se contenta, alors, d'amours avec un « a » minuscule en se jetant à corps perdu dans une carrière qui fit mourir de honte son pauvre papa. Gigolo. Un petit hareng de district pour débuter. Suzanne, la bijoutière, lui bagua les doigts de chevalières à maquereau. Pour quelques boîtes de foie gras, il entreprit Mafalda, la bouchère, dans la chambre froide entre carcasses de bœuf et foies sanguinolents. Contre un plat de couscous, deux cornes de gazelle, une poignée de glibettes, Zoubida, la deuxième épouse du Roi du Couscous, se roula dans la semoule pendant que son mari faisait le zouave à La Mecque. Il se racontait aussi que l'adjointe au maire, déléguée à la jeunesse et à la famille, eut droit à ses faveurs. En échange de quoi ? Mystère. On soupçonnait un coup de piston phénoménal car il obtint, dans des délais supersoniques, un studio avec vue sur le seul arbre de Bel-Avenir où il put exercer ses coupables activités en toute quiétude.

Un jour qu'il faisait relâche, le génie le frappa.

— La mienne est entière. La tienne est coupée. Si tu veux, on va créer un cabinet de conseil en sexologie, qu'il m'avait proposé.

Il m'avait fait miroiter la perspective d'un marché sans limite et la fortune à ne plus savoir qu'en faire. Je n'avais pas beaucoup de moralité, mais de là à faire la putain, je m'espérais un autre destin. Il avait insisté. J'avais résisté. Le ton était monté. Puis ce fut des torrents d'insultes. Avant d'en arriver aux mains et aux poings, il avait pris ses cliques, moi mes claques, et on s'était séparés là-dessus.

Bien des années plus tard, alors que je sortais du New-Delit, je me fis percuter par une auto pilotée par le pignoleur... Cheville foulée. Amitié renouée.

Il avait persévéré dans la carrière. Il avait même pignon sur rue. Sur sa carte de visite, j'avais lu : Oskar Godaski, Sparring-Partner Sexuel.

À l'écouter, il était l'unique spécimen du genre à exercer ce job en France. Ses patientes, comme il les appelle, sont essentiellement des femmes de la haute bourgeoisie, mises au rancart par leurs époux qui préfèrent fureter du côté des jeunes filles en fleur dénicheuses de carte Premium. Pour une poignée d'euros la consultation, il vient à bout de leur misère en enseignant l'art de l'illusion. Leçon numéro 1 : Comment ranimer la flamme des premiers instants. Leçon numéro 2 : Comment faire croire à un mari volage qu'il est, malgré sa calvitie, son haleine fétide, son gros ventre, son humour de garde-barrière, le Cupidon des premiers instants. Leçon numéro 3 : Comment rendre son mari jaloux après tant d'années de vie commune. Pour les travaux pratiques. il professe l'art de la caresse sur peau flétrie, l'art du baiser velouté sur lèvres gercées, l'art du pompier sur bite démotivée et toutes sortes de plaisanteries qu'il préfère garder secrètes.

Pour me sortir de la mouise dans laquelle je pataugeais sans fin, il avait essayé de me fourguer une de ses patientes pacemakerisée, alzheimerisée, héritière d'une chaîne de maisons de retraite. Il m'avait garanti que, contre un peu d'humanité et quelques gâteries, je pourrais lui soutirer un bon paquet d'oseille. Suffisait simplement de la ménager car elle fonctionnait sur la réserve. Une semaine d'hésitation plus tard, j'arrivais chez la patiente avec une brassée de roses rouges. Il était trop tard. Les croque-morts enlevaient la dépouille sous mon nez.

Belle réussite, mon ami Godasse. Son cabinet ne désemplit pas. Il vit rue de la Pompe (ça ne s'invente pas), dans un immeuble cossu, comme on dit pudiquement. À chaque palier, on croise des statuettes de marbre, des angelots cul nu ou des bustes d'illustres inconnus. Dans l'ascenseur, la moquette est plus épaisse que mon matelas. J'arrête là la description, parce que le reste est à l'avenant. Godasse loge au septième et ultime étage dans un vaste appartement. Une pièce est le séjour, peint tout en blanc avec juste un canapé noir, une table basse en marbre et une télévision à écran plasma posée à même le parquet.

Une autre pièce est la chambre à coucher dans laquelle il ne dort jamais, il préfère son canapé. Elle fait office de dressing. Une autre pièce encore est son cabinet de consultation. Au bout du couloir, entre la salle de bains et les toilettes, il y a une cuisine qui ne sert à rien. Il n'y a ni réfrigérateur, ni placard, pas même de quoi se faire un kawa. Lorsqu'on ouvre la fenêtre et que le ciel n'est pas trop bas, on voit la tour Eiffel, les Invalides et, plus loin encore, on devine, dans la grisaille perpétuelle de la banlieue, Bel-Avenir 2.

Minuit sonne à l'horloge Ricard au-dessus du bar. Momo éteint les néons en réclamant son dû. La porte s'ouvre. La silhouette d'Angélina se distingue dans la pénombre et mon cœur s'emballe comme chaque fois. Elle essuie les flocons de neige fondus sur sa peau noire, soupire un timide bonsoir puis elle jette un regard circulaire dans la salle. Momo rallume un néon, l'évalue de haut en bas avec intérêt, lui demande ce qu'elle veut. Lessiver. Balayer. Nettoyer. Voilà ce qu'elle veut à minuit pile. La grande tige aux yeux sales sort de sa cuisine. Elle postillonne des mots à l'oreille de son mari que celui-ci traduit instamment.

— Pas de fiche de paye. Tout de la main à la main. Mais y a des compensations. Si t'as une bonne gamelle, tu pourras faire le plein. Chez nous, c'est tête de veau.

Angélina a l'habitude de travailler au noir ou au black. La différence de vocabulaire tient de l'employeur. Quand c'est un Gaulois, ça ne fait pas dans le subtil mais ça a le mérite d'être clair : c'est du travail au noir. Pour l'escalier de l'immeuble et les poubelles, c'est du black. Son boss est un jeune homme de bonne famille qui a fait des études de management chez les Anglais. Il lui en est resté quelques séquelles. Il n'emploie que des jeunes gens, sans-papiers de préférence. Passé trente ans, on n'a plus aucune chance. Angélina en a vingt. C'est ce qu'elle lui a déclaré pour se faire embaucher. Elle m'avait raconté ça... c'était... il y avait une coupure d'eau dans l'immeuble, ce jour-là... une canalisation qui avait lâché. Elle chômait assise sur les marches en attendant qu'on répare. J'avais ouvert ma porte, lui avais proposé du thé à la menthe pour la réchauffer. Le vicelard du dessus était sorti sur le palier. Il l'avait rejointe, lui avait frôlé un sein, avait dégainé une baveuse de lama.

— Laissez venir à moi les petits enfants, qu'il jubilait.

Angélina l'avait rembarré à coups de serpillière et s'était réfugiée chez moi.

Du thé, j'en avais plus. En revanche de la menthe, j'en cultivais dans des pots sur le rebord de la fenêtre. Alors, on avait fumé de la menthe en attendant que la fuite d'eau soit colmatée. C'était de la menthe pour grand voyageur. Après trois taffes, elle était déjà rendue là-bas, au Burkina. Elle avait des sœurs, des frères, une mère et plus de papa, Angélina. À dix ans, fini l'école. Tous à la plantation de coton. Le dimanche matin, elle allait prier au temple puis elle chantait des bondieuseries devant le barbu cloué sur ses planches de bois. À dix-huit ans, elle avait demandé un visa pour la France. Elle avait de la famille du côté de son père. Un tonton bienveillant qui l'aiderait à gagner de quoi nourrir la tribu. Après des mois d'attente, un jour ce fut le bingo : Visa sur le passeport.

Dans l'avion, ça bouillonnait dans sa tête. Pour commencer, elle irait s'inscrire dans un gospel. Ça, elle y tenait plus que tout. Puis elle s'était dit : Je ferai ça de ma vie. Non, mieux encore, je ferai ça et ci de ma vie. Non, mieux encore, je ferai... Je serai... Je ferai... Je serai. Et tout s'était embrouillé. À l'aéroport, Tonton lui avait ouvert grands les bras. C'était un vieux nègre chenu avec une femme à demi dingue et une armée d'enfants. Combien ? De quoi constituer une équipe de rugby avec ses remplaçants.

— Tu es la plus jolie fille du Burkina. Méfie-toi, Angélina. Ici, c'est le pays des loups. Viens tout près de moi que je te protège, ma nièce.

L'affaire s'était très vite, très mal terminée. Tonton la voulait pour nouvelle épouse. Les mots volèrent bas. Dans un accès de fureur, Tonton avait déchiré le passeport de la plus jolie fille du Burkina, puis l'avait jetée à la rue.

De nuit blanche en aube crasseuse, Angélina avait dérivé dans le dix-neuvième arrondissement de Paris puis échoué dans un squat de la rue de Tanger. Elle avait fait une demande de carte de résident à la préfecture. Des lunes et des lunes qu'elle attendait un signe.

On avait, encore, fumé quelques feuilles de menthe. J'avais osé ma main sur sa main. Elle n'avait pas bougé. Je l'avais prise dans mes bras, serrée fort, très fort. Elle ne s'était pas dérobée. J'avais posé mes lèvres humides sur ses lèvres froides. J'avais glissé une main tremblante sous son gros pull, caressé ses petits seins... Soudain le robinet de la douche, que j'avais laissé ouvert, s'était mis à pisser à gros jet. Et l'on entendit de la cage d'escalier le visqueux du dessus s'écrier : « Enfin de l'eau. C'est pas dommage ! »

— J'ai des sentiments pour toi, Angélina, que je m'étais permis pour la retenir.

— Qui peut avoir des sentiments pour moi ? Je ne suis rien. Même pas l'ombre de ma serpillière.

Elle avait baissé la tête et s'était mise à chialer à gros bouillons, sans prévenir. En traître. J'avais bafouillé plein de pardons. Je n'avais rien trouvé de mieux à dire. Du plat de la main, j'avais essuyé ses joues mouillées de larmes. Elle avait repris son seau, sa serpillière, son balai. Je n'avais plus essayé de la retenir.

Momo lui tend un tablier. Sa grande tige aux yeux sales lui montre la cuisine, l'éponge, la montagne de vaisselle laissée en souffrance dans l'évier. Angélina enlève son paletot, l'accroche au portemanteau, se tourne vers moi, me sourit. Un sourire qui m'achève totalement. La grande tige aux yeux sales lui demande comment elle s'appelle. Angélina répète trois fois son prénom.

— Angélina comme la fiancée de John-John dans le feuilleton *Amour, gloire et caprices*. Tu ne le mérites pas. Je vais t'appeler Lina. Ça te va mieux. Qu'est-ce t'en dis, Momo ?

Momo plaque un sourire de couillon sur sa bouille d'andouille. Trouver plus faux-cul que lui me paraît impossible ou alors il faudrait visiter le *Livre des Records* mais pour ça, il faut avoir du temps à perdre.

***

Dehors la neige tombe dru, collante, déprimante. Des guirlandes d'ampoules jettent leurs lumières électriques sur des clodos endormis sur la bouche d'aération du métro. Je hais la neige. Je hais le froid. Je hais l'hiver. Je suis gris dehors, gris dedans. Je rentre la tête dans les épaules, ne pense plus qu'à elle, coincée entre sa vaisselle et les Thénardier ressuscités.

— C'est elle, la Blackette qui te met dans cet état.

Il ne questionne pas ; il affirme, Godasse. Comme je ne réponds rien, il sifflote : « *Black is black.* »

— Tu nous trouves assortis ? que je le coupe avant qu'il n'y ait plus d'espoir.

— Je ne te trouve assorti à personne, face de rat.

Je ramasse de la neige sur le marchepied d'un

camion, fais une boule, l'ajuste, ne le rate pas. Il s'essuie l'œil gauche, rafle de la neige boueuse sur le bitume, fait une boule plus grosse encore. Il menace de me l'écraser sur le nez puis renonce à m'allumer. Il la balance sur un clébard qui pisse sur un ivrogne recroquevillé devant une porte cochère.

— Angélina et moi, alors ?

— Tu m'emmerdes avec ta négresse !

Il sort de sa poche un contacteur à distance, presse dessus. Il y a devant nous une dizaine de voitures à cheval sur le trottoir : c'est un cabriolet Mercedes qui cligne de ses feux.

— Il appartenait à une patiente que je sauve régulièrement du suicide. Elle me l'a échangé contre quelques consultations supplémentaires à domicile. À domicile, c'est au Vésinet. Autant dire le bout du monde.

Il relève le col de son manteau en poils de ?, passe la main sur la toile de mon imper avec une moue de dégoût.

— Pour ton nouveau job, tu ne comptes pas y aller comme ça ? On dirait que tu te sapes chez Emmaüs. On va passer chez moi, je vais te trouver quelque chose de plus sexy à mettre. Très important le look surtout quand on est comme toi... Enfin, tu me comprends.

Et comment que je le comprends ! Le rétroviseur de sa bagnole me renvoie, sans pitié, ma gueule de métèque. Teint brun, forcément. Yeux marron, fatalement. Ce qui reste de mes cheveux frisés est rasé au plus près de mon crâne pour camoufler ma calvitie naissante. Ma moustache que j'ai un temps entretenue à la manière de Clark Gable a, faute de soin, viré en nid de broussailles. Rajoutée au tableau des fringues de péquenot achetées aux puces de Montreuil, la boucle est bouclée.

Porte de Pantin, la police a dressé un barrage. Une pute en minijupe rose fluo, abritée sous le pont du périph' pour échapper aux bourrasques de neige, est harcelée par deux flics – un gros à moustaches en croc et un maigre dont la casquette lui tombe sur le regard. Laurel et Hardy. Sauf que la pauvre fille n'a pas l'air de trouver les duettistes tout à fait comiques. D'autres flics serrent les voitures cabossées des mômes de la banlieue. L'un d'eux ouvre de grands yeux d'enfant en nous voyant filer devant lui. Godasse allume une Marl en ricanant.

— Va lui falloir coller des tonnes de PV avant de se payer une Merco comme la mienne.

— Tu sais ce qu'avait dit Marx ?

— C'est la misère qui fait les putes et les flics. Tu me la ressors chaque fois qu'on voit des putes et des flics.

Cette citation, je l'avais entendue au « Jeu des Mille Francs » qu'animait l'inusable Lucien Jeunesse au siècle dernier. Un communiste en vacances à La Turballe avait décroché la timbale : mille balles, grâce aux lardus et aux radasses. Ça m'avait donné envie d'en savoir plus sur le camarade Karl.

Le Capital, c'est capital, m'avait conseillé Rosa, la libraire de la rue de Flandre à qui j'avais fait part de mon ignorance en la matière.

À la trente-septième page, la messe était dite ; je n'avais pas la vocation. Mais j'avais gardé en tête cette histoire de putes et de flics qui sonnait comme une évidence.

Godasse accélère un grand coup en montant la rampe d'accès au périph' recouverte de neige déjà gadoueuse. Puis il allume l'autoradio et joue avec les fréquences. RTL chevauche Europe 1 qui elle-même étouffe une radio dont je ne comprends pas la langue. Il cesse de pianoter en entendant de la musique arabe. Il monte le son à bloc, fredonne : « *Aïcha... Aïcha...* »

À mon tour, j'enfonce les touches de l'autoradio, stoppe la manœuvre sur Nostalgie. C'est de circonstance. Adamo chante *Tombe la neige*. Je baisse lentement les paupières et reprends derrière cette voix rayée qui m'émeut immanquablement : « *Tu ne viendras pas ce soir... et mon cœur s'habille de noir... Et tombe la neige, impossible manège... La, la, la, la, la.* » Lorsque je rouvre les yeux, nous sommes rendus chez lui.

Il sort de sa chambre avec trois costumes. Un bleu pétrole. Un noir. Un gris souris à rayures. J'enfile la veste bleu pétrole que je porte décontractée comme si elle m'avait toujours appartenu. Je me flanque devant un miroir. Pas sérieux. J'ai l'air d'un touriste. J'écarte. Le costume noir, sans surprise, me donne une allure d'endeuillé. Le gris souris à rayures reste sur son cintre. J'opte pour le noir. Godasse approuve.

— Le noir, ça fait plus raisonnable. Triste mais raisonnable. Comme tu ne respires pas la joie de vivre, tu seras raccord, mon Omar.

Il est une heure du matin. Nous sommes cuits de fatigue. Il veut me rapatrier. J'acquiesce d'autant mieux qu'on n'a plus rien à se dire. Son portable sonne. Il jette un regard dépité sur le petit écran lumineux de l'appareil.

— Non, pas elle, qu'il maugrée.

Il décroche, balance un bonsoir entre deux bâillements et laisse parler. Plus il laisse parler, plus son front se plisse d'inquiétude.

— Ne faites pas de bêtises. J'arrive de suite.

Il coupe son portable, se renfrogne.

— Une urgence. C'est ma patiente du Vésinet. Son mari vient d'appeler pour lui dire qu'il ne rentrera pas. Ça fait deux soirs de suite qu'il lui fait le coup. Elle veut se foutre en l'air. Inutile de te dire que je ne peux pas faire le détour par chez toi. Tu n'as qu'à dormir ici.

Il enfile son manteau.

— En poils de quoi ton... ?

— Ragondin du Mississippi : poils très rares... donc très cher.

Il me salue, claque la porte. Je m'affale sur le canapé, allume la télé. Après avoir zappé jusqu'à la crampe, je coupe ce brouhaha d'images pour trouver le sommeil.

Deux heures plus tard, je ne dors toujours pas. Je me lève, déambule de long en large comme un taulard. Je remarque que le cabinet de consultation est resté ouvert. J'entre. Il y a un sofa rose bonbon du plus mauvais goût, un Caméscope posé sur trépied avec lequel il doit filmer ses séances de travaux pratiques et, sur son bureau, des dossiers de différentes couleurs au nom de ses patientes. Olivia, Hortense, Isabelle, Marie-Cécile, Philippine... J'ouvre un, deux, trois dossiers. Chacun d'eux renferme une photographie prise de face. Toutes ces dames se ressemblent comme des sœurs. Même désarroi dans le regard. Même sourire de veuve. Même collier de perles. Même chemisier fermé par un élégant col Claudine. Sur des fiches bristol, Godasse a annoté quelques commentaires. Pour Philippine, qui en est à sa onzième séance, il demeure pessimiste sur ses chances de guérison. Pourtant, en début de traitement, tout était parfait. Elle était assidue et volontaire pour livrer la mère des batailles : le sauvetage de son couple. Elle avait même avalé l'essentiel du Kama-sutra pour arriver à ses fins mais depuis trois séances, elle flanche, Philippine. Plus de motivation. Comme si les sacrifices consentis ne seraient jamais assez pour reconquérir l'homme de sa vie.

J'ouvre un tiroir : il regorge des bouquins de la collection « Émois et Moi ». Le premier qui me tombe sous la main s'intitule : *Princesse et le Mendiant de l'Amour*. Je parcours une page au hasard, murmure : « *Princesse lui offrit ses lèvres aussi brunes que du raisin d'Italie. Le Mendiant de l'Amour les goûta avec bonheur et retrouva le goût sucré du raisin de Corinthe cher à son enfance.*

— Je t'aime, Princesse, dit le Mendiant de l'Amour.

— Je t'aime comme je n'ai jamais aimé, répondit Princesse.

Ils allaient se jurer fidélité lorsque le Roi des Ténèbres arriva sur son fier destrier blanc... »

Le livre me file des mains. Je retourne sur le canapé, me laisse bercer par le tic-tac d'un réveil que je ne situe pas.

Godasse me secoue au petit matin. Il a le teint flétri et les yeux rougis des travailleurs de la nuit. Il se déchausse, jette ses souliers derrière la télé, voit la porte de son cabinet ouverte.

— J'espère que tu n'as pas mis le souk dans mon bureau ?

— J'ai lu quelques dossiers. Il y a en des gratinées. Philippine par exemple...

— M'en parle pas. C'est, elle, la foldingue du Vésinet. Elle est frigide depuis que son mari va se dégourdir ailleurs. Je ne fais plus que du soutien psychologique, avec elle.

Il s'écrase sur le canapé, cache sa tête sous un coussin, bredouille dans un dernier effort :

— Va bosser. Moi, je suis mort.

2

À neuf heures cinglantes, me voilà au journal. Claire, l'assistante de Martial Duvernoy, un petit bout de femme, les cheveux montés en chignon, m'installe dans son bureau et m'offre un café pour me faire patienter. Avec sa jupe plissée au-dessous du genou, sa chaîne en or avec la Vierge en pendentif, son corsage à fleurs d'automne, je la classe dans la catégorie vieille fille. J'attrape le dernier numéro du *Nouveau Siècle* abandonné sur un tabouret. À la une s'étale sur toute la largeur : « L'Opep, un ami qui nous veut du mal. » Un graphique montre une flèche rouge atteignant des cimes inégalées.

— Ah, ces Arabes ! Je ne parle pas de vous, bien sûr, mais des autres, les Bédouins. Vous allez voir qu'ils vont nous coller le baril à 100 dollars. Qu'en dites-vous ?

— Va falloir se remettre à la chaise à porteurs.

Elle se force à sourire, s'assoit sur un coin du bureau, croise, décroise les jambes. Je ne vois plus que ses épais mollets s'agiter. Le téléphone sonne. Elle décroche. Je comprends vite qu'il est question de ma personne. Je le comprends si bien que deux minutes plus tard, je suis introduit chez le patron. Il m'accueille par un familier : « *Salam alikoum, sidi !* », se carre derrière son bureau, rajuste ses lunettes à monture d'écaille, me propose le fauteuil face à lui. Puis il sort de dessous un fatras de papiers mon CV et branle sa lourde tête clairsemée de cheveux blonds en le parcourant.

— Je lis que vous êtes polyglotte. Combien de langues ? Vous ne l'avez pas indiqué.

— Deux. Français et kabyle.

— On dit bilingue quand on est modeste. Le kabyle, ça va me servir à quoi, d'après vous ?

Il poursuit :

— Diplôme : Doctorat d'arabologie et de berbérologie. Qu'est-ce que c'est que ces spécialités ? Vous êtes sûr que vous n'êtes pas docteur en pipeaulogie ? (Il fait une boule de mon courrier qu'il expédie au panier.) Il n'y a pas un mot de vrai dans ce charabia. Odette me l'a dit en me remettant votre CV.

Je grommelle :

— La salope.

— C'est vrai que c'en est une belle, qu'il approuve lui aussi.

Il pose les coudes sur son bureau, se prend la tête en étau entre les poings, sourit béatement. Ses lunettes qui grossissent ses yeux gris-vert lui donnent un air d'ahuri. Pas vraiment rutilant, le pigeon qu'Odette a tiré au Ball-Trap. Elle a dû en déployer, des trésors d'imagination, pour voir dans ce mastodonte avec du gras plein le regard, plein le cou, plein le poitrail, son nouvel Apollon. En revanche, la voix rugueuse et caverneuse évoque bien celle de Gérard Depardieu. Un ange passe. Un autre... puis tout un vol. Il est ailleurs. Sûrement dans les bras d'Odette à lui cocoriquer des CAC ! CAC ! CAC ! 40 !, à lui seriner des indices Nikkei. Le dernier ange est passé. Il se gratte l'oreille, torture son stylo. Je le perçois mal à l'aise. Je pressens le pire. Il va être navré de m'avoir dérangé inutilement. Il va même me donner du cher monsieur Boulawane pour m'expliquer que je ne corresponds pas exactement au profil recherché et va me montrer la porte. Il se lève, s'adosse au mur, soupire d'embarras. Je me lève à mon tour. Il me fait signe de me rasseoir.

— Ce n'est pas grâce à Odette que je veux vous engager. Je ne sais pas comment vous dire. Ça va vous paraître cynique, un peu égoïste, un peu déplacé, pourtant je suis sincère... Voilà, avant-hier, j'ai été invité à une réunion du patronat dont le thème était : Entreprises, cités et fraternité.

Il avait fait le déplacement avec l'espoir inavoué de saluer Nicolas Sarkozy, son maître à penser. De Sarkozy, il ne vit pas la queue, en revanche, un petit patron avec une gueule qui ne ressemblait à rien – selon ses mots – prit la parole et ce fut la révélation. Il parla de mondialisation, d'alter-mondialisation, de redistribution, de commerce équitable avec les nations les plus pauvres. C'était généreux, miséricordieux mais hélas ça n'intéressait personne. Alors, le petit patron avec sa gueule qui ne ressemblait à rien avait haussé le ton pour invectiver les grands patrons, au premier rang, amollis dans des fauteuils de moleskine. Il avait exigé d'eux qu'ils fassent plus de place dans leurs entreprises aux jeunes de banlieue qui déglinguaient leurs vies au pied des HLM. Il avait encore dit que c'était un crime que de laisser ces enfants fermenter dans l'oisiveté, que la révolution s'avançait sournoise comme toutes les révolutions, qu'il y avait urgence à se ressaisir avant que tout explose, qu'il y allait de l'avenir de la France, de sa France. En conclusion, il avait émis le même vœu que Sarkozy, dont l'ombre planait dans l'assistance, que soit imposée à l'instar des États-Unis la discrimination positive avant que la jeunesse des ghettos ne se transforme en horde de barbares. À l'applaudimètre, le silence qui suivit la prestation du petit patron avec une gueule qui ne ressemblait à rien fut assourdissant. Seul Duvernoy l'avait trouvé bouleversant d'humanité. En rentrant chez lui sa religion était faite, il allait discriminer positivement.

Il avait cherché dans son entourage une personne apte à être positivement discriminée mais il dut se rendre à l'évidence : les seuls basanés qu'il connaissait étaient attachés culturels d'ambassades arabes ou sud-américaines. Il s'apprêta à renoncer lorsqu'il se souvint qu'Odette lui avait remis mon CV entre deux coucheries.

Il s'approche tout près de moi, pose une main protectrice sur mon épaule, ajoute au discours du petit patron avec une gueule qui ne ressemblait à rien qu'il ne faut pas laisser la désespérance gangrener les quartiers, que c'est un devoir d'aider les peuples des banlieues avant qu'ils ne s'abattent comme des nuages de criquets-pèlerins sur nos villes, nos campagnes pour tout dévaster. C'est pour ça qu'aujourd'hui il tend la main pour nous sauver, pour me sauver.

Je prends l'air grave que méritent ses considérations pour lui faire remarquer que les mots discrimination et positive sonnent comme un contresens à mon oreille, que ce qui compte avant tout c'est la compétence de l'individu avant la couleur de sa peau ou le dieu qu'il prie. Qu'un homme ne vaut pas plus qu'un autre homme. C'est ça l'égalité des chances. C'est ça le respect de chacun pour le meilleur de tous. Il balaye mes arguments d'un revers de main.

— Vous vivez dans un rêve, Boulawane. Tous les petits Arabes et les petits Nègres des cités, qui va les engager ? Croyez-moi, avant cette réunion, il ne me serait jamais venu à l'esprit d'embaucher un de ces jeunes. Pas parce que je suis raciste mais parce que je n'en avais pas le réflexe. Quand je reçois un curriculum vitae, je suis plus attiré par un Hector ou une Éléonore que par un Mohamed ou une Fatima. Pourquoi ? Je ne saurais le dire.

— Je suis là parce que vous avez eu un éblouissement dans un meeting du patronat ? C'est ça ?

— Parfaitement. Je pensais que c'était une révélation mais c'est vous qui avez raison, c'est un éblouissement.

— Je veux pas de votre charité. La charité, c'est le contraire de la justice. Et moi, je veux la justice. Ça va pas être possible, nous deux.

Je me lève d'un coup de reins. Il me retient par la manche, me presse le bras.

— Restez, Boulawane. Je sens que vous êtes un type bien. J'ai le nez creux pour ça.

— C'est pas joli, joli, de vouloir soulager sa conscience sur le premier Arabe qui vous tombe sous le coude. J'aurais voulu être engagé sur mes expériences, mes compétences. Vous avez lu, j'ai roulé ma bosse.

Il lâche prise, s'esclaffe par hoquets :

— Quelles expériences ? Quelles compétences ? Votre CV est un tissu de mensonges. Même un aveugle le verrait. Je refuse chaque jour des types qui ont des pedigrees autrement plus touffus que le vôtre.

Il redevient grave, solennel.

— Alors, vous l'acceptez, ce boulot ? Ne me dites pas non, ça me ferait beaucoup de peine. Je veux vous aider. L'occasion ne se représentera peut-être pas deux fois.

— Trouvez-moi une qualité, au moins. J'ai une conscience, moi aussi.

— Qualité ? Vous êtes un sacré marchand de vent. Je suis sûr que vous ferez un fameux journaleux. C'est pas une qualité, ça, marchand de vent ?

La honte dégouline sur moi. De la bonne honte bien gluante. De la honte indélébile qui vous marque pour le restant de vos jours. J'étouffe dans ce bureau. Envie de fuir par la fenêtre entrouverte. Soudain, je suis pris de vertiges. Je ferme les yeux et je vois tournoyer comme des oiseaux de malheur des huissiers qui croassent : « Factures au contentieux, loyers impayés, dernier avis avant saisie, monsieur Boulawane », et j'entends le couinement de mes petits écureuils qui hurlent famine à la Caisse d'Épargne. Je me remets d'aplomb et rends les armes.

— Qu'est-ce que je dois faire pour le journal ?

Duvernoy me donne une franche poignée de main. Il est ravi, qu'il me dit, ravi pour moi, ravi pour lui, et promet que je n'aurai pas affaire à un ingrat. Puis il passe la main sur mon col de veste en plissant les sourcils.

— Vous avez perdu quelqu'un ?

Je fais non de la tête.

— Dommage parce que le noir vous va bien. Puisqu'il vous va si bien, vous allez donner un coup de main à Perrier. C'est grand type, maigre, avec bec-de-lièvre, sinistre comme un fossoyeur. Son bureau est à côté des toilettes.

— Il s'occupe de quoi ce Perrier ?

— Il tient la rubrique nécro. Rassurez-vous, c'est du provisoire. Juste le temps de vous familiariser avec le journal. Après, je vous intégrerai au service société. Suffit maintenant, j'ai mon édito à pondre. Dans une heure, il y a comité de rédaction. Je vous présenterai à vos collègues.

***

D'emblée et pour me mettre à l'aise, Perrier me signifie qu'il n'a besoin de personne pour l'assister. Il est chef de son service – c'est-à-dire chef de lui-même – et je devine à son œil suspicieux qu'il redoute que l'intrus que je suis ne vienne troubler sa quiétude et pourquoi pas le supplanter un jour. Je le rassure. Mes intentions ne sont pas de croupir à la rubrique nécro mais de m'ouvrir au monde des vivants. Un sourire incrédule flotte sur son bec-de-lièvre. Il me flanque dans les mains une poignée des faire-part de décès à classer par ordre alphabétique. Vu le peu d'engouement que je mets à l'ouvrage, le voilà définitivement apaisé. Il va même se confesser. Trente ans qu'il est dans la presse. Il a croisé les plus grandes stars de la profession ; Jean-Claude Bourret l'ami des Martiens, Frédéric Mitterrand l'ami des rois et des reines, Michel Drucker l'ami des belles-mères, Jean-Pierre Pernaut l'ami des petits artisans et buralistes avec qui il a bu l'apéro.

— Un Ricard, seulement, qu'il se gondole le Perrier.

Et Philippe Bouvard à qui il voue une admiration sans limite. Il ouvre le tiroir de son bureau, en sort un petit poste radio. Un modèle qu'on ne trouve plus que dans les vide-greniers ou dans les déchetteries.

— Je ne rate jamais « Les Grosses Têtes ». (Il singe son animateur préféré.) Question de madame Belle Paire de Loches. Qui a dit : Ce n'est pas en améliorant la bougie qu'on a inventé l'électricité ?

Avec sa bouche de traviole, l'effet est un peu foiré.

Une fois mon travail terminé, il me demande de quel piston j'ai bénéficié pour être engagé car il a essayé de caser son neveu mais Duvernoy a rejeté sa candidature sans explication.

— Je dois ma place à ma tête d'Arabe.

Je balance la chose comme ça. Pour voir comment réagit un esprit simple comme le sien. Il reste sans réaction, le regard vide, le bec à demi ouvert. Je répète en détachant chaque syllabe. A-Ra-Be.

Cette fois-ci, il réagit en pouffant dans ses mains.

— Vous êtes un sacré blagueur. Vous devriez passer aux « Grosses Têtes ».

Il imite de nouveau Bouvard et ses rires en cascade. Je ne l'écoute plus. Je prends sur le radiateur quelques anciens numéros du *Nouveau Siècle*, histoire de savoir ce qu'est ce canard que j'ai tout juste entrevu dans le kiosque du métro Jaurès.

Pas besoin d'avoir fait Sciences po pour comprendre que ce journal c'est du concentré de libéralisme débridé. Pas moins de huit pages sont consacrées à l'économie. Le Dow Jones, le Nasdaq, le Nikkei, le CAC 40 sont les vedettes incontestées de la maison. Chaque fluctuation est commentée, analysée, disséquée. On sent poindre l'inquiétude du journaliste lorsqu'un de ces indices fléchit d'un point. À deux points, on sonne le tocsin. À trois, on prédit l'apocalypse. À quatre, c'est tous aux abris. La grille des mots fléchés est de la même veine. Sanofi croise Havas qui enjambe Suez. Quelques faits divers se glissent entre les pages de politique extérieure et intérieure. Là aussi, on fait dans le drôlatre. « *Hassan B., 57 ans, a trucidé sa jeune épouse, 18 ans, qu'il venait d'importer du M...* » La page sportive n'est qu'une litanie de résultats imbittables. À la der, il y a les éditoriaux signés Martial Duvernoy. Ils valent leur pesant de noyaux d'olives... « *Pour venir à bout de l'immigration clandestine qui menace la cohésion nationale, aidons les pays émergents à s'enrichir.* » Comment ? Le mode d'emploi a dû s'égarer dans la mémoire de son ordinateur. Sur un autre numéro : « *Les fonds de pension américains sont un mal nécessaire pour réveiller notre économie.* » Ou encore dans celui-là : « *Zizou, le retour gagnant de l'homme aux pieds d'or ! Les annonceurs publicitaires se frottent les mains... Voilà ce que je crois bon pour la France* », ainsi se concluent invariablement ses fumeuses cogitations.

Claire passe la tête dans l'embrasure de la porte. Elle a lâché son chignon pour laisser courir ses cheveux sur ses épaules et a dégrafé deux boutons de son chemisier.

— Tous dans le bureau du patron pour le comité de rédac, qu'elle ordonne.

Perrier quitte son bureau après avoir verrouillé le tiroir renfermant sa petite radio. Claire me barre le passage.

— J'ai lu sur votre curriculum que vous habitez dans le dix-neuvième arrondissement. Vous êtes avenue Jean-Jaurès. Moi, je suis rue de Flandre. On est voisins. Hasard ou coïncidence ? Ce soir, je peux faire le détour pour vous déposer.

— On verra.

C'est tout ce que je trouve à répondre pour qu'elle dégage la piste.

***

Nous sommes une douzaine autour de Duvernoy. Que du Français pure souche certifié. La seule basanée est une petite brunette chargée aux UV qui fume des cigarillos à bouts dorés. Les regards pèsent sur moi. Ça piapiate des : « Qui c'est celui-là ? », des : « Il fait quoi celui-là ? », des : « Tu sais comment il s'appelle celui-là ? »

Duvernoy claque des doigts pour faire taire cette volière.

— Avant de commencer notre réunion, je tiens à vous présenter notre nouveau collaborateur : Boulawane Omar.

Il me désigne. Je m'avance d'un pas, le sourire pincé mais le cœur offert. Ça continue de glousser, de piailler, de chuchoter : Boula... Quoi ?... Wane, je crois. Boulawane ? Comme c'est amusant !

J'ai un nom qui évoque le pinard à couscous et alors ? Depuis le temps que je me le coltine, je suis vacciné. Tout môme, j'en ai souffert, forcément. Ce nom, c'était comme une infirmité. Combien de castagnes pour des : « T'es bourré, Boulawane ! » « Tu pues la vinasse, Boulawane ! » « Tu payes ton coup, Boulawane ? » En prenant de la bouteille, je ne me suis plus laissé prendre au piège. Et lorsque de sombres idiots se moquent de moi, comme maintenant, je me dis que j'ai échappé au pire. J'aurais pu m'appeler Omar Résiné. Résiné comme le vin qui fait gerber ou Omar de Saint-Émilion. Saint-émilion, le vin des vieux cons.

Un gaillard en costard de lin beige me salue de la tête. Un peu stupide de marcher aux clichés mais avec son crâne rasé, ses lunettes à montures d'acier, son teint maladif, je le catalogue intello-facho. Il se décline :

— Didier Grange. Je suis à la politique étrangère. Bienvenue parmi nous.

Je tends la main. Il la presse très fort. Je presse plus fort, encore. Il sourit. Son sourire n'est qu'un rictus de douleur. Il se dégage, frotte sa main contre son pantalon fripé. Sûr qu'on n'est pas partis pour faire ami-ami tous les deux, que je devine.

Ça papote toujours, Duvernoy donne de la voix et tout redevient calme. On n'entend que les soupirs de Claire prenant des notes sur un cahier à spirale. Un homme aux cheveux blancs, attifé comme une racaille de banlieue, lève le doigt. La veille, il a vu à « Envoyé spécial » un reportage sur la prostitution enfantine. Il trouve qu'il manquait au sujet la dimension humaine du malheur. Dimension qu'il se propose d'apporter en trois feuillets. Duvernoy se tord le nez, bougonne :

— Deux feuillets. Pas plus. Renouvelez-vous un peu, Vermelin. Le mois dernier vous m'avez fait la prostitution dans les parkings des supermarchés, la prostitution chez les pauvres, la prostitution chez les homos. Qu'est-ce que vous allez m'inventer la prochaine fois ? La prostitution dans les hospices de vieillards ?

Il rit tout seul de sa blague et le dénommé Vermelin repart penaud à son bureau. Les feuillets valsent comme les feuilles d'automne emportées par le vent. Et de trois pour une grande blonde avec sa paire de lolos au balcon. Et de deux pour la brunette shootée aux UV. Et de quatre pour Grange.

— Palestine-Israël, vous pouvez y aller. C'est un puits sans fond leur bazar.

Et de deux pour un petit vieillard ratatiné sur sa chaise qui prétend avoir lu le chef-d'œuvre du siècle.

D'après lui, il y a du prix Nobel là-dessous. Comme tout le monde se fiche de son avis, il précise qu'il ne s'est pas remis de sa lecture.

— C'est un roman... je ne trouve pas de mots assez forts pour en parler.

Puisqu'il ne trouve pas de mots assez forts pour en parler Duvernoy lui sucre un feuillet. Vient le tour des Intouchables. Les cadors de la rédac. Les spécialistes de l'économie de marché. Ils sont trois. Copies conformes des traders que l'on voit dans les séries américaines. Blazer bleu marine, cravate de soie assortie à la chemise bleue, ceinture en croco noir pour tenir le falzar en tweed gris, mocassins griffés Weston. La coupe de cheveux est sobrement désordonnée. Un épi rebelle, c'est la seule folie qu'ils s'autorisent. Le plus petit qui paraît le plus hargneux a, selon des sources qu'il tient à garder secrètes, appris qu'une OPA sauvage se prépare sur un laboratoire pharmaceutique, le numéro un mondial du stérilet. Duvernoy se frotte les mains.

— Le stérilet, c'est bon pour nos lectrices. Quatre feuillets.

L'autre, le moyen, s'égare dans une histoire pignoufesque. Le patron des surgelés Gla-Gla va épouser l'héritière des conserveries Miam-Miam. Mariage qui aura de fâcheuses répercussions sur le cours de l'action Trucmuche.

— Je n'ai rien compris mais ça m'a l'air intéressant. Deux feuillets avec la photo du couple. Un peu de people, ça ne fera pas de mal.

Le moyen grimace.

— Ils ne sont pas tout frais les tourtereaux. Il a soixante-seize ans. Elle, elle n'a plus d'âge.

Duvernoy tourne la page.

Le dernier, le plus jeune, prétend que Karl Marx revient à la mode. En dix feuillets, il garantit une relecture du *Capital*. Duvernoy s'agace.

— Pourquoi pas tout le journal pendant que vous y êtes ?

— Je vous assure, c'est dans l'air du temps. À la prochaine rentrée scolaire, on va avoir droit au cartable Karl Marx, aux cahiers Karl Marx, aux chewing-gum Karl Marx, au cola Karl Marx. Je me suis laissé dire que la télé prépare une comédie sur lui.

Claire bredouille : « Jésus, Marie, Joseph, épargnez-nous ça. »

— Marx ça vaut un feuillet. Pas une ligne de plus.

La grande blonde à gros lolos m'interpelle. Elle veut savoir quel sujet je vais traiter. Elle veut aussi savoir de quoi je suis spécialiste.

— Je suis spécialiste en généralités abstraites. C'est pour ça qu'on m'a engagé, que je réponds.

Ça ne l'amuse pas. Dommage. Perrier qui bullait dans son coin se réveille.

— Vous n'avez qu'à vous occuper des cités. Chaque fois qu'on fait un papier sur les Français musulmans d'origine maghrébine on se fait taper dessus par SOS-racisme. En banlieue, vous devez être en terre conquise.

— Grosse tache !

Je l'ai pensé si fort que c'est sorti comme un gros pet. Perrier qui ne s'y attendait pas en rote de stupeur. La petite bronzée tousse de rire. Duvernoy intervient avant que le rire ne gagne sa troupe.

— Je n'ai pas engagé Boulawane pour faire l'Arabe de service. Nous sommes un journal moderne. Nous devons tordre le cou aux idées reçues. Un Français musulman. D'origine... enfin un Arabe peut et doit s'intéresser à autre chose que ses congénères. (Il hèle Perrier.) Imaginez qu'à chaque comité de rédaction je vous demande un papier sur les eaux gazeuses. Comment réagiriez-vous ?

Perrier rentre la tête dans les épaules et sort furieux. D'autres collègues, qui n'ont aucun sujet à proposer, lui emboîtent le pas. Bientôt, il ne reste plus que Duvernoy, Claire et moi dans le bureau. Claire relit à haute voix les notes prises dans son cahier à spirale. Tout est calé : *Le Nouveau Siècle* a de quoi boucler son prochain numéro.

— On ne sait toujours pas ce que vous allez nous écrire. Vous avez une idée ? Si vous n'en avez pas, vous pourriez vous occuper des animaux. Ça manque, la rubrique animaux de compagnie dans le journal. Qu'en pensez-vous, patron ?

Duvernoy répond en lui montrant la porte. Elle tourne les talons en râlant que, comme d'habitude, elle compte pour du beurre, qu'elle peut trouver mieux ailleurs, qu'elle croule sous les propositions. *Le Monde, Paris-Turf* et *Libé* l'ont sollicitée pas plus tard que l'autre jour. Des menaces qui n'ont pas l'air d'émouvoir Duvernoy.

— Elle a un faible pour vous, Boulawane. Méfiez-vous. Sous ses airs de nonne c'est une vorace... Moi-même, si je m'étais laissé faire... mais elle ne me plaît pas. Je le lui ai dit dès le début.

Il ouvre son armoire, sort une bouteille de J.-B. bien entamée et deux verres marbrés de calcaire qu'il remplit à moitié. Nous trinquons à la santé de personne, pas même de la nôtre. Trois gorgées plus loin, l'alcool m'est monté à la tête. J'euphorise. Je me surprends à lui taper sur l'épaule.

— Je vous trouve révolutionnaire, Martial.

Il lève un sourcil interrogateur. Je recadre ma pensée. Du moins, j'essaie.

— Merci de croire qu'un Arabe peut s'intéresser à autre chose qu'à ses congénères. C'est rare de rencontrer des types aussi éclairés, chez vous.

— À droite, vous voulez dire ?

J'avale une quatrième gorgée de J.-B. pour acquiescer.

— Vous nous connaissez mal.

J'admets volontiers qu'il est le premier *Homo erectus* de droite libérale avec qui je trinque. Dans mon quartier, on est soit sans-opinion, soit gauchiste-acnéique, soit communistes-dépressifs, soit buralistes-frontistes, soit immigrés sans-papiers, soit gangsters idéalistes. Récemment, des intégristes de tout poil ont commencé à pointer turbans et kippas sur les rives du canal de l'Ourcq.

Duvernoy se sert un autre verre qu'il exécute d'un trait.

— C'est la préhistoire chez vous. Décidément, Odette a eu la main heureuse. Je suis certain qu'on est partis pour une grande aventure tous les deux.

— Même si je n'ai pas les mêmes idées que vous ?

— Surtout. De vous à moi, si j'étais comme vous, je serais de gauche. C'est tellement plus confortable. On vous serine à longueur de journée : droit au logement, droit de vote, droit de l'homme, droit à la différence. Je vous épargne le reste de la berceuse que vous connaissez mieux que moi. Mais concrètement qu'est-ce qu'ils font pour des gens comme vous ? Rien. Tandis que nous on agit. La preuve, vous êtes là.

Et c'est reparti pour un nouvel éloge de son idole. La France tient un grand homme d'État. De Gaulle a trouvé, en Sarkozy, son héritier. Un fils d'étranger comme moi. Un exemple à méditer pour tous les basanés des cités... Un homme, un destin, un chrétien.

— Un homme, un destin, un chrétien. C'est beau, non ? Ce sera ça le sujet de mon prochain édito. Vous m'inspirez, Boulawane.

La bouteille est vidée. Il fait un tour d'horizon des sujets d'actualité susceptibles de m'inspirer. Sports, faits divers, Quinté +, télé, météo, rien de tout ça ne m'excite. J'énerve. Il allume la télévision posée sur une étagère d'angle. LCI diffuse un reportage sur les radars. Il se frappe le front. Bon sang mais c'est bien sûr ! Il a trouvé.

— Vous allez me tirer deux feuillets là-dessus. Original, si possible.

J'objecte que je n'y connais rien aux radars, que je n'ai même pas d'auto pour me faire flasher.

— Un Arabe de France doit s'intéresser à tout.

L'argument est saugrenu mais imparable. L'affaire est entendue. Il me remercie car il est tard et son édito n'attend pas. Alors que je franchis le seuil de la porte du bureau, il me rappelle.

— Si vous voyez Odette, dites-lui... (Il se ravise aussitôt.) Autant pour moi, je ferai mes commissions moi-même. Encore une chose, Boulawane. Ici, ce n'est pas nécessaire de m'appeler Martial. Ailleurs non plus.

Perrier me boude. La « Grosse tache » éructée devant ses collègues lui est restée en travers de la gorge. Tant que je ne lui aurai pas fait d'excuses, il refusera de m'adresser la parole. Comme je refuse, il me tourne le dos. C'est tant mieux.

Donc, les radars. Après avoir mâchouillé un demi-crayon à papier, c'est toujours le vertige de la page blanche. J'appelle Godasse à la rescousse. Il doit bien s'être fait piéger une fois ou deux avec son bolide teuton. Il n'a pas une seconde à m'accorder car il est en consultation. Il raccroche aussi sec. Donc, les radars... À seize heures, Perrier allume sa radio et son bec-de-lièvre se défroisse lorsqu'il entend le générique des « Grosses Têtes ».

« Question de monsieur Alain Bécile. Qui a dit : "Les femmes sont comme les girouettes. Elles se fixent quand elles rouillent."

— Voltaire !

— Bravo l'Amiral. »

J'ai droit illico aux rires déchaînés des spectateurs entassés dans le studio RTL, auxquels se joint Perrier qui se bidonne en se tapant les cuisses. Les radars...

Les rats d'art. Me voilà contaminé. Je sombre dans le grand Bouvard... Donc, les radars... Pas un mot en vingt-cinq minutes. À ce train-là, je ne risque pas de me faire flasher pour excès d'idées. Perrier augmente le volume sonore de sa radio.

« Question de monsieur Garcin Lazare. Qui a dit : "Ce qu'il y a de meilleur dans le dimanche, c'est encore le samedi soir ?" »

C'en est trop. Je remballe papier et moignon de crayon. Je tire ma révérence.

***

Sur les trottoirs, la neige a tourné à la boue. Ça glisse, ça colle aux souliers, ça mouchette les bas de pantalons. À tous les coins de rue, sur toutes les vitrines des magasins, sur tous les espaces publicitaires, il y a des Joyeux Noël, des Merry Christmas, des Bonne Année qui me filent le bourdon. Les psys diraient que ça remonte à l'enfance. Là-dessus, au moins, je ne leur donne pas tort. Tout est affaire d'enfance. C'est l'enfance qui donne le sens de ce que sera notre existence. Chez nous, on n'avait pas le goût pour la ripaille et les cotillons, pas davantage le goût pour les cadeaux et *La Danse des canards*. Pour Noël mes parents allaient se pieuter à vingt et une heures comme la veille et toutes les autres veilles. Alors, je restais seul, tristouille, à bâfrer des makroutes ruisselantes de miel devant la télé qui diffusait encore et toujours un film racontant la vie de l'enfant Jésus. J'aimais le passage où une auréole apparaissait au-dessus de la tête du bébé en pleurs. « Tu es Jésus Christ, l'Emmanuel, Dieu lumière de Noël », tonnait une voix rugueuse sortie des entrailles de la télé. De suite, il cessait de braire pour faire risette au bœuf fourbu et au bourricot mité qui le cernaient. C'était féerique. Venait ensuite le lion rugissant de la Metro Goldwyn Mayer annonciateur d'un film américain.

Le Père Noël déposait, au pied du sapin, des jouets par milliers. *Delivery only for the young christians*. Out p'tits muslims and p'tits youdis, que j'avais compris. Sur le tard, il restait le spectacle des Folies-Bergère. Bas résilles, guêpières rouges, plumes dans le fion, grands écarts. Yop la boum ! Une petite branlette, bonne nuit les petits et à l'année prochaine...

Peut-être qu'Odette faisait partie du lot. *Replay the movie please*. La belle blonde toujours au premier plan qui me faisait tant d'effet.

Pour mes anniversaires, ça non plus, ça ne m'avait pas donné le goût de la bamboche. Ma mère m'avait expulsé de sa chair un 29 février... une fois tous les quatre ans les bougies sur le gâteau. Si bien qu'on avait fini par m'oublier. Si bien que j'avais fini, moi aussi, par m'oublier... 24, 28, 32, ans... Quelle importance puisque je ne me fêtais jamais. Quand ma mère et mon père ont avalé leur bulletin de naissance, j'ai poursuivi dans leurs pas. Comme d'autres reprennent l'épicerie familiale, moi j'ai continué de ne jamais rien fêter, par fidélité à leur mémoire, par fidélité à l'enfant seul dans son lit qui se gavait de makroutes en regardant la vie de Jésus, les nuits de Noël. Quand je disais que tout est affaire d'enfance...

Je m'apprête à me faire aspirer par la bouche de métro Louvre quand une Twingo dans les tons rose fatigué rase le trottoir et m'éclabousse. Je suis tacheté comme un léopard. Je vomis des insultes par chapelets que je conclus par un suprême : empaffé ! La portière de la voiture s'ouvre. L'empaffé s'avère être une empaffée.

— Montez, Boulawane. Je paierai le nettoyage.

Claire m'a pisté. Elle me l'a avoué une fois passée la place du Châtelet. Elle trifouille la bande FM, stoppe sur Radio-Bamba. Mes tympans battent la mesure au rythme des tam-tams de Kinshasa. À Réaumur, je coupe la musique de la brousse.

— Vous n'aimez pas ? Moi, j'adore. J'ai vécu deux ans avec un Noir. Pas un Antillais. Un vrai. Un Africain. C'était un imbécile mais qu'est-ce qu'il baisait bien. Il était percussionniste à ses heures perdues, c'est-à-dire toute la journée.

Elle cherche deux, trois sujets de conversation susceptibles de rendre le trajet moins long mais elle ne ratisse que des banalités qui me laissent sans voix. Elle rallume la radio. Sur Nostalgie, on nous fait grimper là-haut, sur les neiges du Kilimandjaro, avec Pascal Danel. Nous demeurons, alors, dans nos silences glacés. À Stalingrad, elle croise sa face rougeaude dans le rétroviseur.

— Vous aussi vous trouvez que je lui ressemble, mais par politesse vous n'osez pas me le dire.

Je ne lui vois aucune ressemblance avec qui que ce soit.

— Balasko. Vous ne trouvez pas que j'ai quelque chose de Balasko ?

À y regarder de plus près, il y a bien de la Balasko en elle. Petite, râblée, un brin acariâtre et la voix ; une voix taillée pour débiter de la frustration.

Au métro Jaurès, mon calvaire arrive à son terme. Elle tente un dernier assaut en passant le bras sur mon épaule.

— Marié, Boulawane ?

Je fais non de l'index.

— Fiancé ?

J'agite toujours négativement le même doigt.

— Vous êtes libre, alors.

Je repousse sa main qui a glissé sur mon cou.

— Je ne suis pas votre genre ? C'est ma tête ou tout le reste qui ne vous convient pas ?

— C'est la tête et tout le reste.

— Votre franchise vous honore. Si vous changez d'avis, j'habite à deux pas d'ici, résidence des Saules-

Pleureurs. Tordant, non ? Sur l'interphone, sonnez à Fontaine. Claire Fontaine. C'est mon nom. Encore plus tordant, vous ne trouvez pas ?

Comme je reste imperméable à son humour désespéré, elle sifflote trois notes de *À la claire fontaine...* puis pianote fébrilement sur le volant.

— Si vous voulez vous baigner dans ma claire fontaine, je serai là, ce soir... Se baigner à la claire fontaine, ça ne vous amuse pas non plus ? D'habitude ça fait au moins sourire. Vous êtes spécial, Boulawane.

Je soupire jusqu'à embuer le pare-brise.

— Vous n'êtes pas pédé, au moins, que je ne perde pas mon temps ?

J'expire de dépit.

— Pas d'homme. Pas de femme. Vous êtes comme les escargots. Vous vous suffisez à vous-même. Tordant, non ?

Elle tend la joue. Mes lèvres effleurent ses lèvres offertes et soudain elle se rue sur moi, m'enserre le cou, sa langue s'englue dans ma gorge. Elle me badigeonne les amygdales, m'asphyxie. Je la repousse. Deux baffes la ramènent à la raison. Je claque la portière. Elle klaxonne de joie.

***

Alan, tenancier du New-Delit du soir jusqu'à l'aube, Hell's Angel quand il lui reste du temps me tape dans la main en guise de salut avant de me désigner Odette accoudée au juke-box. C'est la première fois que je la vois vêtue de la sorte. Elle porte des escarpins, un tailleur beige, un chemisier blanc avec un collier de perles nacrées comme les patientes de Godasse.

— Qu'est-ce tu maquilles dans cette tenue qui te va à ravir ? que je lui demande à froid.

— Il y a que dans les livres à deux francs six sous

qu'on peut lire des phrases aussi bancales pour dire bonjour, qu'elle répond.

C'est vrai que je dois être un des rares, voire le seul, du 75019 à avoir un vocabulaire aussi sophistiqué qu'une tchoutchouka. Dans une même phrase, je peux mélanger du français AOC, de l'argot certifié, de l'arabe cassé, du kabyle dézingué que je saupoudre parfois de verlan périmé. Il m'arrive aussi de postillonner quelques mots d'anglais pour faire genre. Genre pas encore has been.

Odette s'est habillée en directrice de lycée pour jeunes filles de bonnes familles car, ce soir, elle sort avec Duvernoy. Il l'emmène dîner au Bœuf Couronné.

— C'est l'endroit qu'il me faut pour lui dire ce que j'ai à lui dire.

Odette n'envisage pas de vieillir seule, encore moins avec un des suce-bouchons glanés dans ses virées nocturnes. Elle rêve d'une épaule solide et rassurante à la fois pour faire une fin. De ce point de vue, Duvernoy est le client idéal. Bonne situation. Trois enfants, adultes, vivant hors les murs du foyer. Physique : bof, bof, mais elle est prête à se sacrifier. Humour un peu épais. Personne n'est parfait, l'excuse-t-elle.

Lui jure qu'il ne peut plus se passer de son corps, de son cœur, de son âme. Bref, il aimerait clôturer sa vie avec elle s'il n'y avait pas un os dans la moulinette. Duvernoy est marié et ne se sent pas près de larguer sa gentilhommière pour un F2 donnant sur les embouteillages récurrents de l'avenue Jean-Jaurès. Surtout que la croqueuse de journaliste conçoit la situation à l'inverse. Elle s'envisage en bourgeoise estampillée Gucci, Versace, etc. L'hiver, elle se rêve devant un feu de cheminée, lisant *Le Figaro-Madame*, un chat angora ronronnant sur ses cuisses. Au printemps, elle se voit le sécateur à la main taillant des rosiers Queen Elizabeth, rosiers qu'elle a repérés dans le catalogue Truffaut. L'été, pour la saison des fiestas, l'on boirait et danserait jusqu'à extinction des étoiles. La vraie vie, quoi. Pour l'automne, elle n'a rien programmé mais elle cogite.

— Et les sentiments, où tu les mets, Odette ?

— Il me dit que dès qu'on est ensemble, ça lui fait des choses. C'est pas le plus beau des sentiments, ça ?

J'apostrophe Alan en grande discussion avec deux Hell's Angels tatoués du sol au plafond.

— Envoie le champagne. Du bon, du frais, du vrai, que j'ordonne.

Alan se gratte les oreilles. Il n'est pas sûr d'avoir bien saisi la commande. J'apprends à ce locdu que je régale pour fêter mon embauche.

Nous nous attablons au fond du bistrot près de l'estrade où, les samedis soir, des jeunes musiciens animent les soirées rap, raï, rock qui décoincent les culs les plus serrés du quartier.

Odette se regarde dans le miroir derrière moi, s'évalue de profil, de trois quarts, mouille ses lèvres du bout de la langue puis me fixe droit dans les yeux.

— Réponds-moi franchement, Omar. Tu crois que Duvernoy pourrait refaire sa vie avec une fille... avec une femme comme moi ?

Elle me presse la main. Elle est moite et chaude. Un peu comme celle d'une pucelle allant à son premier rendez-vous galant.

— Si j'étais amoureux de toi, je te prendrais en l'état. Mais Duvernoy a un standing à tenir. Pour commencer, arrête de parler comme une vendeuse de journaux à la criée. L'accent parigot, sorti des bas quartiers, ça fait province. Avec lui, il faut causer AOC. Supposition : Tu es dans un cocktail VIP. Il te présente du beau linge et peut-être même Sarkozy. Qu'est-ce que tu fais ? Tu lui serres la pogne ? Tu lui dis : Comment ça va, Sarko ?

Elle écarquille ses grands yeux mauves. Sarko ? Elle ne comprend pas.

— Ton Roméo, il est fan du lascar. À l'entendre, il y a Dieu et lui. Moi-même, j'ai honte de te l'avouer mais d'une certaine façon je lui dois ma place au journal. Tu as entendu parler de la discrimination positive ? Évidemment, non. Eh bien, j'en suis victime.

Elle grelotte de rire. Son visage s'éclaire. Elle gagne une décennie.

— Depuis que le monde est monde ça existe ce machin !

Elle prend pour exemple Claude François qui avait instauré un quota de danseuses noires dans les Clodettes. Et les Blue Bell Girls : un tiers de Négresses obligatoire. Et le nouveau James Bond. Elle a lu dans *Ici Paris* que le prochain serait noir.

Alan arrive avec une bouteille de champagne et quatre coupes car les deux Hell's Angels se sont invités. Le plus crasseux des deux demande :

— On boit pour quoi ?

— Mon ami, Omar, fête son engagement. Désormais, le voilà journaliste.

C'est Odette qui parle ainsi.

Alan secoue la bouteille, le bouchon gicle. Il manque d'éborgner l'autre Hell's, un grand voûté aux ongles gris de cambouis. On trinque à ma santé. Le plus crasseux trouve que j'ai bien de la chance d'avoir du boulot. Le travail lui paraît un rêve inaccessible. Il est RMIste depuis la fin du siècle dernier. Avant, il était en taule. Plus avant, il était fainéant. Plus avant, encore, c'était le néant.

— Dans quel canard tu vas écrire ? questionne Alan, histoire de dire quelque chose.

J'ai marmonné *Le Nouveau Siècle* entre mes dents avec la certitude qu'aucun de ces branquignols ne lie la presse économique. Zéro pointé. Le grand voûté se redresse, l'œil mauvais.

— C'est un journal de droite, ça. Navré, mais je bois pas avec toi. Je bois jamais avec les mecs de droite. C'est un principe.

Il repose sa coupe, retourne au comptoir vider sa chope de bière tandis que son compère qui se vante de ne jamais rien lire et de n'avoir aucun principe écluse le reste de la bouteille avant de déguerpir. Alan remballe ses coupes, un peu gêné d'avoir plombé l'ambiance avec sa question à la con.

Le portable d'Odette sonne. Elle se précipite sur son sac, décroche, nerveuse. Elle s'isole derrière l'estrade, sourit tout en parlant. Elle coupe, remet de l'ordre dans ses cheveux, un peu de bleu aux yeux, un peu de rouge sur ses lèvres.

— Je tiens la route comme ça, Omar. Je fais pas trop toc dans ce déguisement ?

— Change rien. T'es à point. Si, une chose : l'appelle pas Duvernoy. Ça fait pas très sexe.

— Martial, j'ai essayé. J'arrive pas. Ça fait militaire.

Elle m'envoie un baiser imaginaire du bout des doigts, disparaît.

Maintenant que je suis seul, je m'assois près du juke-box. De là, j'ai vue sur l'avenue Jean-Jaurès. Il neige dans la nuit opaque. Odette marche d'un pas hésitant vers une grosse berline warning allumés. La portière s'ouvre. Odette monte à bord. L'auto se fond dans le flot d'embouteillage. Je glisse une pièce dans la fente du juke-box. J'enfonce les touches A et 11. Ces touches, je les connais par cœur. Je croise les bras, ferme les yeux. Adamo m'embarque dans ses notes et ses songes. Sa vie, c'est pas l'enfer, c'est pas le paradis. Tout comme la mienne, en somme. Aussi loin que je plonge dans ma mémoire, je me suis toujours vu en accro d'Adamo. Pourquoi ? Fils d'immigré lui aussi ? Ça a dû jouer. Sa voix vrillée de souffrance et d'émotion ? Sûrement qu'elle me touche direct au cœur. Sa gueule de métèque bien propre, bien lisse, bien sage. Dans son album photo de famille, je ne dépareillerai pas. À la communale de Bel-Avenir, il y avait toujours spectacle en fin d'année scolaire. Trois cents braillards à faire la claque dans le préau. Les petits proutes des CP, CE1, CE2 faisaient chorale. *Colchiques dans les près fleurissent, fleurissent... Frère Jacques dormez-vous. Ding. Ding. Dong... Un p'tit soleil tout chaud, tout rond est tombé ce matin sur terre...*

C'est pas avec des bluettes pour pédales qu'on va en faire des hommes, se désolait le professeur de gymnastique, un moustachu ventripotent qui vivait dans son survêtement du premier au dernier jour de l'an.

Puis les plus grands, les plus téméraires y allaient de leurs numéros. Jonglage. Acrobaties. Tours de magie. Fables à déclamer sur des rythmes tropicaux ou orientaux. À ce jeu-là La Fontaine, son corbeau et son renard arrivaient premiers au hit-parade. Avec vingt-trois nationalités recensées dans cette école, le calendos du corbeau voyageait allègrement de continent en continent.

Enfin, venait mon tour.

Le directeur, un boiteux tout rouquin dont la guerre d'Algérie avait ramolli le ciboulot, m'annonçait sous les lazzis et les quolibets.

Pauvre directeur, une fois, je l'avais surpris en train d'écrire à la craie dans les toilettes : « Quelle connerie la guerre, Barbara ! » Barbara ? Des Fatima, des Zoubida, des Fatou, des Bintou, je pouvais en recenser des caisses mais des Barbara, il n'y en avait aucune dans notre cité.

— Maintenant Boulawane va nous interpréter non pas une chanson de son cru mais la même que l'année passée, qu'il se félicitait.

Je montais alors sur scène, bleu de peur, et, comme l'artiste entrant dans la lumière, je fixais au plus loin un point imaginaire pour ne pas me laisser déconcentrer par Godasse et les autres sbires qui débloquaient aux premiers rangs. Je m'éclaircissais la voix. J'y étais. J'attaquais... « *Tombe la neige... Tu ne viendras pas ce soir... La... la... la. Tout est blanc de désespoir... la... la... la.* » De suite, c'était un concert de sifflets, des doigts d'honneur, des jets de boulettes de papier et des glaviots bien mûrs. Mais rien ne pouvait m'arrêter.

Chaque année, je remettais le couvert avec la même passion, la même conviction, le même succès... « *Et tombe la neige... Impossible manège... la... la... la.* »

Une fois, il s'était donné en spectacle au théâtre de Bel-Avenir. Pour le voir en chair et en os, j'avais estourbi l'argent des timbres antituberculeux qu'on vendait en faisant du porte-à-porte. Ça n'avait pas suffi ; il me manquait trois fois rien pour un strapontin. Il était passé sans me voir. Mes premiers sous gagnés dans des petits trafics, je les avais dépensés pour voir d'autres chanteurs, Bowie, Stewart, Jagger. J'avais même banqué le prix fort pour AC/DC, des pouilleux gueulards venus d'USA. Mais aucun d'eux n'arrivait à l'orteil d'Adamo. Un jour viendra, *Inch Allah*, me promets-je chaque fois que je balance une thune dans le bastringue à musique d'Alan, un jour viendra, j'irai l'écouter et chanter avec lui *Tombe la neige*. Peut-être qu'avec un peu de baraka, je pourrais lui serrer la main. Peut-être même qu'il me reconnaîtra comme l'un des siens, qu'il me prendra dans ses bras comme un vieux frère retrouvé et me dira : « Sacré Boulawane. Je ne te connaissais pas mais je t'ai reconnu. On s'en fait une petite... *La... la... la... Et tombe la neige...* »

Lorsque je rouvre les paupières, les deux Hell's Angels s'esclaffent à gorge déployée. Alan vient de leur refourguer son lot de blagues salaces. Et ça grignote des cacahuètes. Et ça reboit de la bière. Et ça fume des pétards. Et ça re-cause vroom-vroom. Et derrière ce trio de soiffards, j'aperçois la gazelle du Sahel. Je me lève d'un bond, la rattrape sur le passage clouté. Elle claque des dents, ses yeux luisent de froid. Je la tire par le bras pour l'inviter à prendre un chocolat. Elle jette un œil à sa montre, répond oui, non, s'excuse. Il lui reste les poubelles du 54 et du 56 à sortir. J'insiste. Elle n'a plus le cœur à me résister.

Elle serre longuement la tasse de chocolat entre ses mains pour se réchauffer puis elle boit à petites gorgées, l'air perdu dans ses pensées.

— Ne me laisse pas seul. Dis-moi où t'es que je te rejoigne, Angélina ?

Ses yeux se brouillent de larmes. Ce n'est qu'un filet de voix d'enfant qui sort de sa bouche.

— Quand j'étais chez moi, je croyais que la neige ça rendait les gens joyeux. J'avais vu ça dans les livres pour enfants que la Croix-Rouge distribuait pour Noël. On voyait des petits toubabs faire la fête aux premiers flocons. Et nous, on rêvait d'être comme eux. On rêvait d'avoir un manteau, un cache-nez, des gants, des grosses chaussures. Quand on accompagnait les aînés à la plantation, on se mettait du coton dans les cheveux et on soufflait dans nos mains comme si on avait froid. Il neige sur Paris. Je sais maintenant que la neige ça ne rend pas heureux.

Elle pose sa tasse, glisse ses longs doigts noirs entre mes doigts blêmes et m'explique qu'elle a patienté depuis l'aube devant les grilles de la préfecture avec d'autres Noirs, des Arabes, des estropiés, des désespérés, des réfugiés. Elle s'est gelée sur le bitume avec tous ses frères de misère pour avoir le droit de nettoyer les cages d'escaliers, de dealer, de squatter, de se soigner, de mourir au grand jour.

— 127 ! Le 127, c'était moi. Je tremblais de partout en tendant mon dossier.

Mouais, mouais, mouais, avait dit la préposée bien à l'abri derrière son hygiaphone. Le cœur d'Angélina s'était mis à battre si fort qu'elle avait cru qu'il allait s'arracher de sa poitrine. Ça y est, elle allait l'avoir, son ticket pour respirer français. Mais la préposée s'était ravisée après avoir tapé sur son clavier d'ordinateur... mouais, mouais, mouais... Elle était allée voir d'autres fonctionnaires qui avaient bêlé : Mouais, mouais, mouais... La préposée était revenue et avait lancé devant tout le monde : « Les fiches de paie que vous nous avez présentées sont bidon. Va falloir quitter le territoire national. Au suivant ! »

Pour monter son dossier, Angélina avait acheté des fiches de paie à un faussaire qu'elle avait rencontré dans son squat.

— Garanti 100 %, sister. Ils n'y verront que du feu à la préf, qu'il lui avait juré.

Elle est dans de beaux draps, la sister, à présent. À la merci du premier charter en partance pour le Burkina.

— Je vais voir au marché aux voleurs de Barbès. Je vais te dégoter des papiers plus vrais que nature. Laisse-moi seulement un peu de temps.

Elle ne veut plus de toc. Elle veut des vrais papiers, des vraies fiches de paie pour faire une vraie vie. Elle n'en peut plus de raser les murs. Elle veut vivre à la lumière.

Les deux anges de l'enfer se calent derrière nous avec leur chope de bière et tapent du poing sur la pauvre machine à musique.

Le grand voûté éructe :

— Je vais plus payer ma cotisation à Motards en Colère. Je leur ai téléphoné dix fois pour qu'ils me rancardent sur les emplacements des nouveaux radars. Incapables de me répondre. À croire qu'ils sont de mèche avec les poulets.

Le plus crasseux approuve d'un grand rot. Je le secoue et leur ordonne d'aller vociférer plus loin. Ils déversent leur bière sur notre table en me considérant comme la dernière des couilles molles.

— Si t'es pas content, tu vires du rade.

C'est le plus crasseux qui gargouille de la sorte. Il bouscule Angélina. Elle tombe de sa chaise.

— Allez ouste ! Dans ta case, bamboula.

Le grand voûté suffoque de rire. Je vois rouge, jaune, bleu, vert. Un arc-en-ciel de haine. Et le coup de boule part sans prévenir entre les yeux chassieux du plus crasseux. Il se plie en deux la truffe ensanglantée, s'écroule sur une table. Le grand voûté, resté en retrait, se décide à entrer dans la danse. Il se sert de sa chope comme d'un poing américain. J'esquive une fois, deux fois, trois fois. La quatrième m'est fatale. Ma lèvre supérieure éclate. Je bave le sang. Angélina panique, hurle de peur. Alan se précipite matraque à la main pour ramener le calme. En vain. Les esprits sont surchauffés. Le plus crasseux se relève bouffi de rage. Il tire de sa poche un couteau à cran d'arrêt, fait gicler la lame, s'écrie :

— Je vais te crever, bougnoule !

Alan manque de se faire embrocher après avoir tenté une ultime médiation. Le bougnoule, ils jurent d'en faire un méchoui et de jeter les restes dans le canal. Alan ne maîtrise plus rien de la situation. Il décroche son téléphone, compose le 17. Allô la police... New-Delit, avenue Jean-Jaurès... Évidemment à Paris.

Angélina profite d'un instant de répit pour s'interposer entre nous. Le plus crasseux lui décoche une mandale qui la fait valdinguer à l'autre bout de la salle. Toute la banlieue remonte, alors, comme un grand dégueulis : les bastons dans les caves de Bel-Avenir pour une barrette de shit, une moto volée ou le best of de Brigitte Lahaie. Les règlements de comptes pour une gisquette de la cité d'à côté. De toutes ces épreuves je suis ressorti le cuir tanné et le cœur lardé de cicatrices. Je crispe les poings. Ils sont durs comme des pierres. Le plus crasseux va payer le prix fort. Gauche, droite, j'avance le bras en piston. J'enchaîne crochet gauche, crochet droit. Uppercut au foie. Il dégobille sa bière. Swing à la face. Son arcade sourcilière explose. Du sang comme s'il en pleuvait. Il met le genou à terre, implore mon pardon. Je ne pardonne rien. Je l'exécute. Le grand voûté rafle la matraque qu'Alan a abandonnée sur une table et me surprend par-derrière. Un coup sec sur la nuque. Je vacille. Angélina se penche sur moi. Tout devient flou. Je suis knock down. Un... deux... trois... cinq... huit... dix. Je chute... c'est le schwartz intégral.

***

Je suis allongé sur un brancard entre un biffin aviné et une jeune femme à cheveux rouges et jaunes. Et il y a un va-et-vient d'infirmières, d'infirmiers, de policiers, de pompiers qui s'agitent dans un brouhaha dans lesquels se mêlent des cris, des râles, des gémissements. Et cette odeur ! Un cocktail de pisse, d'éther, de grésil qui me soulève le cœur. Je lève la main pour attirer l'attention d'un infirmier. Il m'ignore et continue de vaquer entre les éclopés gisant dans cette salle d'attente battue par les courants d'air froid. Ma voisine me caresse le front. Elle a les ongles peints en rouge et jaune.

— On est aux urgences de Lariboisière, belle plante. C'est la police qui vous a déposé ici. Vous êtes arrivé en même temps que moi. Vous vous rendez compte, ça fait plus de deux heures qu'on patiente.

Elle a la voix enrouée, du poil plein les bras, du duvet au menton et, à y regarder de plus près, elle (il ?) a des mollets noueux de footballeur.

— Quelle heure est-il ?

— L'heure de vous acheter une montre.

Elle ? (Il ?) rit en se tenant le bas du ventre.

Je passe la main sur ma nuque. Je sursaute de douleur en sentant une énorme enflure. Puis je passe le doigt sur ma lèvre entaillée. Le sang a séché.

— C'est arrivé comment, monsieur Boulawane ?

Monsieur Boulawane ? (Elle ?) (Il ?) connaît mon nom. J'essaie de remettre un peu d'ordre dans ma mémoire cafouilleuse. Je vois bien le New-Delit, le plus crasseux, le grand voûté, la castagne comme dans un saloon, Alan et sa matraque. Tiens, une bouteille de champagne. On a fêté quoi ?... La préfecture de police ? Le 127 ? Qu'est-ce que je suis allé faire à la préfecture de police ? Je m'enfonce plus profond. Je perds pied. J'entends Adamo qui roucoule *Tombe la neige* à Angélina qui répond en écho « *Oh happy day* ». Je vire à la folie. Et cette chose à cheveux rouges et jaunes qui me couve du regard, qui est-ce ?

— On se connaît ?

— Non, mais c'est tout comme. Vous n'avez pas arrêté de délirer. Angélina par-ci. Angélina par-là. Ma princesse du Sahel. On dirait qu'elle vous a maraboutée. Vous lui avez même chanté une chanson, de... j'ai un trou. Je ne sais plus. Démodé en tout cas, le chanteur. Vous avez bien fait rire tout le monde. Ça y est, c'était : « *Laisse mes mains sur tes hanches... Ne fais pas ces yeux furibonds... Oui, tu l'auras ta revanche, tu seras ma dernière chanson.* »

Ma tête résonne plus creux qu'une calebasse. Je coupe net la chansonnette. Elle-il s'approche et chuchote :

— Je suis là parce que j'ai une inondation. Ça vient des ovaires. Je voudrais me les faire enlever puisque je ne veux pas d'enfant. Seulement mon médecin ne veut pas. Il dit que je peux changer d'avis si je rencontre l'homme de ma vie.

Je me pince la peau des roubignolles. Savoir s'il n'y a pas eu erreur d'aiguillage. Savoir si je n'ai pas été dérouté chez les maboules. Savoir, même, si je suis toujours bien de ce monde. Notre voisin biffin se met à beugler qu'il a soif. Un infirmier appelle, la main en cornet sur sa bouche : Boulawane ! Le biffin applaudit.

— Oui, du boulaouane ! Et que ça saute !

— C'est la troisième fois qu'on vous appelle, belle plante. Comme vous dormiez, ils n'ont pas osé vous réveiller. Vous êtes beau quand vous dormez. Vous ressemblez à Omar Sharif dans *Docteur Jivago*.

Je ne suis pas en mesure d'apprécier le compliment tant ça chavire autour de moi. Une infirmière antillaise et un brancardier du même pays me tirent de ce dépotoir humain pour m'emmener passer des radios.

De face, de profil, de dos. On ne bouge plus. On ne respire plus.

Clic ! Clac !

— On va faire maxillaire inférieure et maxillaire supérieure. On ne bouge plus. On ne respire plus.

Clic ! Clac !

Je ressors du service radiologie avec une grande enveloppe de papier kraft lourde de clichés à montrer au médecin de garde.

— Vous y allez tout seul ou vous voulez que je vous accompagne ? Questionne le brancardier.

Je me sens un peu faiblard mais assez valide pour toquer trois portes plus loin.

Le toubib est la réplique de Monsieur Propre. Chauve, blanchâtre, la mâchoire carrée, le nez carré, les épaules carrées, même sa montre est carrée. Sur sa blouse blanche qu'il porte débraillée, il y a une étiquette avec son nom écrit au feutre bleu. Je me re-pince les roubignolles. Non, ce n'est pas possible ! Il s'appelle Carré.

— Rassurez-moi docteur, je ne suis pas dingue ?

Un timide sourire s'insinue sur les lèvres blêmasses.

— La nuit tout le monde est dingue. Après, c'est une question de degré.

Je ne suis guère plus rassuré.

— Vous me situez à quel degré ?

— Comment voulez-vous que je le sache ? À vue d'œil, vous m'avez l'air plutôt sain.

Il ouvre l'enveloppe de papier kraft, suspend mes radios au négatoscope, commente en pointant mes vertèbres cervicales avec une règle de métal. Paraît que j'ai eu la baraka. Si le coup que l'on m'a porté avait été à peine plus appuyé, je n'y aurais pas coupé : hémiplégie. Voire tétraplégie. Des joyeusetés qui vous font voyager en fauteuil roulant pour le restant de vos jours. Pour ma lèvre supérieure qui a triplé de volume, il n'y peut rien. Il faut donner du temps au temps pour qu'elle se résorbe. Il sort de sa poche poitrine un dictaphone, consulte sa montre et articule distinctement : « Professeur Carré. À l'attention de Sophie Mouillard. Lundi 18 décembre. Il est 0 h 30. Après lecture des radios d'Omar Boulawane, j'ai constaté une contusion au niveau des cervicales trois et quatre et une ecchymose, d'apparence sans gravité, sur la nuque due à un (il m'apostrophe) : Comment cela vous est-il arrivé ? »

Je lui renvoie une mimique d'amnésique. Il reprend :

— Ecchymose à laquelle il convient d'ajouter une légère déficience de la mémoire ne nécessitant a priori ni traitement ni hospitalisation.

Il coupe son dictaphone, prétend que je ne suis pas en état de rentrer seul chez moi, me propose de passer la nuit en observation.

— À moins que vous n'ayez quelqu'un pour venir vous chercher.

L'idée de retrouver la bande de desperados dans la salle d'attente me force à me souvenir qu'il me reste un ami. Un seul. Je dégaine mon portable, sonne Godasse. Il est avec une patiente mais promet d'être à Lariboisière dans les plus brefs délais. Carré prend stylo et ordonnancier.

— Je vous fais un arrêt maladie. Deux semaines, ça va ?

— J'ai commencé à travailler aujourd'hui. Je vais passer pour un fumiste.

— La mémoire vous revient. C'est bon signe. Dans quelques heures ça ira mieux. Vous faites quoi dans la vie ?

— Je débute dans le journalisme.

Il branle son stéthoscope avec une moue dubitative.

— Vous faites un peu vieux pour un débutant. Quel âge avez-vous ?

— Dans les trente.

— Vous êtes né présumé ?

— Non. Je suis né un 29 février... De quelle année ?

De nouveau ma mémoire vasouille.

— Vous allez écrire des articles sur quoi ?

La trogne de Duvernoy me revient subitement.

— Je dois rédiger un papier sur les radars.

— Les radars. Une calamité !

Si la nuit tout le monde est dingue, Carré est chef de meute. Il s'insurge, tempête, s'indigne, maudit les inventeurs de ces machines diaboliques.

— Pour quelques vies prétendument épargnées, combien de morts certaines vont-ils avoir sur la conscience ?

À la belle époque, regrette-t-il, du temps ou la vitesse était sans limite, il avait vécu les meilleures années de sa vie d'urgentiste. Il y avait de vrais blessés. Un bras arraché par-ci. Une jambe sectionnée par-là. Des fractures à la pelle. Une rate éclatée. De la tripaille à l'air.

— Des vrais clients, quoi. Maintenant que tous respectent comme des veaux les limitations de vitesse, c'est fichu.

Il ne lui arrive plus que le rebut de la société. Des travelos non francophones. Des drogués. Des Arabes que le vin rend mauvais. Des putes en lambeaux. Des Hébreux fumeurs de Talmud. Des Gaulois rendus irascibles à cause du bruit et des odeurs de leurs voisins de couleur. Des vrais et des faux suicidés. Sans compter les couillons des réveillons qui se blessent en ouvrant des huîtres.

— Et je vous fais grâce des Pamplemousses (il tire sur ses paupières pour brider ses yeux) qui ne se font pas à notre nourriture et qu'on peut suivre à la trace dans les couloirs de l'hôpital.

Tout ça par la faute des radars chaque jour plus nombreux dans Paris. Même les chirurgiens, d'ordinaire si discrets, exècrent ces engins qu'ils rendent coupables d'être les principaux responsables du manque d'organes à greffer.

— Les meilleurs soirs, il n'était pas rare qu'un ou deux motards se tuent sur le périphérique. On pouvait toucher un foie, deux reins, un cœur, même. De quoi travailler ! De quoi sauver des vies, merde !

Il range son dictaphone dans sa poche, repousse son ordonnancier, me fixe dans les yeux. Je lis dans ce regard délavé toute l'amertume d'un homme blessé.

— N'oubliez pas de parler de cet aspect-là dans votre article. Radar égale moins d'accidents. Moins d'accidents égale pénurie d'organes. Pénurie d'organes égale mort assurée. Et moi, à cause de ça, je me retrouve à rafistoler des loques humaines.

Un infirmier entre sans frapper.

— Il y a le barjot qui nous emmerde avec ses ragnagnas. Il a répandu plein de sauce tomate par terre. Qu'est-ce qu'on fait ? On le met dehors ou on l'enferme dans le cabanon comme hier ?

— Voyez-vous, monsieur Boulawane, quand il n'y avait pas de radar, la police embarquait cette plèbe directement chez les fous à Sainte-Anne et j'étais heureux.

Il me serre une rude poignée de main en soupirant : « Pauvre France. »

***

Godasse termine *Amour infini et Amant éternel*, le numéro 112 de la collection « Émois et Moi », quand je prends place à côté de lui. Je le presse de démarrer car je ne suis qu'une enflure de douleur. Il ne réagit pas, tout absorbé qu'il est par sa littérature pour midinettes. Quand il a lu le dernier mot de la dernière phrase, il referme le bouquin, le dépose sur la planche de bord, puis, il allume une Marl et reste songeur, le regard perdu dans ses ronds de fumée.

— La fin est sublime. Il l'aime. Elle l'aime. Ils vont faire des bébés ensemble. Sublime.

Il tourne la tête, réalise que je ne suis amoché de partout.

— Qu'est-ce qui t'est arrivé ? On t'a envoyé en reportage dans le 9-3 ?

Il cesse de se trouver comique lorsqu'il mesure l'étendue des dégâts. Sa chemise Dior est bonne pour la poubelle et son costume de croque-mitaine est à l'agonie.

— Armani ! C'est un Giorgio Armani en alpaga que tu m'as flingué. Tu sais combien de consultations j'ai faites pour me le payer ?

Il baisse la vitre, jette son mégot, rallume aussitôt une autre Marl, découvre à la lueur de son briquet ma lèvre boursouflée.

— Et ta lèvre, on dirait une hémorroïde. Qu'est-ce que ça va être quand ils vont t'envoyer sur la piste de ton cousin Ben Laden ?

Il démarre, roule au pas en me lorgnant de biais.

— Ce matin, je te laisse tout fringant, ce soir, je te retrouve en charpie. Tu me fais de la peine, Rouletabille.

Comme je ne suis plus en état de carburer à plein régime, je la boucle. Ça ne le dérange pas. Il se met à causer pour deux. À le croire, je vaux beaucoup mieux que ce job de Tintin auquel je me destine. Ça rime à quoi de se faire chmire à écrire sur n'importe quoi, sur n'importe qui ? au *Nouveau Siècle*, en plus. Un journal planqué au fond des kiosques entre des revues porno, des coin-coin de tiercé et de football. Il aspire une longue bouffée et philosophe de plus belle :

— On n'a qu'une vie, Omar. Il ne faut pas la louper. Soyons sans scrupule. Fonçons. S'il y a une suite après la mort, on pourra toujours se refaire la cerise devant le Bon Dieu. Se trouver quelques circonstances atténuantes pour justifier qu'on n'a pas toujours été très charitables avec nos prochains. Mais s'il n'y a personne, ça change la donne. Moi, dans le doute...

Dans le doute, il ne s'abstient pas. Il opte pour le grand néant, ce qui lui permet de s'exonérer de tous regrets, de toutes culpabilités.

— On vit dans un monde sans repères, sans principes, sans valeurs. Il n'y a aucune raison qu'on soit mieux que les autres. Vaut mieux vivre un jour comme un lion que cent ans comme un mouton. Tu es d'accord avec moi ?

Le voilà qui s'emballe. Il souhaite que nous créions notre propre légende personnelle. Il n'y a plus une minute à perdre. Nous sommes de vieux trentenaires. Il est grand temps d'avoir de légitimes ambitions. Ses yeux s'enfièvrent. Il affine son dessein. Il veut que nous fassions partie du club des Crapules qui gouvernent le monde, que nous mangions à la même table que Bush, Poutine, Ben Laden.

Il me bassine qu'il n'en peut plus de son boulot de castor et de toutes ses patientes qu'il ne supporte plus, même en peinture. Il veut se déclarer en faillite, balancer la clé de son cabinet dans la Seine et tout recommencer pour fonder une famille. Une vraie. Avec de l'amour et des sentiments comme dans le numéro 112. Mais avant, il lui faut assurer ses arrières. Il a pour ça finement gambergé à un plan.

Hier après-midi, en revenant de chez sa folledingue, celle qui lui pourrit toutes ses heures, il avait le blues. Alors, il s'était assis à la terrasse d'une brasserie du boulevard Saint-Michel pour décompresser, se changer les idées, regarder les gens passer. Soudain, il a vu déferler une bande d'exaltés, barbus, chevelus comme on n'en fait plus. Il crut d'abord qu'il s'agissait d'une manifestation de chercheurs du CNRS – c'est comme ça qu'il les imagine – mais non, c'étaient des militants anti-OGN, des Verts et des révolutionnaires. Des centaines et des centaines. Sur leurs banderoles il avait lu que la planète allait mourir, qu'ils ne voulaient pas être les complices de Monsanto, ce pourrisseur de l'humanité. D'autres banderoles se faisaient plus menaçantes. Elles annonçaient haut et clair la mort prochaine de ce fameux Monsanto. Monsanto ? Il n'avait jamais entendu parler de ce gus-là. Sans perdre de temps, il était parti fouiner sur Internet.

— Quand il y a des Verts et des révolutionnaires qui font du bruit dans la rue, tu peux être certain que de l'autre côté du miroir il y a des milliardaires qui s'en mettent plein les poches.

Deux clics plus loin, il savait l'essentiel du semencier Monsanto, le parrain des OGM.

— Tu me vois venir, Omar ?

Je suis groggy, étanche à son blabla. Pas grave, il poursuit :

— Lui aussi, il est du banquet des Crapules. Il bazarde des organismes génétiquement modifiés dans le monde entier, enfin presque. Tu piges, Omar ?

Je pose ma nuque sur le repose-tête, ferme les paupières. Mon indifférence l'agace. Il tape sur le volant. J'ouvre un œil.

— Je veux travailler avec lui avant que toutes les places soient prises. Pour la France, c'est râpé, il a déjà des agents. Mais pour l'Afrique, ils sont toujours à l'état sauvage là-bas, j'ai proposé nos services. Faut qu'on soit les premiers à ensemencer tout le continent noir. Il y a urgence, sinon on va se faire griller. Tu montes avec moi dans la combine ? On va devenir riches. On va faire partie du club des Crapules.

Il se gare devant la station de métro Jaurès, à cent pas de chez moi. Il écrase son mégot dans le cendrier, et allume une troisième Marl qu'il pompe rageusement. Je suffoque. Envie urgente de déguerpir. Il pose sa main sur la mienne, devise, plus gravement cette fois.

— Souviens-toi de Karl Marx avec ses putes et ses flics. Il avait vu juste le coco. Flics, on ne pourra jamais, mais putes, on l'est déjà. Moi, je trime avec ma gaule et toi, bientôt ils vont t'expédier chez les Afghans, chez les Papous ou en banlieue. Pour combien ? Peau de balle. Alors, quitte à faire la pute, autant voir large. Le plan OGM, moi ça me va bien. Tu ne te salis pas les mains et tu palpes. Qu'est-ce que t'en dis ?

Arrivederci. Voilà ce que j'en dis. Ça ne lui fait pas plaisir que je tente de m'esquiver avant qu'il m'ait casé tout son bagout. Il active le verrouillage automatique des portières. Je suis désormais l'otage de sa folie.

— Je voudrais que tu m'écoutes encore cinq minutes.

Il agite son portable sous mon nez.

— Je n'ai pas perdu de temps, Omar. J'attends sa réponse. J'ai fait une offre de services à Monsanto... enfin à leurs conseils en communication. J'attends qu'ils me répondent.

— Godasse...

— Oskar !

— Oskar. Il va falloir que tu ailles te faire recintrer. À Lariboisière, ils sont spécialistes depuis qu'il y a des radars partout. Bonne nuit.

— Deux minutes. Écoute-moi, deux minutes.

— Pas une minute de plus.

Son regard devient dur, coupant, haineux. Ses lèvres tremblotent de rage mal contenue.

— Je savais bien que tu n'avais aucune envergure. Je mets la fortune à tes pieds. Tu me craches à la figure. Tu n'as pas changé depuis Bel-Avenir. Tu crèveras avec tes petits principes, ta petite morale et ta paye de journaleux. Moi je ne renonce pas. J'irai tout seul me faire inviter au banquet des Crapules. Reste dans ton gourbi, l'arbi.

Je voudrais lui coller une beigne mais je suis vidé. Je vois double et de nouveau tout tangue autour de moi. Son portable sonne. Il sursaute, décroche. À voir sa mine s'allonger de seconde en seconde, je devine que ce ne sont pas les archanges des OGM qui l'invitent à leur banquet. Il abrège la conversation, allume la dernière Marl de son paquet.

— C'est la foldingue. Elle craque. Son mari ne rentrera pas à la niche cette nuit. Je vais faire un saut pour lui regonfler le moral. Quand je te dis que j'en peux plus de ce job.

Il déverrouille les portières, m'offre *Amour infini et Amant éternel.*

— La fin est de toute beauté, Omar. Écoute (il lit, la gorge étreinte par l'émotion) : « *La tendre Annabelle de Chaulnes murmura : "Je t'aime, Rodolphe." Le duc d'Omiercourt la pressa contre son corps, tout contre. Elle chavirait de bonheur. Ils échangèrent un long baiser passionné. Plus rien ne pourrait les empêcher de s'aimer pour l'éternité.* »

— Sublime, non ?

— Sublime.

Je lui serre la main. On se fait même la bise comme deux chbebs et on se dit à plus tard.

— La nuit porte conseil. Si Monsanto m'appelle, je te glisse dans la combine ?

Je lui fais un vague signe de la main qui ne veut rien dire. Le professeur Carré a raison, la nuit appartient bien à tous les détraqués.

***

Je suis lessivé, rincé, essoré. Bon à jeter au canal. J'essaie de ficeler à l'endroit cette journée de chien : macache. Ma mémoire boit la tasse. Même le numéro du digicode ne me revient plus. Je tambourine à la porte, je hurle, je hulule, je savate la serrure... elle cède. Je pousse. Dans un coin sombre, elle est là, transie de peur. Je lui prends la main. Il n'y a rien à se dire. Nous n'avons besoin que d'amour, de tendresse pour réchauffer nos cœurs meurtris.

Dans l'ascenseur qui monte aux portes du paradis, nous nous perdons dans un baiser langoureux. Un long baiser. J'ouvre la porte de ma casbah. Je nous laisse dans l'obscurité. Je l'effeuille. Sous son manteau de laine écrue, sous son pull à grosses mailles, sous son tee-shirt en coton apparaissent deux petits seins noirs qui ne demandent qu'à être désirés, embrassés, caressés. Elle enroule ses bras autour de mon cou. Je suis prêt à tous les vertiges. À tâtons, j'explore son corps de liane. Elle est plus que parfaite. Elle est idéale. Mon idéale. Je la bascule sur le lit, baise ses mains, ses bras, son front, sa bouche, et chaque centimètre de sa peau noire. Puis nous nous enivrons dans une chevauchée fantastique. Je lui donne tout mon amour et toute ma souffrance de l'avoir tant de fois espérée. Elle ahane, geint, les ongles enfoncés dans ma peau, dans ma chair. Son souffle haletant me crève de part en part. Je suis étourdi, ivre de baise. Je crève de plaisir. Elle crie son bonheur de mourir de plaisir, aussi. Puis nous restons, silencieux, l'un dans l'autre de belles minutes, de longues minutes, l'éternité.

J'ai peur qu'elle attrape froid. Je relève le drap sur elle. Elle se blottit contre moi, regarde le plafond. Elle cherche des mots pour s'excuser de m'avoir abandonné, à moitié mort, au New-Delit en entendant les sirènes de la voiture de police. Des mots pour murmurer tout bas sa honte de s'être enfuie, lâchement.

— C'est parce que tu as honte que tu es là ?

Elle pose sa tête sur mon épaule.

— Je ne sais dire les mots d'amour que dans les chansons. Dans la vraie vie, je n'ose pas.

— Ose, si tu les penses. Si tu les penses pas, ne dis rien.

De nouveau, il y a un long silence puis elle ose :

— Je crois que je t'aime. Je ne sais pas pourquoi. C'est comme ça. Et toi ?

— Moi, j'en suis sûr. Pourquoi ? Je sais pas non plus. On s'aime sans raison, c'est encore plus beau.

Elle se lève pour prendre une douche parce qu'elle trouve que l'odeur de la tête de veau de Momo a imprégné tous les pores de sa peau jusqu'au tréfonds de son âme.

— Un beau voyou, celui-là. Il m'a fait trimer jusqu'à minuit. Après, il a refusé de me payer parce que j'étais arrivée avec quinze minutes de retard.

Je lui promets que demain, à l'heure où blanchit la campagne, je m'occuperai perso du citoyen Momo.

De mon lit, j'ai vue sur un coin de la douche. Je suis comme au cinéma. Un film en noir et blanc. Noir intense pour elle. Blanc cassé, fracassé, pour moi. Et mon cœur bat la chamade dès qu'elle chante : « *When a man loves a woman* »... Et le sang me fouette les tempes dès que je vois l'eau ruisseler au creux de ses reins. Et mon dard trépigne de joie dès que je devine sa main s'insinuant dans sa toison de soie. Je suis bien, apaisé, heureux sûrement. Elle ferme les robinets de la douche, s'ébroue, attrape un drap sur une étagère, s'enroule dedans comme dans un boubou, vient s'allonger près de moi, sur le ventre. Elle continue de chanter, de chantonner, de fredonner, de murmurer « *Loves a woman* ». Elle ferme les yeux, s'endort.

Je veille sur son sommeil.

C'est la première fois que je suis amoureux d'une femme noire. C'est la première fois que je partage mon lit avec une femme noire. Je ne suis pas peu fier du chemin parcouru depuis Bel-Avenir. Pour des esprits éclairés, libérés, avisés, l'affaire est commune. Quand un homme aime une femme cha ba da ba da... Où est le problème ? Il faut être moderne, vivre avec son époque, oser le métissage. C'est le sens de la vie, monsieur Boulawane. C'est que j'arrive des ténèbres, moi. J'ai poussé à la brutale dans une cité cadenassée par les rails de sécurité de l'autoroute A1, une friche industrielle, et un incinérateur d'ordures ménagères dont les panaches de fumée bleutée tirés de la cheminée étaient notre unique d'horizon. Bel-Avenir, même les bus ne s'y arrêtaient plus. La mairie avait recensé 70 % de chômeurs dans ma cité. Les 30 % restants n'avaient qu'à aller bosser à dos de chameau. Nous étions livrés à nous-mêmes du 1er janvier au 31 décembre de toutes les années. Chaque fois qu'un Francaoui larguait son appartement, aussitôt des Blacks ou des Beurs – comme on disait du temps des années Mitterrand – s'incrustaient à la place. Félix Potin et son cousin Monsieur Bricolage avaient baissé rideau pour des contrées moins basanées. Ils avaient été remplacés par une boucherie halal et des souks africains où l'on trouvait toutes sortes de maraboutérie ; des trucs informes séchés sur des crocs de boucher pour lutter contre l'impuissance sexuelle, de la poudre de perlimpinpin dans des bocaux en alu censée chasser les mauvais esprits, des liqueurs réputées efficaces pour gagner au Quinté +, au Loto, au poker. Elles garantissaient, aussi, le retour d'affection de l'être aimé, la réussite aux examens scolaires et certaines avaient des vertus pour lutter contre le paludisme et éradiquer le sida. Les seuls Blancs qui n'avaient pas déserté notre ghetto, c'étaient les Godaski. Papa Godasse avait connu le communisme stalinien à Varsovie, Bel-Avenir à côté, c'était l'Éden. Même s'il devait le partager avec des Noirs et des Arabes.

À vivre, comme ça, les uns avec les autres, nous avions fini par vivre les uns contre les autres. Les Arabes rendaient les Noirs responsables de la pénurie de vrais Français dans la cité. Ils les accablaient de tous les maux : odeurs pestilentielles, mœurs primitives, tribus de singes. En retour, les Noirs accusaient les Arabes d'être des barbares, des terroristes, des égorgeurs assoiffés de sang. Ambiance... Ambiance... Au plus chaud de ma libido, sur le coup de mes douze-treize ans, je n'aurais jamais osé draguer dans le cheptel africain. Pourtant ce n'était pas les envies qui me manquaient. Il y avait de la bonne et belle Blackette à tous les étages. Mon père, une des têtes pensantes de la ligue secrète anti-nègre, n'aurait pas supporté. Il se serait suicidé de honte. Alors, nous restions entre nous. Nous baisions entre nous. Nous nous reproduisions entre nous. Et moi, au pied de l'immeuble, j'espérais la femme blanche. J'étais prêt à échanger deux Malika contre une Joséphine. La plus vilaine, j'étais preneur. Juste pour comparer le grain de la peau de l'une par rapport à l'autre. Comparer les effluves de l'une par rapport à l'autre. Ne pas mourir idiot, quoi. Mais aucune Joséphine ne s'égarait par chez nous. À croire que Bel-Avenir avait été rayé du cadastre.

Le soir, au fond de ma paillasse, avant de m'endormir, je gâchais de la semoule en feuilletant de vieux *Playboy*. Dans mon souvenir, c'était Pamela Anderson qui m'apaisait le mieux.

Parfois, de balcon en balcon, nos parents, après s'être copieusement insultés, se lançaient en VO : « Moi, raciste, ça se peut pas, je suis arabe. Je suis un ancien colonisé. C'est dire si je sais de quoi je parle. »

« Et moi donc, ça se peut encore moins, je suis noir. J'ai été esclave par le passé. C'est dire si je connais la question. »

La misère ne nous rendait pas solidaires. Elle nous divisait, nous rendait malheureux, nous détruisait parfois jusqu'à la mort. Coulibali et Saliha en avaient payé le prix de nos haines. Coulibali était beau comme un dieu. Même mon père le reconnaissait. Ça ne lui coûtait pas rien puisqu'il n'imaginait pas qu'Allah fût noir. Saliha était une petite Berbère aux yeux verts. Deux mômes nés, élevés dans la cité. *Roméo et Juliette* revisité par nos brutes de Bel-Avenir.

— Ma fille avec un gorille, jamais ! se lamentait la mère de Saliha en se griffant les joues au sang.

— Mon fils avec une égorgeuse, jamais ! s'indignait Amadou, le père du dieu nègre.

Très mal finie la romance. Les clans se réconcilièrent sur le dos des jeunes amants. Ils furent condamnés à la sanction la plus infamante, la plus dégradante : la mort blanche. Nous avions ordre de les gommer de nos mémoires. Du jour au lendemain, il nous était interdit de leur parler, de les regarder. Il fallait qu'ils deviennent transparents à nos yeux. Saliha et Coulibali ne supportèrent pas longtemps le châtiment. Ils nouèrent à leurs poignets un foulard de soie noir et blanc, se précipitèrent du haut de la plus haute tour de cette cité oubliée de tous et des dieux...

Les yeux me piquent. J'ai froid. Je grelotte de honte quand me revient à la face tout ce gâchis. Je me love contre Angélina. Elle dort du sommeil des purs.

3

Pour ne pas la réveiller, je m'isole dans le cabinet de toilette et téléphone à Duvernoy pour l'informer qu'aujourd'hui je vais sécher. À sa voix molle, je devine qu'il se fiche que je ne vienne pas.

— Ce n'est pas un problème, vous m'expliquerez votre affaire plus tard, qu'il me glisse même avant de raccrocher.

C'est tant mieux. Je ne m'imaginais pas lui raconter par le détail ma fracassante soirée de la veille. Je rejoins Angélina. Elle frissonne, tire la couverture, se couvre les épaules. Je me surprends à remercier le grand voûté et le plus crasseux de m'avoir abîmé le portrait. Désormais, je veux nous conjuguer au futur. Au futur le plus simple. Je l'aime. Elle m'aimera, si Dieu le veut. S'il ne le veut pas, je l'aimerai pour deux.

Elle se lève, enfile son jean, son tee-shirt, son gros pull, fait un peigne de ses doigts, ramène sa tignasse en arrière pour dégager son front. Puis elle ramasse son manteau abandonné sur le sol.

— Où vas-tu ?

— Travailler. Je vais faire ta cage d'escalier.

— Je suis bien avec toi, Angélina. Je voudrais que tu te poses, ici. Avec moi. Toujours.

Elle hoche la tête pour dire non.

— Aujourd'hui, c'est mercredi. Tout à l'heure, je t'emmènerai chez moi. Tu comprendras pourquoi je ne peux pas vivre chez toi. Laisse-moi, maintenant, j'ai à faire.

Je bondis du lit, l'enlace par la taille, l'embrasse à fond. Elle me répond avec la même ardeur, puis me repousse sèchement.

Avant de franchir le seuil de la porte, elle m'envoie un baiser du bout des lèvres qui me torpille. Je me jette sous la douche, ouvre les vannes puissance maximale, m'enduis le corps de Tahiti senteur Savane. Je plaque la main à l'endroit où je perçois le mieux les battements de mon cœur. Ça palpite, trop vite, trop fort. Je dois crever le mur des 160 pulsations/minute. Puis je savonne mon sboubino tout flasque. Il faut dire qu'il s'est donné sans compter ces dernières heures. Je l'étouffe sous la mousse, le frictionne pour le rendre plus vigoureux. Queue nenni ! Il reste insensible, pis il se rabougrit comme s'il voulait me faire payer le prix de notre aventure en béance africaine.

— Si c'est Angélina qui te convient pas, navré, mais va falloir t'y faire, que je le houspille. S'agirait pas que tu la déçoives. C'est beau l'Afrique, tu sais. Il y a des odeurs, des couleurs, des saveurs que je ne connaissais pas. Va battre le rappel des spermatozoïdes. Sonne les réservistes. On n'en aura jamais assez pour combler ma princesse du Sahel.

Sboubino demeure toujours sans réaction. Je dirige le pommeau de la douche sous mes claouies et les rafraîchis à l'eau glacée. Sboubino relève la tête, timidement. Son œil est humide. Il y a de la résignation et de la souffrance dans ce regard qui implore pour que je lui fiche la paix.

Maintenant que je suis rasé de frais, que j'ai repassé le costard noir de Godasse, que j'ai enfilé une chemise blanche, je suis prêt à affronter un nouveau jour. Pour commencer la journée, un petit tour à l'Abreuvoir s'impose.

Momo, qui d'ordinaire a le cerveau plus ramollo que les têtes de veau qu'il fourgue à longueur d'année, comprend très vite l'objet de ma visite lorsque je le saisis par la cravate d'une main et de l'autre lui écrabouille les deux raisins secs en perdition au fond de son caleçon.

— Germaine, il y a l'Arabe qui me veut du mal. Paye-le, qu'il s'étrangle.

Sa grande tige aux yeux sales sort de sa cuisine avec un coutelas empoigné à deux mains.

— On ne lui doit rien à ta bamboula. Elle avait qu'à arriver à l'heure.

Momo suffoque, étouffe, râle. Je presse sur son nœud de cravate. Il tourne de l'œil. La grande tige lâche son coutelas, ouvre le tiroir-caisse, étale trente euros sur le comptoir. Je presse, d'un cran, sur le nœud, exige vingt euros de rabe pour mes frais de déplacement. La grande tige jette un billet de plus en jurant qu'elle ne rendra jamais plus service aux Négros et Bicots qui pullulent dans le secteur.

***

Angélina rentre les poubelles quand je lui glisse dans la poche cinquante euros. Elle écarquille ses grands yeux sombres, m'assure qu'elle ne mérite pas autant, que Momo s'est trompé. Je réponds par un baiser sur la nuque, une caresse au creux de ses reins et lui donne rendez-vous, une fois son travail terminé.

Rendu au cinquième étage, je sonne Odette. Histoire de savoir si elle a avancé ses pions. Savoir si elle prépare ses cartons pour emménager chez mon patron. J'insiste. Toujours rien. Je sors mon portable, affiche le menu répertoire. À la lettre O, comme

Odette, j'enfonce la touche. Le répondeur s'enclenche. Après le bip sonore, je prie ma chère voisine de me tenir au courant de ses dernières péripéties avec l'homme de sa vie rêvée et je rentre chez moi en laissant la porte entrouverte.

Je prends un bloc de papier, un stylo, m'étale sur le lit défait, me mets à l'ouvrage.

Donc... les radars.

Cette fois, c'est cadré. Je n'ai qu'à suivre l'idée du professeur Carré qui au final me paraît des plus sensées. En vingt minutes, j'ai tout casé. Les pénuries d'organes, le désœuvrement des chirurgiens et tout le tintouin. En me relisant, je trouve l'article comique et pathétique. Un peu comme ma vie.

Angélina passe la tête dans l'embrasure de la porte. Je l'invite à prendre place près de moi pour lui lire le fruit de ma cogitation. Elle n'a pas le temps, plus le temps. On l'attend. Elle me propose de la suivre. Elle veut me faire découvrir, sa vie, son quartier et les siens comme elle les appelle. Ce n'est pas loin. Juste de l'autre côté du canal. J'aime donc je suis.

Angélina habite rue de Tanger, une des rues les plus noires de Paris. Même au plus clair des beaux jours, ce long corridor mourant sur le boulevard extérieur donne la nausée tant tout est laid. Plus aucun magasin d'ouvert. Des carcasses de voitures calcinées. Des scooters désossés. Les immeubles d'habitation tombés en ruine sont murés aux parpaings. D'autres, moins délabrés, sont squattés par des Africains. Aux fenêtres, entre le linge bariolé qui sèche, les antennes paraboliques ressemblent à de grosses pustules menaçantes. Les entrepôts désaffectés sont les repaires des dealers de coke, de crack, d'ecstasy et de toutes sortes de saloperies. La rue est connue pour ses trafics. C'est une zone de non-droit, comme on dit dans les journaux. Les flics en civil ne débarquent pour faire le ménage qu'escortés d'escadrons de CRS. On est loin de l'image d'Épinal : Y a bon Banania, baobabs, gris-gris, petits restaurants à mafé pour se rappeler les vacances au Club Med. Ici, on ne se fait pas de cadeau. On risque sa peau pour quelques euros. Les tout-petits, la morve au nez, en guenilles malgré le froid cinglant, jouent avec l'eau poisseuse du caniveau qui charrie, au gré des marées malodorantes, tantôt des préservatifs usagés, tantôt des seringues, tantôt des cadavres de rats gros comme des chats. Leurs aînés, à peine plus âgés, rabattent les belins (c'est ainsi qu'ils nomment les fumeurs de crack... crack... crackers... crackers Belin) vers un bâtiment éventré qui, l'an dernier, était encore une annexe du commissariat de police. Là, ça sniffe jusqu'à se brûler les méninges, ça part en vrille et ça finit en vrac à Lariboisière. Les plus vieux, les plus madrés aussi, ont pris possession d'une ancienne boucherie et, avec quelques subsides de la mairie, ont monté une association – La Dérive des Continents – dont le but (avoué) est de sauver ce qui reste à sauver de leurs rejetons. Pas beau le tableau. Depuis Bel-Avenir, les choses n'ont pas beaucoup changé. Les plus pauvres des Noirpiots partagent toujours le même sort que les plus pauvres des Moricauds.

Nous entrons au numéro 11 d'un de ces squats.

Dans la courette ceinte de murs tagués, des Africaines flanquées de leur dernier marmot ligoté dans le dos sont rassemblées autour de la seule prise d'eau de l'immeuble et remplissent des faitouts, des couscoussiers, des jerricans en riant sans raison apparente. Angélina les salue d'un grand bonjour. En chœur, elles lui rendent son bonjour. Puis elles continuent de palabrer en toute quiétude.

L'escalier, plongé dans une semi-obscurité, sent le poisson bouilli, le moisi et le pipi. Les marches craquent sous nos pas. Je bute sur l'une d'elles, me rattrape à la rampe brinquebalante.

— Ne fais pas confiance à cette rampe. Elle ne tient plus. La semaine dernière, il y a une vieille mama qui a basculé du premier étage. Elle s'est brisé la jambe.

Angélina habite au troisième. Sa porte est fermée avec une chaîne bouclée au cadenas. Je distingue autour de moi deux autres portes pareillement closes. Elle ouvre. Je découvre un joli petit logement. La pièce principale, composée de bric et de broc, donne l'impression d'un joyeux foutoir. Il y a un hamac suspendu d'un côté à un crochet planté dans le mur et de l'autre côté à une poignée de porte. Des chaises de camping dépareillées sont disposées autour d'une table en Formica sur laquelle sont empilés des CD. Du gospel. Que du gospel. Un caoutchouc, un ficus, des cactus ont pris leurs aises près de la fenêtre. Il y a aussi des poufs rapiécés, une lampe halogène aux fils dénudés et un poster sépia du Christ punaisé sur la porte de sa chambre.

— Voilà où je vis, qu'elle s'excuse presque. Dans le provisoire comme tous les gens sur le qui-vive. Moi, j'aime. Et toi ?

Je jette de nouveau un regard circulaire sur son petit gourbi.

— Tu serais mieux chez moi, je crois.

— Je ne veux pas partir d'ici. Je ne veux pas laisser tomber les gens qui vivent ici. Ils ont besoin de moi comme moi j'ai eu besoin d'eux.

Elle me rappelle que son vieux tonton l'avait fichue à la rue parce qu'elle n'avait pas voulu partager sa couche.

— À ce moment-là, j'avais touché le fond. J'ai failli franchir la ligne jaune.

Dans son errance, Angélina s'était entichée d'un loulou de Ouagadougou. Il lui avait promis le bonheur et des châteaux en Espagne. Même dans ses rêves les plus branquignolesques, elle n'avait jamais songé à l'Espagne et à ses châteaux. Une petite bicoque avec l'eau courante au robinet aurait suffi pour abriter son amour. Après une semaine de baratin, son lion l'avait clouée porte de la Chapelle. Cinquante euros la turlute. Cent euros l'amour. 10 % pour elle. Le reste pour lui. Et pas de zigzag. Il la guettait de sa voiture.

Elle caresse du dos de la main l'image du Christ.

— C'est lui qui m'a donné le courage de prendre mes jambes à mon cou.

Elle avait dormi une nuit, deux nuits, un mois sous les ponts de Paris et avait souvent pensé à sa maman, à ses sœurs, à ses plantations de coton là-bas, au Burkina. Elle passait son temps à marcher dans les rues, à déambuler dans les magasins, à hanter les jardins publics. Un jour, un gamin, aussi noir qu'elle, cueillit un bouquet de jonquilles sur les talus du périph' et lui offrit parce qu'il la trouvait jolie. Simplement jolie. Il s'appelait Abou et demeurait 11 rue de Tanger.

— C'était mon cousin qui habitait dans ce logement. Il a été expulsé au Mali juste avant que j'arrive. J'ai pris sa place.

Elle ouvre la porte de sa chambre. À même le sol, il y a un matelas en mousse recouvert d'une couette imitation léopard. Une lampe de chevet jette une lumière jaunâtre sur un crucifix nacré agrafé sur un paravent en rotin. Ses vêtements sont rangés, empilés sur une étagère. Elle tire une blouse mauve qu'elle range dans un sac plastique. J'ai là, de suite, à la seconde, une furieuse envie de lui faire l'amour. Je l'enserre, l'embrasse sur le cou, cherche ses lèvres. Elle résiste. Elle ne veut pas. Pas maintenant. Ils l'attendent.

— Qui t'attend, Angélina ?

— Eux.

— Qui eux ?

Je verrai. Elle cadenasse sa porte, salue son voisin de palier, un grand Noir à face plate, maigre comme un lévrier.

— Tu ne sais plus dire bonjour, Mamadou ?

— Pardon, ma sœur. Je n'ai plus ma tête à moi. Je reviens de la préfecture. Ils ont refusé ma demande d'asile politique. Deux ans que j'attendais la réponse. J'en peux plus. Si je rentre avec le charter, je vais faire de la prison au pays. J'en peux plus de vivre, ma sœur. J'en peux plus.

Je me fends d'un bonjour monsieur qu'il ne relève pas. Trop de tracas.

Il pleut des lames de couteau, maintenant. Nous pressons le pas pour pénétrer dans un immeuble en péril qui fait angle avec la rue du Maroc. Au fond de la cour aux pavés mangés par la mousse, il y a une bâtisse en brique rouge, trouée de baies vitrées. Sur la façade, on peut encore lire en bleu délavé : Menuiserie moderne.

Angélina ouvre un vantail du portail bringuebalant. Elle est accueillie par un concert de vivats, de hourras, des youyous. Se bouscule autour d'elle pour l'embrasser, la toucher, la tirer par la main une marmaille haute en couleur : des Asiates, des Noirs, des basanés et même un petit Blanc, tout blond, tout mignon qui n'est pas le dernier à lui faire la fête. Une fillette au teint brun l'interpelle. Elle avait peur qu'elle leur fasse faux bond.

— Il faudrait qu'on me jette dans le charter pour que je ne vienne pas.

Bientôt, je suis cerné par une dizaine de ces enfants chahuteurs. Ils me jaugent avec méfiance et curiosité. Un petit Arabe plus frondeur que les autres me demande qui je suis. Un Asiate répond à ma place :

— À coup sûr, c'est le mec d'Angélina.

— C'est vrai ?

Angélina compte ses mômes : vingt-sept. Elle recompte : toujours vingt-sept.

— Qui sait où sont Mariam, Boubacar et Babalou ?

L'Asiate hurle :

— Lavabo y sait.

Le petit Blanc s'avance.

— Mariam et son frère Boubacar sont à l'hôpital depuis trois jours. C'est à cause de leur maladie. Le saturnin ou le saturnisme, je sais plus. Babalou, je l'ai pas vu.

Un Noir dégingandé qui dépasse tout le monde d'une tête s'avance à son tour.

— Moi, je sais. Il habite plus dans le quartier. Son squat a cramé. Ils ont été relogés à l'hôtel de l'autre côté du périph'.

Un gamin dont il est impossible de déterminer l'origine tant son visage ressemble à un puzzle monté à l'envers s'exclame :

— À l'hôtel ! Oh la chance ! Quand je vais rentrer, je vais mettre le feu à mon immeuble, comme ça moi aussi j'irai à l'hôtel avec ma famille.

Tous se mettent en rond et chantent à l'unisson : « *Au feu les pompiers ma maison qui brûle...* »

Angélina m'explique que tous vivent dans les squats de la rue de Tanger, du Maroc, d'Aubervilliers, dans des conditions sanitaires déplorables, qu'ils sont tous en échec scolaire, qu'elle fait de son mieux pour qu'ils ne rejoignent pas le bataillon de drogués du quartier, qu'elle leur offre un peu d'amour, qu'ils le lui rendent au centuple. Le petit Arabe relance :

— Alors, c'est vrai que t'es son mec.

— Ali, fiche-lui la paix !

— C'est ton mec ?

Angélina le rembarre.

— J'ai compris. C'est ton mec. Comment il s'appelle ?

— Omar.

Il rabat la troupe.

— Il s'appelle Omar, les gars.

Tous éclatent du même rire. C'est la première fois que mon prénom déclenche autant l'hilarité. Angélina qui s'est jointe à la franche rigolade m'affranchit.

— Il y a six Omar, devant toi. (Elle désigne du doigt quatre Arabes et deux Noirs.) Avec toi ça fait sept.

Un des Omar – arabe – me demande quel est mon nom de famille.

— Boulawane.

Un sourire poupin illumine sa face de gangster.

— Il s'appelle Boulawane !

Aussitôt, tous se mettent à scander : « Boulawane avec nous ! Boulawane avec nous ! »

Angélina frappe dans ses mains, les sifflets, les hurlements se meurent, le calme revient.

— Dans deux minutes, tous en piste, qu'elle ordonne.

Garçons et filles se dispersent chacun de leur côté dans des pièces où est crayonnée sur la porte une femme aux formes plantureuses pour les filles. Sur l'autre porte un homme bien membré. Angélina sort de son sac plastique sa robe mauve et, avant de retrouver les filles, me dit :

— Moi aussi, je préfère Boulawane.

— Boulawane, ça fait pas très romantique... Omar non plus, remarque. Omar Boulawane, c'est pire, encore.

— L'essentiel, c'est que tu sois heureux d'être là, avec moi.

Elle m'embrasse et trace.

De l'ancienne Menuiserie moderne, il ne reste qu'un peu de sciure de bois, de la crasse sur les vitres, des chutes de contreplaqué entassées au milieu de l'atelier, un établi bancal. Pour égayer l'endroit, les gosses ont peint sur les murs des sapins de Noël, des jouets par milliers tombés des cieux, et des soleils.

Plein de soleils. Des rouges. Des jaunes. Des blancs. Des bleus. Au plafond, un Père Noël noir en maillot de bain se fend la banane sous les cocotiers. Au sol, sur les dalles de carrelages disjointes, sont écrits à la craie des numéros de 1 à 30, disposés en arc de cercle. Près de la porte, un projecteur calé sur un escabeau braque son faisceau de lumière pâlotte sur un pan de mur blanchi à la chaux.

Les garçons et les filles sortent des vestiaires vêtus de leurs blouses mauves. Certains affichent la croix du Christ, d'autres des mains de Fatma, d'autres rien. Le petit Lavabo arbore un énorme médaillon en cuivre « Peace and love » qui dévore la moitié de sa poitrine. Chacun se place sur un des numéros qui lui est destiné. Les petits sont devant, les grands derrière comme sur les photos d'école.

Ça bruit. Ça se racle le gosier. Ça vocalise dans les graves. Dans les aigus. Angélina paraît. Elle est divine dans sa robe mauve. Je ne peux retenir un sifflement d'admiration. Elle monte sur les planches de contreplaqué. Elle domine tout son monde. Elle se tourne, alors, vers moi.

— Voilà pourquoi je ne veux pas partir d'ici. Quand je suis avec eux, j'oublie tout. On oublie tout. En arrivant à Paris, je rêvais de chanter dans un gospel pour porter la parole du Christ. Ça n'a pas pu se faire... un jour, *Inch Allah*, ça se fera. En attendant mon heure, j'ai créé cette chorale avec mes petites sœurs et mes petits frères. On s'appelle Les Voices of Tanger Street. Moi, je préférais Les Voix de la rue de Tanger, mais ils trouvaient que ça faisait... nasebroc.

Une petite Africaine coiffée de dreadlocks rit avec Lavabo. Angélina l'interpelle :

— Fatou, c'est quoi le gospel ?

La petite cache son visage derrière ses tresses, murmure qu'elle ne s'en souvient plus. Elle pose de nouveau la question à un des Omar – tout noir celui-là – qui feint de lacer ses Nike pour qu'on l'oublie.

— Omar 4. C'est quoi le gospel ?

Omar 4 se relève un peu péteux, admet qu'il a oublié la définition.

— Qui peut expliquer à Boulawane ce que c'est qu'un gospel ? Je vous l'ai dit cent fois.

Tous se regardent de coin, le sourire forcé pour masquer leur ignorance. Lavabo sort du rang et de sa voix flûtée affirme que lui il sait.

— Bravo. Le seul qui sache, c'est le toubab. Je t'écoute.

Lavabo déclare en regardant la petite Fatou droit dans le cœur :

— Le gospel c'est des chants religieux qui rendent hommage aux luttes et aux souffrances du peuple noir d'Amérique. Ils parlent de liberté, d'espoir, de tolérance... (Il serre la main de Fatou.) Et d'amour.

Le petit Arabe jure sur la vie de sa mère qu'il avait levé le doigt le premier mais qu'elle ne l'a pas questionné parce qu'elle ne l'aime pas.

— Ali, tu m'énerves !

— Y en a que pour Lavabo. T'es raciste !

— Puisque tu m'as l'air en forme, c'est toi qui vas faire l'éclairagiste, aujourd'hui. Et fissa. Si tu n'es pas d'accord : dehors.

Ali traîne les pieds en maugréant des insultes en arabe. Tous se tiennent, maintenant, bras croisés dans le dos, menton relevé, poitrine dégagée. Ali, qui est monté sur l'escabeau, guide le faisceau lumineux du projecteur sur Angélina. C'est, désormais, un soleil noir qui luit dans l'ancienne Menuiserie moderne. Elle bat la mesure en claquant des doigts. Le premier rang l'accompagne en frappant dans les mains. Puis c'est le deuxième rang. Puis le troisième rang... Et tous frappent plus vite, plus fort. Soudain, la diva des squats ouvre ses bras, crispe les poings, et sa voix d'exilée lance : « *Oh happy day...* » Les voix les plus graves chantent en anglais. Les voix de cristal répondent en français. « *Oh happy day... When Jesus washed... He washed my sins away... Oh happy day... Le seigneur est là... Paix sur la terre... Dans la lumière... Plus de frontière pour des millions d'années... N'ayez pas peur. N'écoutez que votre cœur... On est tous frères... Oh happy day... When Jesus washed.* »

C'est la transe. Le swing. J'embarque avec eux. Je suis le tempo en battant du pied. Des mains. Je me surprends à implorer le come-back du prophète pour remettre un peu d'ordre dans ce monde de Crapules. Alléluia ! Avec les Voices of Tanger Street pas besoin de virer Belin pour planer. Il suffit de se rallier à leurs blouses mauves et plus rien ne résiste. On abat les murs de la haine. Plus de papier. On est libre. Libre de s'envoler dans la lumière de l'Éternel. Et la voix d'Angélina s'élève plus haut, plus puissante. « *Avec ton aide nous briserons nos chaînes... Nous sortirons du ghetto... Le soleil se lèvera enfin... Nous sécherons nos larmes... Nous suivrons ton chemin... Paix à nos âmes. Ne nous abandonne pas. Jamais... I want to be free... Freedom my God.* »

Ils enchaînent sur d'autres appels au secours, d'autres complaintes venues des taudis africains, d'autres chants d'esclaves venus des Amériques, d'autres cris de ces enfants des gourbis de Paris qui n'espèrent qu'un trait de bleu dans leurs jours toujours pluvieux. Soudain, il y a un grand blanc suivi d'un tonnerre d'applaudissements. C'est fini pour aujourd'hui. Angélina remercie ses petites voix de la rue de Tanger et leur donne rendez-vous pour la semaine suivante.

— Je vous apprendrai une chanson de vos frères et sœurs de New York : Les Voices of East Harlem.

Tous regagnent les vestiaires. Avant de sortir, le plus grand des Noirs alpague Lavabo par le col de blouse, le menace du poing.

— La prochaine fois que tu baves sur ma frangine comme un crève-la-faim, je te nique toi et toute ta race.

— J'aime Fatou et je t'emmerde.

Les insultes fusent : cannibale, Jacob-Delafon, Négatif, blanc de poulet, face d'endive... L'altercation ne dégénère pas au-delà du doigt d'honneur. Il est déjà loin le temps des beaux sermons : Alléluia. Jésus guide nos pas. Ah ! Ah ! Ah !

Lavabo se retourne pour chercher son amourette mais elle a déjà pris la poudre d'escampette. Il accroche mon regard.

— Quand t'es dans la merde comme moi, vaut mieux être noir ou arabe, ça passe mieux. Moi aussi, j'habite dans un squat mais ils s'en tapent. Ils pensent qu'on vit là-dedans parce qu'on est fainéant. J'ai jamais eu de père, moi, et j'ai plus de maman. C'est mon grand frère qui m'élève et pour l'éducation, c'est pas ça. Il est défoncé du matin au soir. On l'appelle Super-Belin.

Il aperçoit Fatou. Elle l'attend, tapie, dans un recoin de la cour. Il décarre à toutes jambes. Bientôt, il n'y a plus personne dans la salle. Angélina sort du vestiaire son sac plastique pressé contre sa poitrine.

— Ne me demande pas si c'était bien, c'était mieux que ça. Inoubliable.

— Vrai ?

— Croix de bois, croix de fer. Tu vois, tu m'as contaminé avec tes bondieuseries.

— On ne chante pas que ça. Chacun peut proposer ce qui lui plaît. Mais, comme ils sont tous branchés « Star Ac », ils arrivent tous avec le même truc. La semaine dernière, ils sont venus avec une chanson de Michel Polnareff. Tu vas voir que la semaine prochaine, ils sont capables de me ramener une chanson d'Adamo.

— Qu'est-ce que t'as contre Adamo ?

— Un peu périmé.

— Ton Jésus, il est pas périmé, peut-être ?

— Jésus, c'est de la longue conservation.

— Pour sûr, c'est de la longue conservation. Plus de deux mille ans qu'il nous balade avec ses histoires à dormir sur l'eau. Je me fais tarter, je tends l'autre joue. Aimez-vous les uns les autres.

— Tu ne m'aimes pas ?

— Tu n'es pas les uns ni les autres. Tu es toi. Unique. Angélina.

Nous nous asseyons sur l'établi bancal. Je glisse mes doigts rougis par le froid entre ses doigts moites et chauds. Elle pose sa tête sur mon épaule.

— Pour Noël, je voudrais les faire chanter devant un public. Un vrai. Ça les valoriserait. Mais où ?

Elle a toqué aux portes des maisons de quartier, des maisons de retraite, des maisons d'arrêt, des foyers de handicapés, des églises, des mosquées, des synagogues, mais dès qu'elle annonçait la couleur : les gavroches des rues de Tanger, c'était négatif.

— Tu ne connais pas un endroit où on pourrait jouer ?

— Je connais que le New-Delit. Je crois pas que ton répertoire ça soit le genre de la maison. Je suis pas sûr non plus que le taulier soit ravi de nous revoir après le chambard d'hier soir. Je lui demanderai quand même. On sait jamais.

Des cris mêlés de pleurs jaillissent, soudain, de la cour. Une petite Africaine, pieds nus, entre le visage saisi de peur. Elle se jette sur Angélina, hoquette :

— Viens voir... C'est Mamadou !

Plus un mot ne sort de sa bouche. Je la prends dans mes bras. Elle enfouit son nez contre ma poitrine, étouffe de sanglots. Angélina redoute le pire. Elle court au-devant. Arrivés au 11 de la rue de Tanger, l'enfant rejoint les mamas, regroupées autour d'un brasero. Elles récitent des complaintes lourdes et tristes.

Nous grimpons l'escalier, quatre à quatre, jusqu'au troisième étage. Sur le palier, un vieil Arabe en gandoura nous barre le passage.

— Qu'est-ce qu'il y a ? demande Angélina.

— Rentre chez toi, ma fille. C'est pas un spectacle pour toi. Y a la police qui va arriver.

Angélina l'écarte du coude, pousse la porte. Mamadou gît à terre, dans une flaque de sang. Il s'est tiré une balle au milieu du front. Sous le bras armé, il y a son avis de refus d'asile politique. Angélina s'agenouille, se signe, lui ferme les yeux, psalmodie des prières.

Mamadou a vécu dans une pièce aux murs pourris d'humidité. Une pièce où le jour ne s'aventure jamais. Une pièce devenue son piège, son ghetto, son tombeau. Il a laissé sur son lit – un matelas pneumatique – quelques mots écrits en capitales sur un cahier d'écolier : LIBERTÉ, ÉGALITÉ, FRATERNITÉ, J'EN AVAIS RÊVÉ. Sur un cageot de bière – sa table de nuit –, il y a une photo en noir et blanc. Du noir pour ses huit enfants. Du blanc pour le soleil de son Nigeria.

Le vieil Arabe cogne à la porte et nous presse de quitter l'endroit.

— La police arrive. Ils vont contrôler tout le monde. Filez.

Nous dévalons l'escalier plus vite que nous l'avions monté. Dehors, les gyrophares gyropharent en bleu et or. Les sirènes des voitures de police tonnent de grave en plus grave. Les portières claquent dans un bruit mat. Les flics giclent matraque au poing. Ils encerclent l'immeuble comme si ce squat, ce chicot de détresse, était un repaire de terroristes. Ils contrôlent, rudoient, tutoient tout ce qui a une gueule de nègre ou de métèque.

Nous trouvons asile en face, à La Dérive des Continents, l'association qui a pignon sur rue. Le responsable, un petit Kabyle à moustaches, je reconnais son origine à son accent – on est toujours trahi par son accent –, est affublé d'un costume pied-de-poule made in Tati, d'une chemise saumon et d'une cravate à pois verts et blancs. Dès qu'il ouvre la bouche, il découvre des canines en or et des incisives en métal. À lui seul, il est la compile des petits fonctionnaires fats et zélés des consulats d'Algérie. Assis, les pieds sur un bureau, il se gratte le menton en se disant peiné par la triste fin de Mamadou. Peine qu'il nuance aussitôt par des soupirs fatalistes.

— Je lui avais dit : La France ne veut pas de toi, rentre chez toi. Mais c'était un bonhomme qui n'en faisait qu'à sa tête. Il voulait s'accrocher à ce pays comme un morpion. S'il m'avait écouté, il serait chez lui. En prison mais vivant. J'ai raison ou je n'ai pas raison, cousin ?

Le cousin en l'occurrence c'est moi. Et moi, c'est Boulawane Omar pour ne pas le servir.

— Boulawane... Boulawane. Tu serais de la famille des Boulawane de Tizi Ouzou ?

— Non. J'étais de Bel-Avenir. Maintenant, je suis de l'avenue Jean-Jaurès.

— Jean-Jaurès, je connais, c'est de l'autre côté du canal. Mais Bel-Avenir (il tord le nez, sourit) ça y est, je vois. Bel-Avenir, c'est à Alger, entre Bab el Oued et El Harrach.

— Pas du tout. Bel-Avenir c'était entre nulle part, ailleurs et les abîmes.

— Les abîmes ? C'est en France ?

Je ne me suis pas trompé. Il est bien la fidèle réplique de ses frères consulaires.

— Qu'est-ce que tu comptes faire pour Mamadou ? questionne Angélina. On ne va pas le laisser partir à la fosse commune.

— Avec quoi on va payer ? Il n'y a que des clochards et des toxicos ici et ma caisse est vide. Tiens, chouffe.

Il ouvre le tiroir de son bureau qui, effectivement, est vide.

— La Dérive des Continents est là pour nous venir en aide. Tu reçois de l'argent pour ça. On ne le voit jamais.

— L'argent de l'association, c'est pour les vivants. Les morts y sont morts. Qu'Allah les accueille en son vaste paradis. C'est tout ce que je peux leur souhaiter.

— Mort ou vivant, tu ne fais rien pour nous.

Le petit Kabyle à moustaches dodeline de la tête, gonfle ses narines pour marquer sa désapprobation.

— Quand la mairie a fait raser le squat du 17 avec le bulldozer, qui est-ce qui a alerté les journaux, la radio ? C'est moi. J'ai même appelé la télé.

— Personne n'est venu.

— Parce qu'ils se moquent de votre malheur. Ils m'ont dit que l'Irak c'était plus urgent, que l'Afghanistan c'était plus important, que tout était plus important. J'ai insisté. Je les ai suppliés de venir. Ils ont fini par m'aiguiller sur « Combien ça coûte ? » Ça m'a fait plaisir parce que j'aime bien le présentateur. Quand ils m'ont dit comment ils voulaient traiter le sujet, j'ai refusé qu'ils viennent. On a sa fierté quand même. Combien ça coûte aux contribuables français une association comme la mienne ? Nad' in !

— Ça coûte beaucoup pour rien. Une fois, je t'ai demandé de quoi acheter des blouses pour ma chorale, tu m'as envoyée promener. Mamadou est venu te voir vingt fois pour que tu l'aides à payer un avocat. C'était toujours : repasse demain, après-demain. Il ne viendra plus t'emmerder.

Le petit Kabyle à moustaches se dresse sur la pointe des pieds pour gagner quelques centimètres et être ainsi à hauteur d'yeux d'Angélina qui bout de fureur.

— Je fais mon possible pour vous et voilà le remerciement. Rien que dans cette putain de rue, j'ai recensé quatre-vingt-dix-sept clandestins. La Dérive des Continents, c'est devenu le mur des Lamentations. (Il se contorsionne, imite l'accent africain.) Présentement, je suis à la recherche de papiers... oui, oui, oui, missieur.

Pitoyable, le spectacle du gnome berbère. Angélina n'en peut plus de se voir singer, insulter, ridiculiser, elle se retire dans l'arrière-boutique pour pleurer Mamadou à l'abri de ce vaste crétin.

Dans la vie, il y a ceux qui savent se donner des limites et il y a les bornés qui n'en ont pas, de limites. Manifestement, le petit Kabyle à moustaches appartient à la seconde espèce. Après trois sommations d'usage : « Arrête, tu es grotesque. Arrête, tu fais pitié. Arrête, tu vaux moins qu'une mule qui a la chiasse », je l'empoigne par le revers de son veston, l'envoie bouler derrière son bureau. Au lieu de réaliser qu'il n'a ni la carrure, ni la raison pour lui, au lieu de s'excuser d'avoir, par ses gesticulations bouffonnes, blessé Angélina, il en rajoute une couche en VO kabyle afin qu'elle ne comprenne pas ses fulgurances sociopolitiques.

— Si les fascistes reviennent au deuxième tour de la présidentielle, ça sera de leur faute. Dix ans que j'habite dans la rue, c'est de pire en pire. Je ne peux plus les souffrir. Si c'était que moi, je te mettrais tout ça dans l'avion. Y en a marre de ces bouches inutiles. Et toi cousin, qu'est-ce que tu fais avec ces gens-là ? Repasse le canal. Reste du côté de la civilisation.

Dans la vie, il y a ceux qui savent le poids des mots et ceux qui ne comprennent que le choc des claques. Manifestement, le petit Kabyle à moustaches appartient, encore, à la seconde espèce. Et une double taloche. Une ! Le petit Kabyle à moustaches baragouine quelques jurons, puis se tait.

Dehors, deux brancardiers emportent le corps de Mamadou dans un body bag en plastique noir vers un ailleurs forcément meilleur. Avant de lever le siège, les flics raflent quelques dealers et quelques sans-papiers. La routine. Lorsque les voitures de police sont à l'angle des rues de Tanger et du Maroc, des Africains affluent à La Dérive des Continents. Ils sont dix, quinze... J'en compte dix-huit entassés dans cette ancienne boucherie. C'est la cacophonie. Certains ravalent leur rage contre l'administration qui fait d'eux des clandestins à perpétuité. D'autres, au bout du rouleau, menacent de suivre le même chemin que Mamadou. L'un d'eux sort un revolver de la poche de sa gandoura, braque le canon sur sa tempe.

— J'en ai assez. Les chiens ont plus de droits que nous. Je veux des papiers.

Le petit Kabyle à moustaches a, c'est une évidence, l'habitude de ces situations. Il désarme sans difficulté le desperado, qui remet son funeste projet à un autre matin.

Une voix que je ne situe pas lance :

— Il faut organiser une collecte pour rapatrier Mamadou chez lui.

Tous se tournent vers Lavabo, entré sans que personne y prenne garde.

— Hier, je l'ai vu au bord du canal. Il voulait se foutre à l'eau. Je lui ai dit qu'il devrait attendre l'été. L'hiver, l'eau est trop froide pour mourir. Après, je l'ai accompagné devant chez lui parce que j'ai bien vu qu'il n'avait pas un gros moral. Je lui ai proposé d'aller cracker avec les belins de la rue d'Aubervilliers. Il m'a pas répondu... Enfin si, il a dit : tu diras à mes frères que je veux être enterré au pays. Les frères : c'est vous. (Il tire de son blouson une enveloppe.) Il me l'a donnée. Il y a cinq cents euros. Moins dix euros. J'ai acheté des bonbecs pour ma copine Fatou.

Le petit Kabyle à moustaches prend l'enveloppe, compte, recompte les billets, grimace.

— Il va en manquer. Vous allez faire la quête chez vos frères, vous me rapportez le flouze. Je peux avoir un bon prix avec les pompes funèbres musulmanes de Barbès. Je ferai aussi les démarches administratives. Normal. Ça, c'est ma partie. Faites-moi confiance.

Angélina réapparaît, les yeux gonflés et rougis. Je sèche une larme qui court sur sa joue. Elle consulte sa montre. Il est l'heure. L'heure de sortir les poubelles.

Avant de quitter La Dérive des Continents, je préviens ces pauvres hommes affligés de douleur qu'ils ont tout à perdre à s'acoquiner avec le petit Kabyle à moustaches que je soupçonne d'être une immonde fripouille. Le nabot de Berbérie rosit de honte, bleuit de rage, jure par la foudre d'Allah que je suis un scélérat, un traître, maudit mes descendants pour les sept générations à venir.

Dans la vie, il y a ceux pour qui la dignité ne se marchande pas et ceux qui l'ont bradée sur les chemins de l'exil. Manifestement, le petit Kabyle à moustaches appartient définitivement à la seconde espèce.

***

Nous sommes sous le métro aérien. Là, il faut se séparer, se dire à plus tard, à un autre jour, à jamais ou à tout à l'heure. Là, il faut se faire la bise comme deux vieux schnocks pudiques ou s'embrasser comme de nouveaux amants. Angélina me regarde immobile, les mains dans les poches. Je la soulève de terre, l'embrasse à fond. Un baiser du feu comme jamais je n'en ai offert. Pour elle : c'est kif. On remet ça, tout pareil, à fond. C'est froid dehors. C'est chaud dedans. Ça fait du bien.

— À tout à l'heure ? que je demande.

Elle approuve et traverse l'avenue.

Quelle heure est-il ?

Déjà le soir. Une pluie fine bave sur les pare-brise embués des autos qui roulent cul à cul. Les devantures des bistrots sont peinturlurées de fresques (les mêmes) : un sapin enguirlandé, des bourrasques de neige pour rappeler l'hiver, un Père Noël ventripotent sur un traîneau tiré par des rennes pour rappeler qu'il arrive du nord du monde. Et puis quoi, encore ? Une crèche. Dans cette crèche, un fétu de paille. Sur ce fétu de paille, un moutard. À côté du moutard, un bœuf et une brêle. Au-dessus des grandes oreilles de la brêle, une bulle. Dans cette bulle, quelques notes de musique, quelques mots pour dire : « Joyeuses fêtes ! »

La grande boucherie de l'avenue expose sa barbaque pour réveillonneurs : des chevreuils suintant le sang noir, des cuissots de sangliers tout velus, des lièvres aux gros yeux bleus, des chapons plus pâlots que le môme Lavabo, des dindes si dodues qu'on dirait des vautours et bien d'autres bestiaux que je n'identifie pas. Devant son étal, le commis-boucher, un jeune homme fort en gueule, harangue le chaland. Pour un cuissot de chevreuil acheté, il offre la marinade.

Il m'apostrophe.

— Le monsieur, il a une tête à aimer le chevreuil. N'hésitez pas. C'est de la marinade faite maison.

Pouah, la marinade !

Rien que le mot me soulève le cœur, quant à son goût, n'en parlons pas ! La dernière et seule fois que j'ai approché cette diabolique mixture, c'était il y a... dix... quinze ans, plus peut-être. En tout cas, j'étais avec Godasse. Ça, c'est une certitude. La cellule du parti communiste de Bel-Avenir, qui était dans le centre-ville, avait organisé un réveillon pour les personnes âgées délaissées en cette soirée de Noël.

Quel rapport avec la marinade ?

Nathalie. Un coup de grisou. Imprévu comme tous les coups de grisou. Pourtant, elle ne payait pas de mine avec son jean, son K-Way, ses cheveux blonds tirés en queue-de-cheval, ses yeux froids et son visage tout en longueur.

Elle vendait *L'Humanité-Dimanche* sur la place de la cité. Enfin, elle essayait.

— Demandez *L'Huma-Dimanche*, le seul journal de la classe ouvrière !

Ce n'était pas avec un slogan pareil qu'elle allait faire fortune, par chez nous. Pour amorcer la conversation, j'avais investi dans l'achat de son journal.

Nathalie était nouvelle dans le quartier. Le parti, qui manquait de bénévoles, lui avait confié les clés de la cellule de la rue Gagarine. Une planche pourrie qui périclitait d'élection en élection. Elle connaissait son boniment sur le bout des doigts... Au parti, nous sommes en première ligne pour défendre les acquis sociaux... Au parti, nous sommes en première ligne pour sauvegarder nos droits fondamentaux... Au parti, nous sommes en première ligne pour nous opposer au grand capitalisme... Au parti... Au parti... Au parti.

Seulement, à Bel-Avenir, il n'y avait rien à gratter. Son parti avait déjà labouré le terrain dans tous les sens, frappé à toutes les portes : *wallou*. Rien. Pas une voix. Pas une adhésion. On était hors classe. Hors sujet. Hors jeu. Au ban de la société, pour tout dire.

Quel rapport avec la marinade ?

Elle m'avait parlé du prolétariat, de la misère ouvrière, de la révolution d'Octobre, de la place Rouge à Moscou, du chocolat de chez Pouchkine, d'une autre Nathalie qui était guide, de Gilbert Bécaud et de je ne sais plus quoi d'autre. Pour en savoir davantage sur les luttes qu'elle comptait entreprendre, je devais me rendre à la case Gagarine.

L'après-midi même, j'étais dans son bureau. Elle avait des plans bien établis pour remettre l'affaire à flot. D'abord, s'occuper des plus petits. Ensuite, des ados. Elle causait avec les mains. Plus la passion l'habitait, plus elle agitait les mains. Plus elle agitait les mains, plus ses gros nénés gigotaient sous son pull marine. J'avais envie de les peloter. Un peu, beaucoup, à la folie. Comme je la soupçonnais de ne pas être du genre à se laisser tâter par le premier coco de passage, j'avais fait ça proprement, à l'hypocrite.

— Tout à fait, Nathalie. L'enfance doit être au cœur de toute action sociale.

Comme j'étais d'accord sur l'essentiel de son programme et que ses nénés m'affolaient, je lui avais demandé la permission de les peloter. Elle m'avait répondu sur le même ton qu'un appel à la grève :

— Si tu adhères au parti, tu pourras en toucher un. Si tu m'amènes un autre camarade avec toi, tu pourras toucher la paire.

J'avais rempli un bulletin d'adhésion, signé en bas à gauche entre la faucille et le marteau. C'était fait. J'étais encarté PC. Nathalie était une femme de parole. Elle avait soulevé son pull marine. Des nichons énormes, tout blancs, avec des mamelons roses comme des fraises Tagada, apparurent. J'avais avancé une main fébrile, caressé, pétri, tété le téton sucré. Sans prévenir, elle s'était retirée de ma bouche. La récréation était terminée. Elle s'était refagotée. C'était reparti pour un tour de baratin.

Après les ados, il fallait s'occuper des seniors. Par seniors, il fallait comprendre les vieillards amarrés aux comptoirs des bars jusque tard le soir. Une priorité les seniors car Noël avançait à grands pas. Elle prévoyait un réveillon dans une salle que la mairie mettrait à sa disposition. Sa jeune sœur entra, alors. Nathalie avait fait les présentations. Elles se ressemblaient comme des jumelles. Même look. Même détermination à souffler dans la voilure communiste. Même K-Way. Même paires de roberts, aussi. Elle s'appelait Élisabeth mais préférait qu'on dise Babette. Elle trouvait que ça faisait plus peuple. Maintenant que j'étais des leurs, elles m'avaient demandé d'œuvrer pour la cause. Ma mission – si je l'acceptais – était de leur signaler les seniors esseulés de Bel-Avenir. Elles iraient, ensuite, leur rendre visite pour les convier au réveillon. Le recensement était vite fait. Nos ancêtres, on ne les abandonnait pas. On se les coltinait jusqu'au cimetière. Je leur avais conseillé d'aller fouiller dans le centre-ville. Là où les vieux roumis crevaient de solitude devant un sapin de Noël synthétique. Nathalie m'avait reconduit sur le pas de la porte pour me rappeler qu'elle ne marchait pas qu'aux sentiments. Pour l'autre nichon, il lui fallait un autre pigeon.

Après des jours de tractations, j'avais réussi à convaincre Godasse de me suivre à la cellule Gagarine. Il avait cédé à la condition que son père n'en sache rien. Il avait fui la Pologne communiste au péril de sa vie, ce n'était pas pour que son rejeton tourne révolutionnaire au pays du libéralisme. J'étais prêt à tous les secrets pour qu'il m'accompagne.

Quel rapport avec la marinade ?

Godasse était devant le bulletin d'adhésion. J'étais obsédé, fasciné, obnubilé par la poitrine de Nathalie. Je me voyais déjà... Et je voyais aussi que Godasse rechignait à apposer son nom, son prénom, son adresse sur le bulletin. Il fit changer trois fois les stylos. Le bleu, il n'aimait pas. Le noir, c'était le deuil. Le rouge l'horripilait. Finalement, c'était le vert qui lui convenait le mieux. Au moment de signer entre la faucille et le marteau, il se ravisa. Il voulait étudier la question à tête reposée avant de se décider. Nathalie admit que l'on puisse réfléchir avant de s'engager. Le boulot de militant demandait beaucoup d'abnégation. Pour montrer qu'elle ne lui en tenait pas rigueur, elle l'avait invité au réveillon.

Sur le chemin du retour, Godasse me fit remarquer qu'il avait repéré mon manège, que son sens du sacrifice avait des limites, qu'il allait se torcher le fion avec le bulletin d'adhésion.

— Me faire devenir camarade pour que tu t'envoies en l'air avec cette gonzesse à cheveux jaunes. C'est honteux. Tu n'es qu'un traître.

Je reconnus que j'aurais dû y aller franco. Lui dire que ce qui m'inspirait le plus dans le communisme c'était la paire de lolos de la cheftaine de cellule. Comme ça, il comprit mieux l'affaire. Comme ça, il était prêt à faire don de sa personne sur l'autel de notre amitié.

Le 24 décembre sur le coup des sept heures du soir, il y avait bien une quinzaine de seniors en habits du dimanche. Plus Babette. Plus deux types, un jeune homme mal rasé, des carottes dans les cheveux, en bleu de chauffe et un autre, sans âge, presque chauve avec une barbichette en pointe. Plus Godasse, moi-même et Nathalie qui se fendit d'une déclaration de bienvenue à laquelle on ne comprit rien tant il y avait du boucan dans cette petite salle des fêtes aux murs en béton brut. Au menu, c'était civet de chevreuil mariné avec son méli-mélo de purée de céleris, de marrons, de pois cassés.

Sur le coup des huit heures du soir, les seniors qui s'étaient esquintés à la Clairette de Die gambillaient sur *La Danse des canards*, Tino Rossi... *Oh bella Catarina, tchi, tchi...* Jean Ferrat... *Ma môme c'est pas une starlette.*

Sur le coup des neuf heures du soir, Nathalie et les deux loustics avaient distribué une orange, une boîte de crottes de chocolat et un paquet de Gauloises pour les fumeurs. Les non-fumeurs avaient eu droit à une poignée de main. Une demi-heure plus tard, tous les seniors étaient à la rue.

Nathalie et Babette avaient dressé une table en cinq sets. Des assiettes en carton. Des verres et des couverts en plastique. Et puis, on s'était attaqué aux restes du chevreuil. Moi, je m'étais coincé entre les deux frangines, très en beauté pour une fois. Nathalie portait un chemisier de soie lilas qui laissait deviner son soutien-gorge. Babette s'était moulé la poitrine dans un pull shetland mauve ou rose. Plus souvenance. Pour les minijupes, il ne fallait pas rêver. Le jeans restaient de mise, même pour les fêtes. Le jeune type en bleu de chauffe s'appelait Joseph. Son camarade à barbichette en pointe, c'était Léon. Ils causaient politique et fumaient en mangeant. Leur tête de Turc, c'était Mitterrand. Un suppôt du capitalisme qu'il qualifiait de renégat, aussi. Godasse et moi, tout ce déballage, ce n'était pas notre truc. Alors, on faisait des cocktails inédits en mélangeant du blanc, du rouge, du gris, du vin doux, du vin dur. Et on picolait pour tuer le temps. Les autres, trop occupés à dégoiser sur Mitterrand, nous avaient oubliés, du moins nous le crûmes.

— Regardez Omar et Oskar. Ils sont de Bel-Avenir. Qui se soucie de leur avenir ? Ils n'existent pour personne. Ça ne doit plus continuer comme ça, s'était révoltée Babette en écrasant son mégot dans le méli-mélo de purée.

Son aînée avait pris le relais comme dans un numéro bien huilé. Oui, il devenait impératif de s'occuper des plus pauvres avant que nous nous fassions happer par les sirènes nasillardes du FN... et patati et patata... Ils avaient encore parlé Lénine, de Hô Chi Minh, de Castro, en bien. Trotski, même mort, il fallait toujours s'en méfier. Staline, certes il avait commis quelques bavures mais au regard de l'histoire de l'humanité ce n'était qu'une goutte de sang. Pour me distinguer j'avais demandé :

— Georges Marchais, il est combien dans votre top ten ?

Bide intégral. Avec en prime les sarcasmes de Babette.

— Le camarade Boulawane a beaucoup d'esprit. Tu n'en as pas une autre comme ça ?

— Dédé Lajoinie...

Le quatuor communiste avait poussé des Ah ! Ah ! Ah ! pour signifier qu'il trouvait mon humour à chier. Puis il nous avait ignorés pour discuter du pouvoir d'achat des ménages sévèrement grevé, cette année-là.

Après trois verres de notre breuvage, j'avais la tête aussi pleine que ma vessie. Je m'étais levé pour me soulager. Godasse m'avait pisté et avait pissé dans l'urinoir voisin. Lorsqu'il fut vidé, il m'avait pris dans ses bras pour me donner l'accolade des hommes.

— Merci, Omar. Grâce à toi, je comprends mieux pourquoi mon papa s'est taillé de la Pologne. Je me sens plus proche de lui, d'un coup. Maintenant, de toi à moi, les yeux dans les yeux, je te dis que tu ne la sauteras jamais la Nathalie. Y a que Lénine qui pourrait lui déboucher le cul mais comme il est mort...

J'avais parié cent balles que mon petit Jésus allait réchauffer la petite crèche de Nathalie s'il adhérait. Je m'étais donné une heure pour conclure l'affaire. Au-delà, il empochait la mise.

Sur le coup de minuit, Nathalie nous avait offert un porte-clés avec marteau et faucille en pendentif. Léon cachait mal son émotion. Il l'avait étreinte dans ses bras en la remerciant pour ce présent qui l'émouvait jusqu'à la chair de poule. Joseph cachait mal sa déception. Avec l'ancien chef de la cellule Gagarine, avait-il fait amèrement remarquer, le porte-clés n'était pas en fer-blanc mais en bois de Sibérie. Godasse s'était débarrassé du porte-clés dans ma poche. Et moi ? Moi, j'étais sorti de table pour faire la bise à Nathalie qui m'avait chuchoté à l'oreille :

— Il adhère, ton pote ?

Godasse avait rempli son bulletin, fait un zigouigoui en guise de paraphe et avait attendu la suite des événements. Nathalie tint parole. Elle m'avait attiré dans les toilettes, dégrafé son chemisier, fait glisser une bretelle de son soutien-gorge, et m'avait donné son sein droit. Je l'avais effleuré du bout du nez. Il était doux comme du papier de soie.

— Les deux. Je veux les deux, Nathalie, que j'avais supplié.

— Cool camarade, cool. Hô Chi Minh disait : « Il faut prendre son temps avant que le temps ne vous le prenne. »

Je me foutais d'Hô Chi Minh. Je voulais tout. Tout de suite. Je l'avais plaquée contre le mur. Elle m'avait enlacé. J'avais la trique. Une trique de Noël. Aussi dure que lorsque, tout môme, je regardais les Folies-Bergère à la télé, la nuit au fond de mon lit. J'avais fait sauter l'autre bretelle. J'en avais plein les mains. J'avais écrasé mon visage entre ses gros seins blancs. Ça sentait le tabac froid, le méli-mélo de purée de céleris, de marrons, de pois cassés. Inoubliables effluves. Elle gloussait d'aise, Nathalie. Ça allait se terminer dans les water-closets à dada sur le bidet, cette affaire. Elle était partante. Elle avait choisi le troisième WC en partant de la gauche – celui réservé aux membres du parti. Coïtus interruptus. Léon était rentré, la main à la braguette. Nathalie s'était rhabillée vite fait, mal fait. Léon s'était excusé d'avoir perturbé. Elle avait répondu qu'elle ne voyait pas à quoi il faisait allusion.

Quel rapport avec la marinade ?

Au fil des verres, la révolution se faisait de plus en plus pâteuse. La révolution ne serait pas pour demain. Pour après-demain, sans doute.

Sur le coup d'une heure moins le quart, toutes les bouteilles étaient vidées. Joseph s'était levé de table en s'appuyant sur les mains et avait dit :

— Tu crois qu'il y a encore un Arabe d'ouvert, à cette heure-ci ?

Léon avait répondu indigné :

— Un Arabe ouvert. Mais comment tu parles, Joseph ! Ils ont droit au sommeil, eux aussi.

Joseph avait, alors, lorgné vers les cuvettes de plastique dans lesquelles avaient mariné les civets de chevreuil. L'an dernier pour le réveillon de la Saint-

Sylvestre, ils (les anciens de la cellule) avaient eu à affronter le même problème. Ils s'étaient résolus à taper dans la marinade et avaient pu continuer de festoyer.

Joseph avait titubé jusqu'aux cuvettes, avait rempli deux carafes de ce brouet dans lequel flottaient clous de girofle, morceaux de carotte, oignons émincés, zestes d'orange et avait chargé nos verres. C'était rugueux, aigre. Ça massacrait le palais. En deux mots : c'était puissant et dégueulasse. Deux verres de marinade valent trois joints, un rail de coke ou trois sniffettes de crack au dire de Joseph qui se faisait passer pour un expert des mondes virtuels. Bientôt, nous fûmes saisis de bouffées de chaleur et d'hallucinations.

Sur le coup des deux heures du mat, Nathalie avait proposé un jeu. Un jeu d'attrape-couillons comme tous les jeux de deux heures du mat. Il s'agissait de se remémorer sa toute première fois. Pas son premier amour, avait-elle précisé. Son premier rapport sexuel. Nathalie et ses acolytes avaient juré : Croix de bois, croix de fer, si je mens, je vais en enfer. C'est dire s'ils étaient murgés. Godasse et moi, on avait juré sur la tête de Georges Marchais en crachant par terre.

Am stram gram, pic et pic et colégram. C'était tombé sur Babette. Il était marocain, jeune, frisé, mat de peau : l'Arabe lambda, quoi. Elle avait quinze ans. Il était marchand de tapis, faisait du porte-à-porte. Papa et maman étaient partis se refaire les bronches en Savoie.

« Toche mon tapis de l'Atlas, ma z'amie. Toche comme il est jouli. Toche la qualité. »

Elle avait si bien touché la qualité que ça s'était terminé en cabrioles dans la chambre à coucher des parents. Un souvenir impérissable, avait-elle conclu, des trémolos de regrets dans la voix.

Am stram gram. Léon au rapport. Pas très original,

avait-il prévenu d'emblée. Il bachotait avec sa cousine. Elle avait des bourgeons sur tout le corps. Lui aussi. Entre deux exercices de philo, ils se perçaient les boutons d'acné. Ce furent de délicieux moments. De bouton en bouton, toute la boutonnière y passa. Lorsque leurs corps nus dégoulinèrent de liquide acnéique, la nature fit le reste. Ils firent l'amour tant et tant de fois que le baccalauréat leur fila sous le nez.

Am stram. Godasse. Lui avait douze ans (toujours plus malin que les autres). Elle, Rachel en avait vingt-deux. C'était la fille du grossiste chez lequel son père s'approvisionnait. Elle l'avait serré dans l'arrière-boutique, déshabillé, laissé nu comme un ver. Il s'était débattu, avait hurlé : Non ! Non ! Non ! Papa ! Au secours !

Rien à faire. La pédophile eut le dessus. Elle l'avait étendu entre le rayon mocassins et sandalettes, l'avait chevauché. Godasse avait senti son zizi se fourvoyer dans des moiteurs insoupçonnées. Il pleurait. Plus il pleurait, plus ça la stimulait. Une horreur. Le boulot avait été bâclé. Godasse ne remit plus jamais les pieds chez le grossiste de son géniteur.

Babette le couva du regard, lui prit la main et dit :

— C'est une chance que tu ne sois pas devenu homo, Oskar.

Godasse reconnut qu'il revenait de loin.

Am... Nathalie à confesse. Elle avait vingt ans. Elle était à Sciences po, en deuxième année. Un samedi soir, elle était sortie dans une boîte de Saint-Germain-des-Prés avec un certain Mathurin. Un jeune homme de bonne lignée puisqu'il était fils de marquis et se destinait à entrer en politique avec de grandes ambitions. Il envisageait de créer un énième parti royaliste. Nathalie, elle, débutait dans le communisme et ne s'en cachait pas. Mathurin assurait qu'elle lui rappelait sa maman. Elle répondait qu'il ne lui rappelait personne. Nathalie fit une pause dans son récit, se servit un verre de marinade qu'elle but lentement, à petites gorgées. Elle reposa son verre, baissa le regard.

Et alors ? demandâmes-nous.

Elle se voila la face et avoua qu'ils avaient fait la chose dans un parking, sur la banquette arrière de son Alpine coupée. Ce n'était ni bien ni mal. Elle n'avait rien senti, rien ressenti. Un coup à blanc.

Léon, l'œil éteint, bredouilla :

— C'est sans intérêt ton dépucelage ? Tu aurais dû m'attendre.

Joseph avait invoqué des nausées pour passer son tour.

Joseph ! Joseph ! Joseph ! insistâmes-nous.

Il avait allumé une Gauloises, croisé ses maigres jambes, baissé la nuque... Il avait quinze ans. C'était la première fois qu'il allait à la fête de *L'Huma* sans ses parents. La nuit sur la grande scène, Bernard Lavilliers swinguait une ballade sud-américaine. Un lascar l'avait accosté pour l'inviter à assister au spectacle en backstage – derrière la scène pour les non-anglophones. On était en pleine époque Perfecto, Santiags, chemise à carreaux. Le lascar l'avait cuité au Ricard. C'était quelqu'un de haut placé dans le parti car il avait un bungalow privé fermant à clé. La suite était crapoteuse. Crac-Crac. On lui avait violé ses quinze ans. Indignation générale. Joseph avait bien pensé saisir les instances dirigeantes de sa section mais comme sa maman tenait la baraque à frites de la Ville de Gentilly, il craignit que l'affaire fasse grand bruit et qu'elle soit exclue du parti. Depuis, dès qu'il entend Bernard Lavilliers chanter à la télé, c'est plus fort que lui, il zappe, zappe, zappe. C'était la première fois qu'il se livrait à d'autres qu'à son psy. Il ne s'en sentait pas mieux pour autant. Léon, entièrement éméché, avait essayé de connaître le nom de ce camarade qui l'avait déniaisé. C'était le neveu de... (l'identité du sadique resta coincée en travers de la gorge). En tout cas, cette année-là, il n'avait pas voté pour son oncle qui s'était présenté à la présidentielle. Il s'était vengé en votant pour la droite. Il avait rallumé une Gauloises, s'était mis à trembler comme s'il revivait ce cauchemar ignominieux.

C'était à mon tour de me livrer corps et âme. Joseph m'avait versé un verre de marinade et souhaité courage. Un sourire fatigué se dessina sur les lèvres de Godasse. Mon histoire, il la connaissait aussi bien que moi. Il en fut le témoin privilégié. J'avais seize ans... Plus j'éclusais, plus elle me revenait. Rousse. Des yeux vert olive. Un petit nez retroussé. Des points de rousseur par milliers sur les joues, sur le front, sur les mains. Elle vivait dans le foyer pour jeunes fonctionnaires, à la sortie de Bel-Avenir. Je l'avais repérée à l'arrêt du bus. Je n'étais pas le seul à l'avoir à l'œil. Godasse et une flopée de Négatifs ne l'avaient pas loupée, non plus. Son prénom : Muguette. Un prénom comme le sien, ça ne peut pas s'oublier. Jamais.

Un jour que j'avais emprunté la R5 de Diouf, mon voisin de palier, j'étais parti vadrouiller du côté du Raincy, la ville bourgeoise de la Seine-Saint-Denis. J'aimais bien cette ville pour ses pavillons cossus, ses magasins désuets, ses vieilles dames à cheveux bleus, ses caniches abricot et ses mômes toujours proprets. Je me disais en circulant dans les rues qu'ombrageaient des platanes centenaires que, plus tard, moi aussi je l'aurais ma maison au Raincy, avec un grand portail en fer forgé sur lequel j'apposerais une petite plaque en émail où il y aurait écrit : Attention chien méchant. Je me disais que j'aurais un berger allemand – Sultan – que je ferais pisser après le journal télévisé. Je me disais que je me ferais défriser, que je me ferais teindre en blond, que j'aurais une femme chic et des enfants au visage pâle que j'inscrirais dans le privé. Je me disais que j'aurais des amis qui s'appelleraient Gontran, Hector, Antoine, Jean-Eude,

Gonzague... À la trappe les Mouloud, les Abdoulaye, les Bachir, les Moussa, les Godasse... C'était un peu comme ça que j'envisageais la bonne vie. Un chemin bien ratissé, bien balisé. Plus qu'à suivre la flèche jusqu'au cimetière.

Vers la gare du RER, alors que j'étais encore à rêvasser rupin, j'avais loupé un virage, mordu une ligne jaune, grillé un feu rouge. De l'autre côté du carrefour, deux policiers m'attendaient. Au sifflet : Muguette. Instant de gêne mutuelle. Elle, parce que fliquette démasquée. Moi parce que je n'étais pas en âge de conduire.

— Présentez les papiers afférant au véhicule, s'il vous plaît, qu'elle avait récité mécaniquement.

L'assurance de Diouf était morte depuis deux ans. La carte grise maculée de taches de gras était illisible. Pendant que son collègue examinait l'état du véhicule, elle me fit la morale. Pas bien de rouler sans assurance. Pas bien de couper la ligne jaune. Pas bien de griller un feu rouge.

Imagine que tu renverses... Imagine un enfant, là, écrabouiller, mort sous les roues... Imagine le chagrin de ses parents. Tu y penses ?

Je m'étais confondu en plates excuses. Pour le permis de conduire, j'avais bavouillé que je l'avais oublié à la maison. J'avais juré sur la vie de ma mère que j'allais le lui ramener au commissariat ou mieux chez elle. Ce qui tombait bien puisqu'on était voisins...

Bobard dont elle ne fut pas dupe.

Elle m'avait rendu les papiers poisseux de Diouf et laissé filer. Le soir, j'arrivais au foyer des jeunes fonctionnaires avec une brassée de roses blanches.

— La fliquette, elle loge où ? que j'avais demandé au gardien.

— Laquelle ? qu'il m'avait répondu.

Le foyer de jeunes fonctionnaires était, en fait, un poulailler abritant une trentaine de jeunes condés montés de province pour maintenir l'ordre dans mon département.

— La rouquine aux yeux émeraude.

— Muguette Javert. 3e gauche.

C'est ainsi que je sus son prénom, son nom.

— C'est un peu longuet ton affaire.

C'était Nathalie qui avait soupiré d'ennui.

Léon avait renchéri :

— Non seulement c'est interminable mais tu racontes mal. On ne comprend rien.

Godasse avait tapoté sur sa montre pour que j'active.

— Ils ont raison. Abrège. Vous voulez que je vous narre en raccourci ?

— C'est mon histoire. C'est à moi de narrer, que je l'avais rabroué.

Babette, Léon et Nathalie avaient décroché. Ils remettaient de l'ordre dans la salle tout en dégoisant sur la police nationale.

Je ne les écoutais pas. Je renversai la tête en arrière, fermai les yeux, me la remémorai, Muguette. Ma Muguette... Ça y est. J'étais avec elle dans son studio. Une pièce tout en longueur donnant sur un hangar désaffecté servant de lupanar aux chiens bâtards du quartier... Mes roses blanches l'avaient fait rougir. C'était la première fois qu'on lui offrait des fleurs depuis qu'elle officiait ici. Un petit voyou de Bel-Avenir, en plus. Elle en perdait ses repères.

— Un cidre, ça te dirait, petit ?

Petit. Elle me percevait petit. Elle n'avait pas tort. À seize ans, j'en faisais quatorze en étant généreux avec moi-même. Un mètre soixante au garrot. Une voix de fausset. Et pas un poil au menton.

Le cidre, je n'aimais pas mais je m'étais forcé à boire. Elle s'était assise face à moi, sur un petit canapé en tissu bleu flicard. On n'avait que des mots gênés à s'échanger, au départ.

— C'est mignon chez vous.

— T'es pas difficile, petit.

Et puis nos langues s'étaient déliées naturellement, comme si nous nous connaissions depuis toujours. Combien de temps que j'habitais à Bel-Avenir ? Au moins des années, toute ma vie même. Et vous, dans cette volière, combien de temps ? Un mois. Et vous habitiez où, avant ? Deauville. Pourquoi je suis entrée dans la police ?

— J'osais pas vous le demander, Muguette.

Flic, ils l'étaient de père en fils ou de père en fille dans sa famille. Elle pouvait remonter la filiation jusqu'au célèbre commissaire Javert. Celui qui avait arrêté Jean Valjean. Comme j'avais ouvert des grands yeux ignorants, elle avait précisé : « Jean Valjean, Monsieur Madeleine, Cosette, *Les Misérables*. Ça ne te dit rien, Victor Hugo ? »

— Ah oui, que j'avais acquiescé avec un temps de retard.

— Un lait ? qu'elle me proposait cette fois.

Le lait, je n'aimais pas non plus. Là, j'avais refusé. Un cognac sinon rien, que j'avais exigé. Elle n'avait pas de cognac. Elle était sobre comme une musulmane.

— Vous avez déjà tué des gens ?

Pourquoi j'avais posé cette question ? Pour échapper au lait et au cidre qu'elle voulait me fourguer à tout prix.

Elle avait bavuré une fois. De la belle bavure. De celle qu'on relate dans les journaux télévisés.

— Tu veux que je te raconte quand même, petit ?

Oui, je le voulais. Ça m'excitait. Elle m'excitait. Une balle dans la tête. Dans la tête d'un Arabe, comme moi. Ça m'avait presto glacé la libido. Elle débutait dans la carrière. Son brigadier l'avait planté devant la mairie de Deauville. Objectif : contrôler les basanés, les bamboulas, les niacs. Le nuancier des couleurs allait jusqu'au blanc cassé. Les contrôler surtout si leurs voitures étaient immatriculées 93, 94,

95. Priorité, leur pourrir la vie pour les dissuader d'étaler leurs serviettes sur les plages de sable froid de cette station balnéaire, perle de la côte normande. Muguette admettait que ce n'était pas joli joli, ces façons de faire pour éloigner la plèbe banlieusarde. Mais dans la police, on ne discute pas les ordres de son supérieur.

— L'Arabe, pourquoi vous l'avez fumé, Muguette ?

Tout comme moi il avait mordu sur une ligne jaune. Tout comme moi il avait grillé un feu rouge. Tout comme moi il avait loupé un virage. Tout comme moi il n'avait pas le permis de conduire. La comparaison s'arrêtait là. Au lieu de s'écraser, de jurer sur la vie de sa mère qu'il avait oublié ses papiers, qu'il allait les ramener demain, un autre jour, qu'il fallait lui faire confiance, il avait élevé la voix pour la traiter de tassepée (pétasse en verlan), de *khamja* (salope en arabe) et lui avait glavioté la visière de la casquette. J'avais admis, à mon tour, que ça n'était pas convenable de parler ainsi à une représentante de la force publique. Quand l'Arabe avait ouvert la portière de sa voiture, il était devenu fauve. Il rugissait d'autres horreurs que sa pudeur lui interdisait de répéter. Panique. Elle avait dégainé son arme, appuyé sur la détente... et boum !... un de moins. La serviette de plage de l'Arabe était devenue son linceul.

— À ce moment-là, on a sonné à la porte, m'avait coupé Godasse qui ne tenait plus en place. Un de ses collègues voulait du sel. La poulette avait craint pour sa réputation. Un Arabe, le soir, chez elle. Pas besoin de vous faire un dessin. Alors, Omar s'est planqué dans la salle de bains.

Je l'avais sommé de se taire. Il s'était tu. J'avais poursuivi mon récit... Il y avait son uniforme pendu au portemanteau et son revolver bouclé dans son holster. J'avais sorti l'arme, vidé le chargeur. Je m'étais aplati la casquette sur la tête. Dans le miroir de son armoire à pharmacie, je m'étais lancé un regard de flic juste avant la bavure. Je m'étais braqué le canon entre les deux yeux. J'avais écrasé la détente... et boum !... encore un de moins. Incroyable ce sentiment de puissance et d'impunité. Je crois que si je n'avais pas fait Arabe dans la vie, j'aurais fait flic, m'étais-je désolé. Juste pour... et boum !... et un autre de moins. Je devenais bon. Et boum ! Je faisais du chiffre, de l'abattage, je me voyais déjà des galons dorés sur épaulettes. Au moins brigadier-chef. Et boum ! Une carrière de pandore au commissariat du Raincy. Je me sentais la vocation. Et boum !

Soudain, j'avais entendu Muguette qui disait embarrassée à son collègue que rien ne pressait, qu'il pouvait rapporter la salière demain ou un autre jour. Mieux, elle lui en faisait cadeau, de la salière. Elle avait une urgence à régler. J'avais perçu le cliquetis de la serrure qu'elle avait bouclé à double tour. Et la porte de la salle de bains s'était ouverte, brusquement. Elle m'avait trouvé sa casquette enfoncée de travers sur la tête et son revolver pointé sur le cœur, prêt à dégommer le dernier des moricauds. Elle éteignit la lumière. Il faisait plus noir qu'en enfer. Elle me désarma en m'embrassant sauvagement sur la bouche. Et ça s'était mis à tourner plus vite que dans le Grand Huit de la foire du Trône. Des bisous, des câlins partout. Une furie. Elle avait ouvert les robinets de la douche. Elle avait joué avec le chaud et le froid. Je m'étais jeté à l'eau. J'improvisais. Mes mains baladeuses avaient couru en haut, en bas, sur ses seins, sur ses reins. J'étais comme un chien fou. Je me frottais. Je jappais. J'aboyais. Elle s'était désapée fissa. De ma vie je n'avais baissé mon froc aussi vite. Elle avait bondi sur moi, enroulé ses bras autour de mon cou, enroulé ses jambes autour de ma taille. C'était parti. Des va-et-vient du bassin langoureux mieux que dans les clips de Gainsbourg. Je m'enfonçais dans un gouffre insondable. Un gouffre de feu et de lave d'où l'on ne revient plus jamais le même. Je m'étais agrippé au rideau de la douche. Elle gémissait : « Muguette Javert. Tu n'oublieras jamais mon nom, petite racaille... » Puis, il y eut un voile blanc. Je m'étais raidi tout entier, les yeux révulsés... des secousses, une décharge, des petites convulsions. Puis plus rien. J'étais vidé. Nous étions restés assis un long moment à même le carrelage mouillé et froid. Nous avions écouté battre nos cœurs agités. Quand nous fûmes apaisés, elle ralluma la lumière. Je ne pouvais soutenir son regard. Elle m'avait demandé si c'était la première fois. J'avais répondu fiérot que je m'étais envoyé la moitié des gonzesses de la cité. Ça l'avait bien fait rigoler. J'avais posé ma tête sur son épaule ruisselante d'eau fraîche et je lui avais promis que je n'oublierais jamais son nom. Jamais.

Joseph avait les yeux brillants de larme. Mon dépucelage l'avait bouleversé.

— Je t'envie, camarade. S'il m'était arrivé la même chose, j'en serais pas à ma douzième année d'analyse.

Le petit jour s'était levé comme tous les matins. On était devant la cellule Gagarine à se faire des bises, à se dire que c'était un réveillon mémorable, extraordinaire, à marquer d'une pierre blanche. Des mots qui n'avaient plus de sens tant il faisait froid. On avait fait un bout de chemin ensemble. On s'était séparés au carrefour Lénine. Ils avaient pris à droite, vers la zone pavillonnaire du centre-ville, Godasse et moi à gauche, direction les ténèbres. À l'angle de l'avenue Maurice-Thorez, Godasse m'avait demandé si j'avais baisé Nathalie dans les water-closets. Je n'avais rien répondu. Il avait déchiré sa carte du parti, rue Paul-Vaillant-Couturier. J'en avais fait autant rue Jean-Moulin. Rue Salvador-Allende, on commençait à vaciller. Des maux de tête. Des maux de ventre. Des maux de cœur. Le sac. Le ressac. La marinade remontait par vagues. Il en sortait par la bouche, par le nez. On bavait comme des escargots. Godasse vagissait :

— Ils nous ont empoisonnés les cocos. On va crever.

Je voyais double, triple, quatre paires de Godasse. On avait posé nos fesses sur un banc de l'avenue de Stalingrad et on avait dégorgé jusqu'à se dénouer les boyaux. On grelottait. On suait. On puait le dégueulis, le chevreuil, le pinard et la mort. Et dans mon crâne c'était la tempête. Ça résonnait *La Danse des canards*, Jean Ferrat et sa môme qu'est pas une starlette, Tino Rossi et sa bella Catarina. Un car de police s'était arrêté devant nous. On s'était laissé embarquer sans résistance. On s'était réveillés dans une cellule bondée de putes, de clochards, de voyous qui chantaient *Petit Papa Noël*... Souvent, il m'arrive de mater les fliquettes aux carrefours en songeant à Muguette Javert. Elle doit bien avoir la quarantaine, aujourd'hui. Qu'est-elle devenue ? Est-elle morte sous les balles d'un mauvais garçon ? A-t-elle pris du galon ? Peut-être qu'elle est brigadière ? Peut-être même commissaire. Peut-être qu'elle a rendu les armes pour revoir sa Normandie, ses vaches rouges, blanches, noires, son cidre, ses plages de sable froid. Peut-être...

— Alors, il se décide le monsieur en costume noir. Oui ? Non ? Allez, c'est pas une mais deux marinades que je vous offre pour l'achat d'un cuissot de chevreuil. On en profite ! Y en aura pas pour tout le monde !

Le commis-boucher me ramène à ma réalité. Je voudrais lui toucher deux, trois mots de mon réveillon avec Nathalie, Babette, Joseph, Léon, Godasse, lui raconter Muguette mais, il ne me voit plus. Derrière moi, une vieille dame avec un béret sur la tête lève le doigt : le cuissot de chevreuil avec sa double marinade, elle est preneuse.

Je poursuis ma route les mains dans les poches. Devant le New-Delit, Alan mâchonne un bâton de réglisse. On échange des banalités hivernales.

— Fait froid...

— Fait froid...

— Y z'annoncent du verglas pour demain matin.

— Va falloir que tu mettes du sel sur ton pas-de-porte.

— Ouais, va falloir.

— Pour Noël, qu'est-ce que t'as commandé ?

Il a commandé un abonnement à *Moto-Revue*, une poupée gonflable, une boîte de rustines.

— Et toi, Boulawane, qu'est-ce qu'il va t'apporter Papa Noël ?

— Pour Noël, je voudrais que tu fasses un geste. Un beau geste. Je voudrais que tu offres un peu de bonheur aux déshérités.

Il me considère soudain avec méfiance, me rappelle que la bagarre avec ses amis Hell's Angels a laissé derrière moi une sévère ardoise. Pour mon Noël, il consent à me faire cadeau des verres cassés et des heures de ménage passées à remettre son bistrot au propre. Je le remercie, reviens à la charge.

— Les Voices of Tanger Street, ça te dit quelque chose ?

Il prétend qu'il ne les connaît pas. Je précise :

— Les petits squatters de l'autre côté du canal. Une belle chorale, tu sais. Ils seraient bien dans ta salle, la nuit de Noël.

Il éjecte d'une pichenette son bâton de réglisse dans le caniveau. Son regard se fait de plus en plus suspicieux.

— Ça va pas être possible, Boulawane.

Pour le réveillon de Noël, il a programmé Zizi Jambal, une ancienne gloire des guinguettes des bords de Marne et pour le réveillon du jour de l'An, c'est la nuit du rap, animée par les DJ John Deuff et Jerry Khane.

— Glisse-les en première partie. Tu seras pas déçu. C'est du bonheur plein les oreilles.

Je chantonne le premier couplet de *Oh happy day*. Je voudrais entamer le deuxième couplet mais je me rends compte qu'avec ma voix d'angineux et mon souffle bref, je ne suis pas le meilleur commercial des Voices of Tanger Street.

— Quand tu écouteras Angélina chanter Alléluia, tu seras hypnotisé.

— Angélina ! La Noire qui a foutu le bordel dans mon café ? Jamais ! Qu'elle aille au diable !

J'en ai assez pour ce soir. Je rentre chez moi.

***

Je me chauffe du café. Je glisse un CD d'Adamo dans le lecteur de la chaîne hi-fi. Je m'étends sur le lit, me laisse bercer par la zique mélancolique de mon chanteur préféré. Il pleure que la nuit, il devient fou. Une histoire d'amour qui lui rend le cœur lourd et cafardeux. Je monte le son, ferme les yeux, hurle avec lui que moi aussi je deviens fou.

Angélina est entrée sans que je m'en aperçoive. Elle éteint la lumière, baisse le son, s'allonge près de moi. Elle a le bout du nez glacé. Pour nous réchauffer, Adamo chante *Valse d'été*. Un petit voyage au pays des merveilles. Un pays où il fait toujours soleil. Par la fenêtre, on voit des milliers d'étoiles briller dans le ciel d'encre.

— Pour le New-Delit, j'ai vu le patron : c'est râpé.

Elle s'y attendait. En fait, elle n'attend rien de personne. Elle ne compte plus que sur elle et sur l'aide de Dieu.

— Tu peux compter sur moi aussi. Pas sûr de faire mieux que le bon Dieu mais je vais faire mon possible pour que tes mômes puissent chanter le soir de Noël.

— Tu ne crois pas en Dieu ?

— J'y crois quand je ne comprends pas quelque

chose, quand je me sens seul, quand je suis malheureux.

— C'est la peur du vide, ça. Ça n'a rien à voir avec Dieu.

— Si, ça a tout à voir. D'ailleurs, il m'arrive de l'appeler quand je ne vais pas bien. Oh hé, là-haut, le Plus Grand... Je lui soumets mon problème et j'attends qu'il me réponde.

— Il te répond ?

— Jamais.

— Dieu n'est pas à ton service. On ne le sonne pas comme un domestique. On le prie sans rien attendre en retour. C'est ça, la foi.

Je sens bien que ma manière de croire l'agace. Je suis même limite carton rouge. Pourtant je suis sincère. Je crois en Dieu et lui seul. J'aime Dieu sans ses prophètes, sans ses mosquées, ses cathédrales, sans ses temples, ses synagogues. C'est comme dans la pub : un Dieu tout seul sinon rien.

— Et toi Angélina, ton bon Dieu, tu le vois comment ?

Elle ne le voit pas parce qu'il l'habite. Elle le sert du mieux qu'elle peut. Et ce qu'elle fait le mieux c'est de le chanter. Quand elle était plus jeune, elle voulait faire bonne sœur. Elle était partante pour la chasteté, la dévotion, tous les Amen, tous les Avé, toutes les Maria. Mais un soir, en rentrant de la plantation de coton, elle a rencontré le loup. Il était bien gentil.

— J'y avais pris goût. C'était fichu. Il s'appelait Yamento. Je l'avais aimé et le bon Dieu, je l'avais mis de côté.

Son regard se voile. Une étoile trace dans le ciel pour venir s'endormir dans ses yeux.

4

Avant de partir, Angélina a fait du café. Elle a aussi mis de l'ordre dans mon petit souk. Ça n'a pas échappé à Odette, venue s'incruster à l'improviste.

— Tu la payes combien la petite Noire pour ton ménage ? Si c'est pas cher, je la prendrais bien une paire d'heures par semaine.

— C'est par amour qu'elle fait ça, Angélina, que je condescends à répondre.

Elle s'assoit sur le bord du lit. Je lui sers un café. Elle ne boit pas. Elle est maussade comme le temps ce matin.

— C'est ta virée au Bœuf Couronné qui te rend si tristouille ?

Elle démarre sans starter. Les tympans du gros blond doivent exploser tant elle le dézingue. D'abord, d'abord. Au restaurant. IL... elle ne l'appelle plus Duvernoy, ni Martial comme je le lui avais suggéré mais : IL.

Entre chaque plat, IL lui serinait qu'elle était son idéal, que c'était bien dommage qu'ils ne se soient pas connus avant, au temps où elle était Clodette. IL s'imaginait qu'à l'époque de sa splendeur, elle aurait percuté sur un type comme lui alors qu'elle avait à ses pieds les plus beaux spécimens de la place de Paris. IL ne doutait de rien le balourd. Odette avait pris sur elle à défaut de pouvoir, encore, prendre sur lui. Après tout, elle était là pour jouer au plus malin, le coincer dans ses derniers retranchements, lui arracher les mots bleus qui vous font passer des quartiers populeux aux banlieues argentées. Bernique ! Pas une allusion à des projets d'union à moyen ou à long terme. Tout était dans l'immédiate fusion. Entre la poire et le fromage, elle lui avait casé qu'elle voulait vivre avec lui. Elle avait tout planifié. Restait plus qu'à expédier le bon de commande chez Ikéa pour le canapé en cuir d'agneau plongé, la télé à écran plasma, la chambre à coucher et les draps de satin rose. Rose comme le destin qu'elle se souhaitait. Après le pousse-café, Il avait concédé un lapidaire : Faut voir.

Ce n'était pas un franc engouement mais ce n'était pas non. Et si ce n'était pas non, tous les espoirs étaient permis. IL l'avait emmenée, ensuite, à un pince-fesse à la mairie du seizième arrondissement. On fêtait la réélection de qui ? De quoi ? Odette s'en fichait absolument. IL l'avait abandonnée devant le buffet pour saluer quelques connaissances. Bientôt une rumeur se répandit : le ministre de l'Intérieur allait passer une tête pour féliciter l'heureux élu. Odette ne se sentait pas à sa place dans ce milieu de politiciens. Elle voulait prendre son Duvernoy par le bras et déguerpir. Elle avait des choses essentielles à lui dire. Les meubles, IL les préférait en bois massif ou en bois exotique ? Et le lit, fallait-il orienter la tête au nord comme on le recommande ou peu lui importait ? Et son divorce, IL voyait ça pour quand ? À la Saint-Glin-Glin ? À la Saint-Jamais ? Elle voulait des réponses. Mais IL n'était pas là. IL discutait de-ci, de-là, à droite, à gauche. Vers minuit, la rumeur s'était dégonflée. Le ministre ne viendrait pas. Retenu à l'Élysée par le grand patron, chuchotait-on. La soirée n'était pas terminée pour autant. IL voulait lui faire une surprise. La surprise, c'était Castel. Plus de vingt ans qu'elle n'avait pas remis les pieds dans ce night-club. IL avait commandé une bouteille de champagne. Du brut. Passé trois flûtes, IL en avait un coup dans les carreaux. Et quand IL était dans cet état-là, IL se mettait à causer le jeune... C'est l'éclate ? Sensass ! On se la pète, Odette ! Le DJ avait braillé dans son micro : « Flash-back sur les eighties ». Dès qu'elle entendit l'intro d'*Alexandrie Alexandra*, Odette ne put résister à l'appel des sirènes du port d'Alexandrie. Elle avait jailli sur la piste. La chorégraphie lui était revenue comme si elle n'avait jamais cessé d'être Clodette. Un ; ondulation du bassin. Deux ; les mains sur les hanches. Trois ; deux pas à droite. Quatre ; deux pas à gauche. Cinq ; sautillez sur place. « *Alexandrie, je te mangerai crue si tu ne me reviens pas.* » On recommence. Un ; ondulation du bassin... IL s'était avancé au bord de la piste, avait claqué des doigts, battu la mesure avec le bout du pied. IL était fier d'Elle et se rengorgeait auprès des jeunots en pâmoison devant la fluide silhouette d'Odette. Quand la bouteille fut vidée, il était temps de partir. Voir de jeunes blancs-becs se trémousser autour d'elle, ça lui avait donné des idées. IL voulait faire la chose à la rabbit, sur la banquette de sa voiture. IL s'était garé dans une contre-allée du boulevard les Invalides. Face à eux la tour Eiffel scintillait. IL était chauffé à blanc. Ses oreilles phosphoraient. IL était prêt à signer tous les bons de commande d'Ikéa. Et c'est là que tout avait dérapé. Le portable de IL n'arrêtait pas de sonner. Chaque fois, IL sortait de l'auto pour décrocher. Odette n'en pouvait plus. Elle avait compté une dizaine d'appels. C'était décidé, il n'y aurait pas de onzième appel. Quand IL était remonté dans l'auto, elle lui avait roulé une pelle infernale. Pendant qu'il s'essoufflait de plaisir, elle avait plongé la main dans la poche de son veston, coupé la sonnerie et subtilisé le téléphone. Ensuite, ils s'étaient tripatouillés comme des mômes dans les chiottes d'une cour de récréation. L'Odette voulait terminer la nuit à l'hôtel mais il était déjà cinq heures. Paris s'éveillait. IL l'avait raccompagnée au pied de son immeuble. IL lui avait donné rendez-vous pour un autre soir et promis d'étudier les modalités de son divorce.

Odette tire de sa robe de chambre en laine bleu layette le portable de Duvernoy. Entre rire nerveux et colère froide, elle enclenche la messagerie. La voix suave de l'opératrice SFR annonce dix messages sauvegardés. Premier message : « *M'amour, si tu ne rentres pas tout de suite, je vais faire la bêtise* » (la voix désespérée de la dame Duvernoy va crescendo dans le drame). Message numéro deux... Trois... Cinq... Message numéro huit : « *Martial, j'ai une poignée de Noctran dans la main, si tu ne rappelles pas de suite, je fais la bêtise...* » Neuf : « *C'est fait, j'ai avalé les comprimés.* » Message numéro dix : « *Tu peux finir la nuit avec ta garce, je meurs.* »

Odette croule de fatigue. Elle se laisse glisser sur les coudes, se recroqueville au milieu du lit. Je relève la couverture sur elle. J'éteins la lumière.

***

Le ciel bas pisse le gris et le gras. Les vitrines des magasins sont marbrées de givre. Des employées de la voirie répandent du sel sur la chaussée verglacée. Alan fume une cigarette sur le pas de sa porte. Il me salue d'un mouvement de tête. Je l'ignore. Il agite le bras comme un essuie-glace. Je lui renvoie un doigt d'honneur et m'engouffre dans la bouche de métro.

Je sors à la station Louvre. Je termine à pied jusqu'au journal.

Je profite de ce que Duvernoy n'est pas arrivé pour déposer mon article sur son bureau puis je regagne le placard que je partage avec Perrier. On se dit tout juste bonjour. Je m'assois à ma table. Ma mission, pour la journée, consiste à classer par ordre alphabétique les faire-part de décès. Comme au premier jour de mon arrivée.

Les heures ne passent pas. Je me demande, en gâchant mon temps de la sorte, si ce n'est pas Godasse qui a raison en voulant s'inviter au banquet des Crapules. Mon ami, mon frère, pourquoi n'ai-je pas été conçu avec la même semoule que toi ? Pas de scrupule. Pas de remords. Pas de regret. À fond de cinq et la nave va !

Mes yeux se brouillent. Je mélange tous les faire-part. Je n'ai pas la tête à mon travail. Mon esprit vagabonde du côté des squats de la rue de Tanger. Je suis avec Angélina. On marche main dans la main dans les froidures parisiennes. On est bien, sottement bien, beaufement bien. Claire me tire de mes songes en déposant sur ma table un gobelet de café fumant. Elle est passée chez le coiffeur. Je lui fais remarquer qu'elle ressemble désormais à Martine Aubry. Elle me remercie du compliment qui dans ma bouche n'en est pas un. Perrier grogne. Il demande pourquoi il n'a pas droit aux mêmes égards que moi. Elle hausse les épaules pour toute réponse. Perrier maugrée des bribes de phrase inaudibles, repique du bec-de-lièvre dans ses faire-part, petites annonces et autres futilités.

— Je ne suis pas venue que pour le café. Monsieur Duvernoy veut vous voir dans son bureau.

— Tout de suite ?

— Prenez le temps de finir votre gobelet.

Elle ne me quitte pas du regard. Elle est comme vampée, hypnotisée.

— Je vous fais tant d'effet que ça, Claire ?

— Vous n'imaginez pas, Boulawane.

Je jette mon gobelet dans la corbeille et la suis dans ses pas. Elle me présente à des journalistes occasionnels, appelés aussi pigistes, au secrétaire de rédaction, un petit barbu, au regard vif et au teint de brique. Je lui serre une franche poignée de main.

— Morel. C'est moi qui centralise tous les papiers. Soyez le bienvenu au *Nouveau Siècle*.

Je remercie Morel. Nous traversons la salle de rédaction. Des téléviseurs diffusent CNN, LCI, dans l'indifférence générale. Des téléphones sonnent sans que personne les décroche. Des téléscripteurs vomissent des rouleaux de nouvelles qu'un jeune stagiaire découpe maladroitement. Ça fume à tout va. Ça court dans tous les sens. Ça s'interpelle d'un bureau à l'autre. On se croirait dans une ruche humaine.

— C'est jour de bouclage. C'est pour ça que ça remue comme ça. Dans deux heures, la fièvre sera retombée.

Elle me présente à d'autres personnes qui ne lèvent pas le nez de leur écran d'ordinateur. Nous arrivons devant le bureau de Duvernoy. Avant de toquer à la porte elle m'avertit que le patron est mal disposé.

— Je préfère ne pas savoir ce qu'il a fait de sa soirée.

Elle retient son souffle, frappe timidement. On entend : « Entrez ! » Elle fait demi-tour. J'entre.

Duvernoy marque sa mauvaise humeur en tapotant sur sa paume de main avec une règle en bois. Je prends place dans le fauteuil vide, face à lui. Le téléphone sonne. Il décroche. Son visage s'empourpre. Il répond agacé : « Mais oui, ma chérie... Mais oui, mon amour... Cesse de m'appeler, j'ai du travail... Cinq fois en une heure... Sûr, je rentre ce soir. » Il fait des claquements de bouche pour imiter les bruits de bises, laisse le combiné décroché.

— Pardon. C'était ma femme. D'habitude, elle m'appelle sur mon portable mais je ne sais pas où je l'ai mis.

Il reprend sa règle, bat la mesure sur le dos de sa main, parle de la pluie, de la neige, du mauvais temps, de la flambée du baril de pétrole, du CAC 40 qui a sale mine.

— Trois points de moins rien que dans la journée d'hier. Huit en quinze jours. Ça ne vous fait rien ?

— Si vous me la faisiez courte ? On y gagnerait tous les deux. C'est quoi, le problème ? que j'abrège.

Il loue mon sens de la perspicacité et s'épanche. La cause de son humeur chagrine, de son mal-être, c'est Odette. Il l'aime. Oui, mais à sa manière. D'accord pour les soirées en amoureux. D'accord pour lui refaire sa garde-robe. D'accord pour inventer des séminaires bidon à sa femme et partir en week-end à Barbizon, Compiègne ou Honfleur, mais il ne peut s'engager davantage. Il a surfé sur Internet, cliqué sur Divorce.com, fait toutes sortes de savants calculs. Au final, torts non partagés, abandon du domicile conjugal après trente ans de mariage, avec le salaire auquel il émarge, la pension alimentaire, ça va être : Ouille ! Ouille !

— Vous voulez garder ma voisine sans que ça vous coûte une couille.

Il admet qu'il ne l'aurait pas exprimé avec ces mots-là mais au fond c'est ce qu'il pense.

— Si vous pouviez lui faire comprendre que je ne suis pas encore mûr pour lâcher la proie pour l'ombre, vous me rendriez service, Boulawane.

— Quand allez-vous lâcher la proie ?

Il pose sa règle, ramasse un trombone, le martyrise jusqu'à ce qu'il casse. J'énerve.

— Voulez-vous m'aider oui ou merde ?

— Je ne suis pas sûr d'être votre meilleur avocat.

— Brisons là. Je me débrouillerai tout seul.

Il ouvre son tiroir, étale devant lui les deux feuillets de mon article.

— J'ai lu. Franchement, je trouve ça...

Il laisse la phrase en suspens.

— Nul ? Vous trouvez ça nul ?

— Pas du tout. C'est concis. Efficace. Concret. Vous avez traité un sujet pas facile sous un angle inattendu. Pas mal vu le coup des pénuries d'organes.

Je vous félicite. Et croyez-moi, ça ne me coûte pas une couille comme vous dites mais presque. Je vais le donner au secrétaire de rédaction. Il paraîtra dans le prochain numéro.

Il tente de nouveau de m'amadouer avec des promesses de reportages aux quatre coins de la planète.

— Bagdad, Kaboul, ça vous tente ?

— Pourquoi pas en enfer ?

— L'Algérie, un petit retour aux sources, ça vous donnerait des couleurs. J'ai mieux : Bondy. Je me suis laissé dire que des jeunes musulmans avaient créé une ligne de vêtements, tout ce qu'il y a de plus original. Burka, tchador, maillot de bain islamique, ça peut intéresser nos lecteurs.

Je demeure inflexible. Son affaire d'adultère, qu'il se la gère lui-même. Voilà ce que je lui répète. Il fait : bon, bon, bon, sur un ton exaspéré, et se demande à haute voix s'il n'a pas fait une belle connerie en m'engageant.

— Vous avez sans doute mieux à me proposer ?

— Sans-papiers.

Il sourit.

— Je ne vous en demande pas tant. Un seul suffira.

Je rectifie.

— Je voudrais faire un papier sur les sans-papiers.

Il fronce les sourcils.

— Sans-papiers. Vous voulez parler de ces étrangers en situation irrégulière ?

J'acquiesce.

— Qu'est-ce que vous voulez raconter sur ces pauvres types ?

Tout. Cette décharge humaine à quelques stations de métro d'ici. Les tout-petits qui, pour s'amuser, n'ont d'autres jouets que les carcasses de voitures calcinées et l'eau fangeuse des caniveaux. Leurs aînés, à peine des adolescents, à la recherche la nuit d'un caillou de crack à fumer pour crever un peu plus vite. Et leurs parents ? Des morts-vivants rasant les murs à la vue du bleu de crainte de se faire embarquer. Et leurs habitations ? Des taudis envahis par des légions de rats. Des taudis dont on ne voudrait même pas pour dépotoir. Camus, *La Peste*, on y est, rue du Maroc, rue de Tanger, rue d'Aubervilliers.

— Personne n'a le droit d'être humilié comme ça, monsieur Duvernoy.

Plus j'argumente sur le sort de ces misérables, plus je m'englue dans la rhétorique curetonne. C'est fatal. Eh oui, il vaut mieux être beau, riche, en bonne santé, que dealer, nègre et avoir des enfants bousillés par le saturnisme. Eh oui, il vaut mieux avoir une femme, une maîtresse, que de vivre seul et en croquer chez Leader Price... Quoi d'autre encore ? Il me faudrait tout le talent du professeur Jacquard pour disserter des heures sur la détresse de ces hommes, de ces femmes venus d'Afrique pour espérer un coin de paradis et qui ont échoué dans les pièges à rats du dix-neuvième arrondissement de Paris. En conclusion de ma plaidoirie, je voudrais deux, trois feuillets pour mettre tout ça au clair. Duvernoy me regarde avec compassion sans que je comprenne vraiment si c'est moi qui lui inspire ce sentiment ou les sans-papiers.

— Il en faudrait plus. Il en faudrait au moins cinq, six pour traiter une affaire pareille.

— Deux, trois suffiraient à mon bonheur.

Duvernoy brise d'autres trombones. Signe évident que la compassion a atteint ses limites.

— *Le Nouveau Siècle* n'a pas vocation à traiter ces faits de société.

— J'ai bien fait un papier sur les radars.

— Les radars, c'est autre chose. On a tous une voiture. On est pour. On est contre. Il y a matière à débat. Mais vos sans-papiers, ça va intéresser qui ?

— Ça va peut-être aider des lecteurs à prendre conscience que le Père Noël serait bien avisé d'aller traîner sa carriole du côté de chez moi.

— J'admire votre naïveté, Boulawane. Vous me rappelez mes débuts dans la profession. J'avais la fibre humaniste, quand j'avais votre âge. Je me souviens d'avoir couvert un reportage à la Mie-de-Pain, un asile pour les clochards, comme on disait à l'époque (il tord un trombone). Vous trouvez que c'est mieux, SDF ? Moi pas. Clochard, ça sentait bon le métropolitain. On voyait tout de suite un vieillard à la barbe mitée, un kil de rouge dans la poche d'un manteau trop grand, un chapeau informe pour faire la mendicité. Aujourd'hui, on préfère dire SDF. Je trouve que ça manque de chaleur. SDF, sans domicile fixe, on sait bien qu'ils le sont puisqu'ils sont à la rue. On pléonasme, Boulawane. Vous voulez que je vous raconte mon reportage à la Mie-de-Pain ?

— Non. Je voudrais écrire un article sur la misère d'aujourd'hui.

Il reprend sa règle, bat la mesure avec la précision d'un métronome.

— Mon cher Boulawane...

Je m'attends au pire. Je ne suis pas déçu. J'ai droit à un bref historique du *Nouveau Siècle*. Comme son nom l'indique, le journal a vu le jour en janvier 2000. Les actionnaires sont des fonds de pension américains associés à des banquiers suisses. Ambition affichée du journal : devenir la bible des décideurs, des entrepreneurs, des money-makers. Le profil du lecteur : cadre sup, marié, deux enfants inscrits dans l'enseignement privé, propriétaire de son appartement, résidence secondaire en Normandie ou dans le Luberon. L'enquête réalisée par un institut de sondage a aussi révélé qu'il – toujours le lecteur – sait se montrer généreux. Il peut faire don de deux cents euros par an à des œuvres caritatives.

— Comme vous le voyez, mon lecteur est à mille lieues des soucis de vos squatters SDF ou sans-papiers.

— Les deux, parfois.

— N'insistez pas, Boulawane. Mon lecteur ne s'y retrouverait pas et je ne suis pas sûr que nos actionnaires apprécieraient qu'on gaspille leur argent pour faire de la pub pour ces gens-là.

Je ne veux pas en entendre davantage. Je me lève. Il m'ordonne de me rasseoir.

— Je ne voudrais pas paraître cynique mais...

Là encore, je crains le pire. Claire lui a soumis une idée de reportage. Il a d'abord songé à lui laisser rédiger l'article mais il vient de se raviser.

— Elle écrit comme un balai à chiottes. Vous, Boulawane, vous ferez ça très bien en deux feuillets.

À la veille de Noël et comme tous ans, la SPA...

— SPA, ça ne veut pas dire la Société protectrice des Arabes.

Il rit de son humour balourd pas même digne des fonds de poubelle du Front national. Il se ressaisit :

— La SPA organise une grande journée de l'adoption sur une péniche amarrée devant la tour Eiffel. Voyez, on reste dans le charitable. Le dévouement. Le social d'une certaine façon. Qu'en dites-vous ?

— Je vous parle d'êtres humains, vous me répondez chiens et chats. Je crois qu'on vit pas dans le même monde, monsieur Duvernoy.

— Vous êtes un romantique. Je suis un pragmatique. Un Arabe qui signe un papier sur la SPA, ça a une autre gueule qu'un Arabe qui signe un papier sur les sans-papiers. C'est comme ça que je conçois l'intégration. Faites-moi confiance. Vous réussirez.

— Si, pour réussir, je dois me chier dessus, c'est non. Je préfère la misère au déshonneur.

— Tout de suite les grands mots, les grands principes. Quand je vous dis que vous êtes un romantique (il consulte sa montre)... Assez discuté ! J'ai mon édito à écrire. Vous me faites deux feuillets sur la SPA et l'incident est clos.

— J'ai rien à dire sur les chiens et les chats. Je me fiche de la SPA.

— Et moi, je me fiche des problèmes de vos clandestins. Deux feuillets sur la SPA. C'est moi qui décide, ici.

J'ai une envie irrépressible de le déloger de son bureau pour l'amener rue de Tanger qu'il respire les odeurs nauséabondes de nos gourbis. Une envie irrésistible de le piquouser avec les seringues qu'on ramasse à la pelle du côté du boulevard de La Chapelle, qu'il se dessille, qu'il voie qu'il y a d'autres priorités que les matous et les toutous... lui présenter Angélina, ma petite fleur du Burkina et sa petite chorale qui enchante la rive noire du canal de l'Ourcq. Mais je perds mon temps. On ne peut pas faire boire un âne qui n'a pas soif. Il allume son ordinateur, me salue sur un ton qui signifie : Tu m'as assez gonflé, bicot. Déguise-toi en courant d'air.

Il se prend la tête entre les poings pour se concentrer.

Je n'existe plus.

***

Claire se trouvait derrière la porte. Elle a tout entendu. La SPA, c'était son truc, son bébé. Elle y pensait depuis la Toussaint. Elle avait tout en tête jusqu'au titre de son papier : Wah-wah, miaou, vive la SPA !

— De vous à moi, je suis consternée. Me faire ça à moi, la plus fidèle parmi les fidèles.

Elle a du Nescafé pour deux à partager et une goutte d'alcool de mirabelle pour nous remettre le moral d'aplomb.

— Ça vous tente ?

J'accepte car l'idée de retrouver Perrier dans son réduit me file le bourdon.

Sur un tabouret trône un sapin nain recouvert d'une pellicule de poudre blanche et sur son armoire métallique une guirlande électrique clignote quand ça lui chante. Le Nescafé, on oublie de suite. C'est de toute façon pas l'heure, plus l'heure, jamais l'heure pour boire cet ersatz de kawa. Elle débouche sa bouteille d'alcool de mirabelle, verse une forte dose dans des gobelets en plastique. Nous trinquons à nos malheurs. Je ne suis pas à proprement parler une chochotte mais la première gorgée de ce brûle-gueule déclenche un incendie dans mon œsophage qui se propage dans mon estomac. Elle s'adosse au mur, avale tout d'un trait. Elle ne se remet pas de l'affront que lui a infligé son patron.

— J'en aurais profité pour adopter un chien ou un chat. J'étais dans le vécu.

Elle m'effleure la main. Elle se sent si seule, si affectée, si inutile.

— Pardonnez-moi, Boulawane. Je fais de la dépression pendant les fêtes. Je vais mieux à partir du 2 janvier. Pas vous ?

C'est sans doute la seule chose qui nous rapproche. La détestation de la ripaille obligatoire, des Joyeux Noël, des Bonne année, des Bonne santé... Surtout la santé parce que quand on n'a pas la santé...

— Une larmichette ? C'est la cuvée réservée de ma mère.

— Pourquoi, vous n'allez pas réveillonner chez votre maman, justement ? que je suggère en repoussant mon gobelet.

— Maman m'a quittée, il y a trois ans. Cirrhose du foie. C'est la mirabelle qui l'a perdue.

Elle se sert un autre gobelet d'alcool qu'elle hume en frémissant des narines avant de l'achever sans escale.

— Vous êtes plutôt chien ou chat, vous ? Moi, j'ai essayé les poissons rouges mais ils crèvent tous. Ça doit être un problème de communication. Tordant, non ?

L'alcool a fait un strike dans ses neurones. Elle radote sa petite vie de vieille fille de province montée à Paris après le décès de sa maman. Pas d'ami. Pas d'amant. Pas d'enfant. Elle a lu l'intégrale de Boris Cyrulnik – le psy qui console les Français(es) – pour essayer de se comprendre. Elle n'a pas trouvé dans cette littérature de recettes miracles pour soigner ses névroses. Trop petite. Trop grosse. Trop moche. Trop Balasko. Trop Aubry. Elle est tout dans l'excès, Claire. Évidemment, le prince charmant, elle y a renoncé. Elle se contente de draguer, quand elle se trouve moins laide que la veille, des célibataires un peu largués, comme elle. Elle a sa technique pour les flairer. À la boulangerie, ils achètent le pain par demi-baguette. Chez Picard Surgelés, c'est au rayon portion individuelle qu'elle les harponne. Les dimanches après-midi, elle les repère dans la file d'attente des cinémas. En général, ils vont voir des films interdits aux mineurs pour avoir la paix. Dernièrement, elle s'est inscrite dans une agence matrimoniale. En attendant d'être convoquée pour un rendez-vous, elle tchate sur Internet, lance des SOS à des inconnus qui lui renvoient des grossièretés ou lui posent des lapins gros comme des sangliers. Elle n'en peut plus de cette vie-là. Elle ressasse à l'envi qu'elle a de l'amour à donner mais qu'elle ne trouve pas preneur. De nouveau, elle essaie d'avancer ses pions par le biais de sa sœur ostréicultrice à Oléron qui lui a expédié deux bourriches d'huîtres pour les fêtes.

— Deux bourriches, c'est bien trop pour une femme seule. Vous êtes amateur ?

Mon silence est ma réponse. Elle n'insiste plus. Il est déjà une heure. La faim la tiraille. Elle va panser ses blessures au Pied de Cochon, le restaurant chic du quartier.

— Le Pied de Cochon, vous allez dire non, encore ?

Perspicace, la jeune dame. On se sépare là-dessus. Sans haine. Sans amour. Sans rien.

Je me balade dans les rues des Halles. Ça me fait du bien. Ça me revigore l'esprit. Rue Turbigo, je croise Perrier avec un énorme kebab à la main. Il lèche ses doigts dégoulinant de mayonnaise. Il détourne la tête en butant sur mon regard. Je poursuis jusqu'au Bazar de l'Hôtel de Ville. Je me faufile au milieu d'une nuée d'enfants émerveillés par le balai des automates et des trains électriques derrière la grande vitrine. C'est fantastique. C'est la vie rêvée en abrégé.

Le soir qui commence à me tomber dessus me rappelle à mes devoirs.

C'est l'heure des « Grosses Têtes ». Perrier allume sa radio. Philippe Bouvard est en forme optimale. Il se marre avant d'avoir posé la première question. Son rire est communicatif. Perrier se bidonne sans savoir pourquoi. Après un bref silence, la première question gicle.

« De monsieur Akli Matation, du Jardin, je précise : Qui a chanté *La solitude, ça n'existe pas ?* »

L'un des invités dont je ne reconnais pas la voix s'esclaffe : « Akli Matation, qu'est-ce que c'est drôle ! »

Et c'est parti. Les vannes sont grandes ouvertes.

« Pourquoi pas Akli Chie-sous-Bois ? »

Poilade intense.

— Que c'est bon de rire, s'étouffe Perrier.

« Et moi, renchérit un autre invité – Carlos peut-être –, j'ai mieux. Akli sous la porte. »

« Extraordinaire ! Qui dit mieux ? »

« Akli Toris », glousse une voix androgyne qui semble être celle d'Amanda Lear.

Applaudissements nourris. Sifflements admiratifs du public dans le studio RTL.

J'ai connu, moi aussi, un Akli à Bel-Avenir, un malade de l'amour. On l'appelait Akli Nique. C'était la première victime du sida, chez nous, là-bas...

Je trie quelques faire-part. Je tire ma révérence. Perrier ne me salue pas.

***

Je repique dans le métro. Boulot, métro, dodo. J'ai du mal à prendre le pli. J'ai du mal à me sentir blatte parmi les blattes. Gare de l'Est, je change : direction Bobigny. À la sortie, un petit Tunisien, maghrébin reconnaissable à son tarbouche rouge sur la tête et son brin de jasmin accroché derrière l'oreille, vend à la sauvette des babioles sur un lit de camp. Il y a de tout, n'importe quoi et quelques oursons en peluche.

— Si t'appuies sur lui, il parle, qu'il argumente le vendeur.

Il écrase son pouce sur le ventre d'un ourson vert. Ça charabiate. Il presse de nouveau sur la peluche, me la plaque sur l'oreille. Cette fois, c'est net. L'ourson vert scande : « Viva Bouteflika ! » S'ensuit un énorme éclat de rire.

— Et l'ourson blanc avec des taches rouges sur le ventre, qu'est-ce qu'il raconte ?

Le vendeur pince l'oreille de l'ourson tacheté de rouge. Il éructe aussitôt : « Nad'in Poutine ! » S'ensuivent des crépitements de rafales de mitrailleuses.

— Il doit venir de Tchétchénie, celui-là.

La Tchétchénie, ça ne lui dit rien, au vendeur. Je tire de son souk ambulant un ourson brun. J'appuie sur son bedon, sur ses bras, ses pieds, sa truffe : il reste muet. Un gamin devant l'étal connaît l'animal. Il lui caresse le bedon dans le sens du poil. J'entends, alors, une petite voix miauler : « Toi, je t'aime ». Ourson brun sera parfait pour Angélina.

***

Toutes sirènes hurlantes, des voitures de police débouchent dans la rue de Tanger. Devant le 11, des CRS font monter dans un bus les squatters de l'immeuble. Les plus récalcitrants sont bastonnés à coups de matraque sur les mollets. J'interpelle un de ces flics, savoir si parmi eux, il y a une jeune femme. Je lui décris Angélina, grande, superbe, noire. Il me somme de dégager la piste. J'insiste. Il m'écarte du coude.

Le convoi s'éloigne sous les jets de pierres d'enfants qui crient : « Papa, maman, reviens ! »

J'entre dans la cour. Les CRS ont balancé des fenêtres, matelas, vaisselle, mobiliers, vêtements. Des mamas rappliquent pour essayer de trouver dans ce merdier qui une lampe, qui une table, qui un gri-gri, qui un biberon, une photo, un dessin d'enfant... des poussières de souvenirs.

Tel un diablotin, Lavabo sort d'un soupirail. Il m'explique que la police a fait une descente suite au tuyau d'une balance. Un arrivage de crack destiné aux fêtes de fin d'année pour les beaux quartiers de la capitale a été saisi.

— Angélina, tu l'as vue ?

Il fait non de la tête.

— Va voir à La Dérive des Continents. Le patron, il sait tout. C'est un vrai maton, ce mec. Je l'ai vu fayoter avec les keufs.

***

Le petit Kabyle à moustaches sifflote sur le pas de sa porte comme indifférent à l'agitation fébrile qui s'est emparée de la rue. Dès qu'il me recadre, il cesse de se prendre pour le merle moqueur.

— Qu'est-ce que tu viens faire par ici, cousin ?

— Je cherche Angélina.

— Qu'est-ce que tu fais avec cette négresse ? Un beau gosse comme toi ! C'est gâché. Si tu veux te marier, demande-moi. Je connais une marieuse. Elle importe des filles du bled. Des filles qu'ont jamais servi. Alors, tu la veux comment ? Blonde ? Brune ? Rousse ? Une qui fait bien le ménage ? Une qui s'occupe bien des enfants ? Une qui parle pas ?

Dans la vie, il y a deux sortes de cons : les braves appelés bons cons. Il y a de la bonhomie dans cette espèce, de la joie de vivre. L'amitié, l'affection, la tendresse reste envisageable, voire souhaitable. Et il y a les mauvais cons. Communément appelés connards. Avec cette engeance, une seule solution : la bonne correction. Je lui ordonne d'approcher. Là, devant, à mes pieds. Il avance penaud en souriant jaune. Je le tire par l'oreille, le force à mettre le genou à terre.

— Aïe ! Aïe ! Aïe ! qu'il hurle en kabyle.

— Tu as deux secondes pour me dire où elle se trouve, sinon ton oreille, c'est dans le canal que tu vas la repêcher.

— Elle a réussi à échapper à la police. Elle est partie avec un enfant de son immeuble. Un petit négro. Elle m'a dit qu'elle allait aux urgences de Lariboisière.

Il implore ma pitié. Je voudrais le déglinguer à coups de pompes dans l'estomac, mais je me retiens par respect pour mes semelles en élastomère qui valent mieux que cette chiure de Berbérie.

***

Angélina s'est mise à l'écart, dans le couloir, pour protéger l'enfant qu'elle berce dans ses bras des éclopés et des malades un peu branques venus trouver asile dans la salle d'attente. Je tire une chaise, m'assois à côté d'eux. Angélina pose sa tête sur mon épaule. Elle se sent si seule, si impuissante, même sa foi ne la sauve plus. L'enfant a le regard éteint. Mort, presque. Un trait de sang file de sa bouche sèche.

— C'est Abou. Je l'ai trouvé dans la cave. La police a embarqué ses parents tout à l'heure dans la rafle. Il a beaucoup de fièvre.

J'offre à l'enfant Ourson brun. Il lui caresse le ventre. Ourson brun pleure : « Moi, je t'aime ». Soudain, il sanglote, se recroqueville sur lui-même, claque des dents. Angélina sort un mouchoir en boule de sa poche, efface le sang sur son menton. Au bout du couloir paraît la silhouette massive du professeur Carré. Il est accompagné d'une infirmière. Une grande femme, mince, d'allure plutôt jeune. Elle doit avoir dans les trente-neuf ans. Pourquoi trente-neuf ? Je ne sais pas. Peut-être parce que, avec ses cheveux auburn flottant sur ses épaules, son visage tout en longueur, ses yeux de bichette, ses mollets magnifiquement galbés, je la trouve trop choupette pour l'assigner dans le ghetto des quadras. Avant qu'ils ne passent devant nous, je me plante devant eux, les bras en croix. Le professeur Carré se gratte le crâne, fronce les sourcils. Il essaie de mettre un nom sur mon visage. Je bouscule sa mémoire.

— Boulawane.

Il opine d'un battement de paupières.

— Boulawane, bien sûr... Les radars. J'hésitais entre Sidi Brahim, Mascara et Boulawane. Qu'est-ce qui vous amène ce soir ?

Je désigne Abou.

— C'est votre fils ?

— Non.

— De la famille ?

J'approuve. Il prend la main de l'enfant, tâte son pouls, passe la main sur son front, fait une moue qui ne présage rien de bon. Il veut l'ausculter de suite. Abou se cramponne de peur au bras d'Angélina. L'infirmière se nomme Mouillard – c'est écrit sur le badge scratché sur sa blouse blanche –, souhaite qu'il n'y ait qu'une personne pour accompagner le malade dans le cabinet de consultation.

Je me rassois dans la salle d'attente. Mon portable sonne. C'est Godasse. D'emblée, il annonce la couleur : il va chouïa-chouïa. Il a laissé plus de vingt messages aux chargés de communication de Monsanto. Ils ne l'ont toujours pas rappelé et ça, ça le mine autant que son job qu'il ne supporte plus. Je suis totalement imperméable à ses infortunes. Ça le navre de m'entendre parler de la sorte. Il blablate que je suis un faux frère, un vrai traître et d'autres balivernes que je ne relève pas. Il perçoit le pin-pon d'une voiture de pompiers, s'inquiète de savoir s'il y a le feu chez moi.

— Je suis aux urgences de Lariboisière, que je le rassure.

— Tu t'es encore fait défoncer. Tu devrais déménager de chez les Zoulous. Viens vivre dans le seizième. C'est peinard comme dans un mouroir. Je viens te récupérer ?

Il renonce aussi vite car il a un double appel en provenance de l'étranger.

Mouillard apparaît, me fait signe de la suivre. Je coupe mon portable.

Angélina finit de rhabiller Abou. Le professeur Carré va de long en large, médite, les bras croisés sur le ventre.

— Qu'est-ce qu'il a le petit ? que je demande.

Il s'arrête de marcher, cligne de l'œil, sourit.

— La maladie de Carré.

Mouillard lâche un Oh ! d'indignation. Angélina et moi sommes stupéfaits par tant de désinvolture. Il devient subitement grave. Le diagnostic va tomber. Quarante de fièvre. Saignements de bouche. Problèmes respiratoires. Ce sont les symptômes de la tuberculose. Il va ordonner des radios des poumons et une batterie d'examens.

— Il faudra l'hospitaliser, qu'il ajoute aussi.

Abou renifle qu'il veut son papa, qu'il veut sa maman. Mouillard, attablée derrière un petit bureau, sort un formulaire vierge, un stylo, questionne Angélina.

— Où sont ses parents ?

Angélina baisse les yeux. Le professeur Carré ne tourne pas souvent rond mais quand il gamberge, il a cinq longueurs d'avance sur son infirmière.

— Ce sont des clandestins. C'est évident. Un classique par ici.

Angélina hausse les épaules d'impuissance.

— Ils se sont fait arrêter. Ils seront sans doute relâchés demain matin.

— En attendant, on va bidouiller un dossier pour l'hospitaliser. Vous allez le prendre sur votre Sécurité sociale, mademoiselle.

Angélina baisse la tête.

— Je n'en ai pas, docteur. Je ne suis pas déclarée.

— Et vous Boulawane, vous avez la Sécu puisque vous êtes français. On va le faire passer pour un de vos neveux.

Carte d'identité, carte de Sécu, quittance de loyer, elle veut tout. Elle vérifie tout, Mouillard. Le professeur Carré s'accroupit face à Abou. Il lui parle sur le ton qu'employait Jacques Martin du temps de « L'École des fans ».

— On va bien te soigner. N'aie pas peur. N'est-ce pas Mouillard ?

Mouillard répond d'un hochement de tête approximatif.

— Mais avant, il faut qu'on remplisse ton dossier. Quel âge as-tu ?

Abou demeure muet, prostré, incapable de réaction.

— Si tu ne parles pas bien notre langue, montre avec tes doigts. Je comprends la langue des signes.

Abou montre sept doigts. Quatre de la main droite. Trois de la main gauche. Le professeur Carré le félicite en lui flattant la joue.

— Comment t'appelles-tu ? Tu veux une feuille pour écrire ton nom ?

Abou murmure : Abou.

Le professeur Carré sort de sa poche une boîte de cachous, offre deux grains de Zan à l'enfant en guise de récompense. Mouillard affiche une moue embarrassée.

— Abou Boulawane, ça a l'air d'une plaisanterie. Je ne suis pas certaine que ça fasse rire l'administration.

Nous échangeons des regards perplexes, interrogateurs, amusés, et finissons par admettre qu'Abou Boulawane fait moyennement crédible.

— Norbert. On va l'appeler Norbert, comme mon beau-frère, décrète le professeur Carré. Norbert Boulawane. Ça lui va comme un gant. Et puis ça donne un petit côté franchouillard qui n'est pas pour me déplaire.

Pendant que Mouillard trafique le dossier d'admission, Abou réveille Ourson brun en le secouant. Ourson brun chuinte : « Moi, je t'aime ».

Je prends la main d'Angélina. Le froid a blessé ses doigts. Le professeur Carré nous observe, silencieux. Il a le sourit bienveillant. Abou houspille, soudainement, Ourson brun. Il lui appuie sur le ventre. Sur sa truffe. Sur les pattes. Plus un mot. Plus un son ne sort de l'animal.

— Il est mort, docteur ?

— Mais non. Les piles doivent être à plat. J'en ai dans mon placard. Je vais les changer.

Il ouvre le clapet dans le dos d'Ourson brun. Les piles emberlificotées dans un mécanisme made in Taiwan lui résistent. Il sort un cutter du tiroir de son bureau, introduit la pointe de la lame pour déloger les piles rebelles. Il n'y arrive toujours pas. Il maudit les Chinois et Napoléon qui avait dit : « *Quand la Chine s'éveillera le monde tremblera !* » Je propose mes services avant qu'il ne soit trop tard. Mais il est déjà trop tard. Ourson brun a rendu l'âme. Les piles, les fils, les rouages, toutes les entrailles gisent éparpillées sur son bureau. Abou pleure. Il est inconsolable. Bientôt un torrent de larmes se fond en une toux grasse, inextinguible. Il peine à trouver un second souffle, se plie en deux, crache de la bave glaireuse et du sang. Le professeur Carré l'allonge sur la table d'auscultation, plaque la main sur son front. La fièvre est encore montée. Il n'y a plus de temps à perdre. Il risque l'infection généralisée. Carré décroche son téléphone, appelle le service de pneumologie.

— Urgentissime, qu'il insiste. Le patient a sept ans. Il s'appelle Boulawane Norbert.

Il raccroche.

Tout va très vite, à présent. Mouillard sonne les brancardiers. Le service de pneumologie se trouve au troisième étage. Un petit lit en fer-blanc attend Abou dans une chambre aux murs tapissés de papier bleu ciel imprimé de sirènes. Il y a une télévision, un cabinet de toilette, des bandes dessinées sur la table de nuit. Un infirmier entre avec un plateau-repas. Abou s'émerveille qu'on lui apporte à manger au lit.

— Quand je serai grand, je voudrais faire malade pour vivre toujours dans une belle chambre comme ici.

Il se glisse dans les draps blancs. Je me surprends à chasser une larme, une autre. Omar Boulawane, trop fragile des émotions. Il ne réussira jamais dans la vie, avait prédit la gardienne de Bel-Avenir. Elle savait de quoi elle parlait, elle qui perdait des kils de larmes en regardant *Les Feux de l'amour*.

— Pourquoi tu chiales, Boulawane ? Tu la trouves pas jolie, ma chambre ?

— Très jolie, petit. Allez, mange. Faut que tu prennes des forces pour sortir d'ici.

— Je veux pas sortir. Il fait chaud. J'ai un bon lit. Y a la télé. Je suis comme dans un rêve.

Il goûte une rondelle de tomate, toutouille une cuillerée d'épinards, repousse l'assiette. Pas faim. Il découvre la télécommande sous l'oreiller, zappe jusqu'à se caler sur Canal J. Une joyeuse bande d'excités s'agite dans un brouhaha de rires préenregistrés.

— C'est ma série préférée. Je la vois tous les soirs chez le marchand de télés. Il me laisse regarder un quart d'heure, après il me dégage.

L'infirmier reprend le plateau-repas et nous prie de sortir. C'est l'heure de la visite des médecins. Angélina embrasse Abou sur son front brûlant. Il ne nous voit plus. Il rit, bave, tousse, l'œil rivé sur l'écran en couleur.

Angélina veut repasser au squat. Elle veut voir ce qu'il reste de ses affaires, voir aussi si les flics ont libéré les parents d'Abou – de Norbert –, on ne sait plus comment l'appeler.

— Souvent, la police éjecte les plus vieux en premier. Ils vérifient qu'ils ont des enfants scolarisés et ouste, du balai ! Retour à la clandestinité, qu'elle m'explique.

Pour les autres sans-papiers, le sort qui leur est réservé est moins enviable. S'ils sont en possession de drogue, ils sont expédiés au dépôt du palais de justice pour être jugés en comparution immédiate. Puis ils sont évacués dans des centres de rétention. Là, ils peuvent croupir des jours, des semaines avant d'être expulsés dans leur pays d'origine.

Des flaques de glace font luire le trottoir. Angélina s'accroche à mon bras. Je lui parle de Duvernoy, de mon papier sur les sans-papiers qu'il a rejeté.

Elle éclate d'un rire nerveux.

— Il a raison. Qui peut bien s'intéresser à nous ?

— Moi, ça m'intéresse. Peut-être que j'ai des cousins clandos. Va savoir. Quoi qu'il m'en coûte, je céderai pas. Je le ferai, mon article. Même si je dois le distribuer en polycopié aux sorties des métros. Faut que ça se sache. Tu crois qu'aujourd'hui on peut accepter que des petits Abou chopent la tuberculose ou le saturnisme en plein Paris ? Moi pas. Tu crois qu'aujourd'hui on peut accepter que des familles vivent dans des capharnaüms qui feraient passer les apparts de Bel-Avenir pour des suites de palaces ? Moi pas. Tu crois que je peux accepter que tu te fasses escroquer par Momo parce qu'il profite que tu es sans papiers ? Moi pas.

— On dirait que tu découvres la lune. Ça a toujours existé, les négriers.

— Je sais qu'ils ont toujours existé. Seulement, je voulais plus le voir. Quand je passais dans ton quartier, je détournais la tête. Je sors du ruisseau moi aussi. La misère, la crasse, les shoots de came dans les cages d'escalier, je suis passé par là.

Elle hoche la tête. Elle sourit. Un sourire qui dit qu'elle me prend pour un doux naïf aveuglé par l'amour.

Je lève le nez au ciel. C'était la pleine lune. Elle crache, la garce. On croirait qu'elle s'est branchée sur des batteries d'énergie solaire. Du coup ça me donne de l'entrain. Ça me réchauffe le cœur. Je me surprends même à chanter : *Tombe la neige*. C'est dire si je vais mieux.

***

Un camion du Samu et une voiture de police sont garés devant La Dérive des Continents. Décidément, on n'en sort pas, des pin-pon et des gyrophares. On se mêle au groupe de curieux. On jette un œil dans la boutique. Des médecins, des policiers en civil prennent des notes. Un flic en tenue nous ordonne de déguerpir. Personne ne bouge. Il hausse le ton :

— Circulez, y a rien à voir !

Mais si, il y a à voir. Le petit Kabyle à moustaches sort sur une civière, le corps recouvert d'une couverture. Une petite vieille aux joues striées de couperose demande s'il est mort.

Un brancardier répond : « Complètement ».

— J'aimais bien ce monsieur. Il m'avait dit qu'il avait des problèmes de cœur. C'est le cœur qu'a lâché ?

Comme les brancardiers, ça marche toujours par paire, le second répond :

— Non. Ce sont les vertèbres cervicales. On l'a retrouvé pendu à un croc de boucher.

— Il s'est suicidé ?

— Ça m'étonnerait. Il avait les mains ligotées dans le dos.

La vieille dame réprime un Ah ! d'effroi. Ils enfournent le petit Kabyle à moustaches dans le camion du Samu. Le flic dégage la voie. Le camion du Samu nous éclabousse en démarrant sur les chapeaux de roues. Un Noir, immense, en boubou fluo, murmure :

— Un mouchard de moins.

La vieille dame l'a entendu. Elle le prend à partie.

— Si vous ne l'aimiez pas, moi si. C'était toujours lui qui alertait la police quand il y avait du grabuge dans le quartier.

Un policier en civil qui a l'âge de la retraite baisse le rideau de fer de La Dérive des Continents. Il bourre une pipe, l'allume, fait des volutes de fumée, se tourne vers nous pour recueillir des témoignages. La vieille dame est béate d'admiration.

— Vous ressemblez à Maigret.

Le policier en civil sourit modestement.

— Vous êtes de sa famille ?

Le policier en civil, agacé, esquisse un rictus. Visiblement, il ne sait pas si elle se fiche de lui ou s'il lui manque une case. Plusieurs. Voire toutes.

— Si quelqu'un a vu quelque chose qui puisse faire avancer l'enquête...

Un jeune homme aux cheveux blonds au visage clair fend le groupe de badauds, devenu foule. Il parle avec un fort accent slave. Polonais, je dirais. Le papa de Godasse avait le même. Il assure avoir vu deux Africains sortir en courant de l'association.

— Ils étaient comment ? demande le policier en civil.

— Ils étaient comme ça.

Il désigne une dizaine de Noirs autour de lui. Le policier en civil marmonne : Parfait... Parfait... Parfait, en prenant note.

— Quelle heure était-il ?

— Sais pas. Moi, pas de montre.

Une voix anonyme lance :

— Je peux t'en vendre une. J'ai touché un lot de Cartier.

Éclat de rire général.

Une autre voix tout aussi anonyme hurle :

— Moi, j'ai touché un lot de chemises Lacoste.

La loi de la jungle a repris ses droits... Et moi, j'ai touché des Nokia. Trente euros le portable... Bien sûr qu'on peut faire des photos. Tu peux même filmer ta grand-mère à poil, avec... Tu m'en mets quatre. En échange, je te colle un lot du dernier DVD de Britney Spears. Tu refourgues ça en banlieue. Tu vas te faire des balloches en or massif... Garde ta salope... Donne-moi plutôt deux caisses de CD de Tariq Ramadan. J'ai fait carton plein avec ça... Je suis en rupture de stock... T'es sûr que tu veux pas de mes Britney ?... Garde ta salope, je te dis... Moi, j'ai touché un lot de pantoufles et de bas Scholl. Ça intéresse quelqu'un ? Toi, la vieille, ça te dit ? Je te fais 50 %, les bas à varices.

La police est submergée.

Nous les laissons à leur bizness, traversons la rue, entrons au 11.

Dans la cour de l'immeuble deux dondons africaines essaient, à la lumière de torches électriques, de rassembler leurs affaires. Angélina apostrophe la plus dodue, celle dont les bracelets de perles et d'argent tintinnabulent comme les grelots des automates dans la vitrine du Bazar de l'Hôtel de Ville. Elle nous apprend qu'elle sort du dépôt de police où elle a été retenue avec Ouma et Omoro, les parents d'Abou. Ceux-ci ont été mis de côté parce que les flics ont trouvé des sachets de pilules d'ecstasy dans leur logement.

À chaque étage que nous montons, nous constatons les dégâts que la police a commis lors de leur intrusion. Les portes sont défoncées. Des meubles ont été éclatés. Des chaussures, des boubous et des djellabas jonchent les paliers. Avant de pousser sa porte, Angélina marque le pas. Elle a peur. J'entre le premier. Horreur. Tout est sens dessus dessous. Ses CD de gospel ont été piétinés, son armoire vidée, sa vaisselle brisée, ses plantes déterrées. Le poster de son Jésus déchiré en morceaux. Seul son crucifix a résisté à la tornade policière. Elle veut tout remettre en ordre mais renonce aussitôt. Elle n'en a plus le courage ni la force. Elle se laisse tomber sur le matelas, se cache le visage dans ses mains. Elle pleure. J'essuie son visage d'ébène, la serre dans mes bras. Nous restons cœur à corps jusqu'à ce qu'une mama toque à la porte. Elle tient dans ses mains une assiette couverte d'un torchon qu'elle pose sur une chaise de camping.

— C'est tout pour toi et pour ton homme. Mafé au poulet grillé. J'ai fait ça rapidement.

Angélina la remercie. La mama regarde sans émotion particulière le saccage autour d'elle.

— Ils disent qu'on n'est que des sauvages mais nous, on ne saurait jamais faire ça dans leurs maisons. Jamais. Tu ferais ça, toi monsieur ?

— Non, je ne saurais pas, que je réponds hébété.

La mama nous presse de manger son plat avant qu'il refroidisse. Deux cuillères plus loin, on est calés. La mama commence à mettre de l'ordre. Je lui donne un coup de main.

Les choses ont maintenant repris leur place. À peu près. Angélina se passe le visage sous le jet du robinet. C'est la vie qui recommence. Elle a les poubelles du 93 et du 96 à sortir. L'escalier du 99. Ah oui, elle l'avait oublié, celui-là. Sûr qu'elle va se faire incendier par son négrier. Peut-être même qu'il va la virer. Et sa chorale. Demain il y a répétition... Et les poubelles du 101. Elle est plus surbookée qu'un P-DG. Vite, elle n'a plus de temps à perdre.

Au métro Jaurès, elle me claque un baiser givré sur la bouche, se perd dans la nuit noire.

***

Pendant que je digicode T KI TOI ? j'entends qu'on siffle dans mon dos. Je me retourne : c'est Godasse. Il a les cheveux en bataille, la cravate de travers, les poings crispés.

— Qu'est-ce que tu fais là ? On avait rancart ? Pas souvenir.

— Tu as coupé ton téléphone. Trois plombes que j'essaie de te joindre.

Je sors mon portable. Il est, en effet, éteint. Je pine mon code secret : 29 02 – ma date de naissance. Orange m'informe que j'ai dix-huit nouveaux messages.

— Ne les écoute pas. C'est moi qui t'ai appelé. Y a urgence.

— Pour les urgences, j'ai donné, merci. Rentre dans ta casemate. Moi, je vais me coucher.

— J'ai besoin de toi.

— C'est si grave ?

— Plus que ça, mon frère.

Comme on ne peut pas faire la conversation sur le pas de la porte, je lui propose de monter fumer une tisane.

— Il y a urgence, qu'il répète.

— À ce point-là ?

— Oui, à ce point-là.

Il prend l'avion dans une heure. Il préfère que nous causions dans sa voiture stationnée à cheval sur le trottoir.

— J'ai un service à te demander. Tu ne peux pas dire non.

Nous nous calons dans sa voiture. Sur la banquette arrière, il y avait un sac-valise Vuitton, son manteau en poil de ? – j'ai déjà oublié – et un roman « Émois et Moi ».

— Tu pars en vacances ?

— J'aimerais bien. Je vais à Genève.

— Une patiente expatriée, là-bas ?

— J'ai rendez-vous avec Monsanto. Le double appel de l'étranger, tout à l'heure, c'était lui.

— Ton semeur de poison t'a répondu ?

— Pas directement. Je suis tombé sur le secrétariat. Une gonzesse très bien que j'ai eue au bout du fil. Je l'ai embobinée. Elle a réussi à me caser un rendez-vous avec un des conseillers de la firme. Je déjeune demain midi avec lui. Ça devient sérieux. Si ça marche, je boucle mon affaire de sparring-partner. J'enquille sur une nouvelle vie. Mais comme il ne faut pas vendre la peau de l'ours avant de l'avoir tué...

Il renoue sa cravate, fait un peigne de ses doigts, se recoiffe en se regardant dans le miroir du rétroviseur.

— Ce soir...

Il a un rendez-vous qu'il ne peut plus annuler. Un engagement contracté la veille avec la plus fidèle de ses patientes.

— Si je la perds, je perds la moitié de mon chiffre d'affaires.

Il me décrit la bête : grande, blonde, une vraie.

— Je t'en parle en visiteur.

La voix de crécelle, haute sur pattes, dépressive, suicidaire mais si généreuse.

— Ce teuton-cabriolet avec tableau de bord en ronce de noyer et GPS ultrasophistiqué, c'était le sien.

Je le vois venir avec ses grosses godasses. Avant qu'il ne me demande de jouer les doublures, je mets le holà.

— Je ne sais pas baiser sur commande. Chacun son métier.

— Qui te parle de la sauter ? C'est une femme tout ce qu'il y a de plus respectable. Son mari la délaisse. Elle a besoin de compagnie. De chaleur humaine. L'humanité, tu sais faire ça, toi.

— J'en connais d'autres qu'ont besoin de chaleur humaine.

— Tu penses à tes Négatifs dans les squats ?

— Oui, c'est à eux que je pense.

Il s'excuse, admet que le monde n'est pas parfait, qu'il n'y est pas pour grand-chose et qu'on s'éloigne insidieusement de sa préoccupation. Il sort une liasse d'euros de la boîte à gants, l'agite comme un éventail.

— Cinq cents euros tout de suite. Elle t'en donnera autant à la fin de la soirée.

— Je suis pas ta pute. Retire ce fric.

Le ton n'est plus à la fraternité.

— Tu dois y aller parce que tu me dois ce service. Je ne t'ai jamais rien demandé. Aujourd'hui, j'exige mon dû. Tu as une dette envers moi. Si tu l'as oublié, moi pas...

Il allume une Marl, coince la cigarette à la commissure des lèvres. Entre deux bouffées, il me balance :

— Remember Alger...

Je suis bouche bée, le souffle coupé, l'estomac noué.

— Y aurait pas prescription ?

— Ni prescription, ni amnistie. Une dette d'honneur reste une dette d'honneur. Quand l'heure de la payer arrive, il faut la payer.

Alger. Plus de quinze ans après les faits, cette crapule me décongèle cette vieille affaire. Alger. J'avais chassé cet épisode de ma mémoire et voilà qu'en traître il ressurgit intact avec tous ses protagonistes... le voyou.

Après notre débandade le soir de la marinade, j'étais retourné fureter du côté de la cellule Gagarine avec le secret espoir de renouer le contact avec Nathalie. Car à la vérité, je l'avais toujours dans la peau. Avril, mai, juin avaient vu défiler le printemps sans que j'ose franchir le seuil de la cellule. Je me contentais d'un salut poli de la main, à distance. On arrivait à la belle saison. Un jour que je me sentais suffisamment hardi, j'avais forcé le destin.

Il y avait eu du changement depuis le réveillon. Le mobilier avait été rénové façon cosy et les murs repeints couleur lie-de-vin étaient couverts d'affiches des Aurès, d'Alger et d'autres endroits avec du sable et des cailloux que je ne situais pas. Pour me mettre à l'aise, Nathalie avait commencé par dire tout le plaisir qu'elle avait de me revoir. J'avais répondu tout pareil pour le plaisir. On s'était fait d'autres amabilités tout aussi convenues. Elle avait, ensuite, fait un rapide tour d'horizon de la situation économique. Elle prévoyait une rentrée sociale explosive. En attendant que tout explose, il y avait les vacances à passer. Elle estimait les avoir bien méritées, ses vacances. Sous sa férule, la cellule Gagarine avait triplé le nombre de ses militants. Robert Hue, en personne, lui avait téléphoné pour la féliciter. On commençait à parler d'elle, place du Colonel-Fabien, qu'elle prétendait. Comme ça ne m'impressionnait pas des masses, elle avait ajouté qu'au comité central on pensait du bien d'elle. Beaucoup de bien. Comme ça ne m'impressionnait pas davantage, elle avait détourné la conversation : direction l'Algérie.

Elle projetait d'y organiser un séjour d'une semaine avec les nouveaux militants et d'autres volontaires. Pour ça, elle n'avait pas ménagé sa peine. Elle avait tracté dans toutes les boîtes aux lettres des cités, sonné des réseaux dormants, lancé des appels sur Radio-Couscous. Le bilan était contrasté. Les tracts vantant les paysages sublissimes d'Algérie tapissaient les halls d'immeubles. Les réseaux dormants avaient continué d'hiberner. Les appels lancés sur Radio-Couscous s'étaient égarés dans les ondes stratosphériques.

Fin juin, ils n'étaient que quatre en partance pour l'aventure. Babette, Joseph, Léon et son humble personne.

— Alger, le Hoggar, le Tassili, les oasis, les nuits à la belle étoile. Ça ne te dirait pas ? qu'elle m'avait proposé.

Et comment que ça me disait !

Avec elle, je serais allé chez les phoques, sans les moufles, encore. Seulement, il y avait un hic : je n'avais pas la queue du premier dinar pour déhotter de Bel-Avenir. Pas un problème. Elle avait téléphoné à divers bureaux d'aide sociale. Un quart d'heure plus tard, elle avait raclé de quoi me faire partir. Babette était entrée pas longtemps après. Elle m'avait tout juste dit bonjour puis avait demandé à sa grande sœur s'il y avait de nouvelles inscriptions. Nathalie m'avait désigné.

Ah ! avait fait Babette. Un Ah totalement désenchanté.

— Et ton copain Oskar, il vient lui aussi ?

J'avais opiné négativement. Elle avait soupiré de dépit et s'était isolée dans un coin pour compter les invendus de *L'Huma-Dimanche*. Nathalie avait tenté de la raisonner. Elle faisait dans le social en m'emmenant avec eux. De la charité chrétienne, si elle avait été chrétienne. Babette était demeurée chagrine. Nathalie l'avait consolée en débinant Godasse avec mon aimable bénédiction. Un ennemi du peuple. Réac, ce mec. Un social-traître. Un petit-bourgeois. Un briseur de grève...

— Un briseur de rêve, que j'avais renchéri.

Aucun de ces arguments n'eut de prise sur Babette. Elle en pinçait pour cette fripouille anticommuniste. Pire, elle menaçait de déserter pour rejoindre la cellule Spoutnik sur le point de décoller pour Knokke-le-Zoute en Belgique. Nathalie ne se voyait pas, seule femme, cernée de Joseph, Léon et moi-même. Résultat : soit elle annulait l'expédition algérienne, soit je rabattais mon camarade.

Pour appâter Godasse, j'avais carotté au Super-Marché quatre romans de la collection « Émois et Moi ». Pas n'importe lesquels. J'avais bien orienté mon choix : *Djamila princesse du Hoggar. Les Quatre Bayadères de Mouloud. Yamina, l'émirette aux sept voiles. Abdelaziz, le géant au sang chaud.*

Godasse avait, à juste titre, considéré ces cadeaux avec suspicion. Je l'avais jouée serpent strabique, façon Kâa... Fais confiance, Godasse... Fais confiance. Clic-Clac clichés sépias. Pépé le Moko. Travadja la moukère. Un coup de clairon ; debout tirailleurs ! Un seul drapeau, une seule patrie, un seul empire : la France. Clic-Clac clichés colorisés. Bugeaud si tu savais, ta casquette où on se la met. De Gaulle les bras en V : Je vous ai compris ! FLN vaincra en écho. 1962 Adios colonios. Godasse avait le tournis. J'avais précipité le mouvement. J'étais en Cinémascope. Séquence une : vacances nord-africaines. Première. Moteur ! Zéralda. La Pointe Pescade. Sidi Ferruch. Tipasa, ses kilomètres de plage de sable plus fin que de la graine de couscous roulée à la main. La Méditerranée : trempette 28 degrés minimum. Méchouis. Sardines grillées. Tajines d'agneau, cumin, safran. Mes sœurs algériennes : des bombes à neutrons. Rien à voir avec nos Arabes en stuc de Bel-Avenir. Je voulais en remettre une couche, barbouiller le ciel en bleu perpétuel, le fringuer tarbouches, babouches, djellaba, mais la première prise était la bonne. Clap de fin. Coupez.

— Je pars avec toi, Omar.

Godasse venait de larguer une girelle du centreville, du coup ça avait libéré son agenda. Restait à lui vendre les Gagarine. J'avais poursuivi mon baratin en Caméscope. La voix était toujours celle de Kâa, l'envoûtant serpent... Fais confiance, Godasse... Lénine, Marx, Nathalie et ses gros lolos, la marinade, Joseph, Léon, les deux joyeux drilles. Et Babette ? Mêmes nénés que son aînée. Même boucles dorées que son aînée. Même fessier que son aînée.

— Tu t'en souviens, dis ?

Avec le recul, ça ne lui avait pas laissé un vilain souvenir, le réveillon chez les Soviets. Babette, à y réfléchir, pouvait être un joli lot de consolation pour ses vacances. J'irradiais de bonheur. La vie savait se montrer magnanime quand elle était de bonne humeur.

Enfin, on était arrivés à Alger. Huit jours à profiter de mon pays joli. Les Gagarine étaient déguisés comme des GI en manœuvre dans les déserts d'Arabie. Pataugas, pantacourts beiges, chaussettes écrues remontées aux genoux, chemises bleu marine, lunettes de soleil opaques, sac à dos bourré d'ustensiles inutiles : gourde en alu, balise de détresse, boussole et un paquet de médicaments contre le typhus, la tourista, la constipa. Nous, on suivait en retrait. Godasse tirait une valise à roulettes à poignée ergonomique, un prototype muni d'un code secret pour l'ouverture. Unique pour l'époque. Moi, je me coltinais une valise en carton bouilli d'immigré à peine plus moderne que celle de Linda de Suza. Les premières impressions d'Alger furent contrastées. Nathalie et Babette trouvaient la ville – elles avaient cherché le superlatif le mieux adapté pour la définir mais elles avaient toujours buté sur le même qualificatif : chaude. Alger était donc une ville chaude. Léon et Joseph étaient séduits par la lumière mordorée déclinant le soir sur les plages ambrées de cette rive de la Méditerranée. Ça ne voulait rien dire mais ça avait le mérite de ne fâcher personne. Godasse avait une vision moins romantique de la cité de Barberousse. Il la trouvait crasseuse, hideuse, pas sexy pour un dinar. Surtout elle lui soulevait le cœur. Il reniflait partout, jurait qu'Alger était un égout à ciel ouvert.

— Ce n'est pas pour te peiner, Omar, mais il vaut mieux venir ici quand t'es enrhumé.

En bon fils d'Algérien, je n'étais pas resté sans réagir.

— Et la Pologne, tu crois que c'est mieux ? Quand on nous montre des documentaires à la télé, on voit que des camps de concentration. Au bout de cinq minutes, on est obligés de couper tellement ça sent le gaz.

Godasse n'avait pas voulu en entendre davantage. Il avait fait demi-tour pour reprendre le premier avion. Babette l'avait rattrapé alors qu'il traversait la place des Martyrs. Personne ne sut ce qu'elle avait négocié avec lui. Toujours est-il qu'il était revenu sur sa décision de partir. Au tunnel des facultés, on s'était déjà rabibochés. Je m'étais excusé pour les camps de concentration et les fuites de gaz à la télé. Il s'était excusé d'avoir dénigré l'Algérie sans tenir compte de son histoire, de ses bleus à l'âme, de ses égouts mal embouchés.

Le soir, à l'hôtel des Sables d'Or, on s'était allongés sur des transats au bord d'une piscine sans eau. Godasse lisait *Les Quatre Houris de Mouloud*. Moi, je m'étais camouflé derrière *Abdelaziz, le géant au sang chaud* pour mater Nathalie et Babette, toutes deux en Bikini. Léon et Joseph, eux, devisaient autour de

La Question, le bouquin qui rendit célèbre Henri Alleg, son auteur. Ils causaient gégène, liberté des opprimés, ravages du colonialisme. Joseph rêvait d'être une sorte d'Henri Alleg. Léon, lui, se sentait plus proche de Frantz Fanon, un Antillais mort aux côtés des Algériens.

— Tu connaissais Fanon, toi ?

C'était Léon qui m'interpellait alors que j'attaquais le deuxième chapitre de mon roman.

— Abdelaziz descend de son dromadaire. Il est arrivé à l'oasis D'Ifécho. Ne me déconcerte pas.

Il avait vrillé le doigt sur sa tempe. Façon de signifier tout le mépris qu'il nourrissait à mon égard.

Une brise légère avait rafraîchi l'air. Babette avait jeté un paréo sur ses épaules et avait dit : « Je suis flapie. »

Léon s'était forcé à bâiller, avait posé une main sur son épaule et avait répondu en écho :

— Moi itou. On y va ?

Babette avait retiré la paluche indésirable plaquée sur elle pour retrouver Godasse. Elle lui avait chuchoté à l'oreille des mots qui avaient déclenché des Oh ! des Ah ! des Hum annonciateurs de nuits volcaniques. Puis, main dans la main, ils avaient disparu, laissant derrière Léon et Joseph abasourdis. Pour Nathalie, le marchand de sable était passé. Elle dormait, la tête face aux étoiles filantes qui traçaient des arabesques dans le ciel d'encre bleue. Je m'étais approché au plus près de sa bouche et j'avais déposé un baiser sur ses lèvres nacrées. Elle avait tressailli, ouvert un œil, l'autre. Elle avait répondu par un baiser de feu. J'avais répliqué aussi brûlement. On avait poursuivi l'entreprise sous d'autres cieux.

Les vacances étaient enchanteresses, selon le mot de Babette. Nous passions notre temps entre la plage et nos chambres. Nous faisions le plein d'amour selon l'expression de Nathalie. Pendant ce temps, Léon et Joseph faisaient le plein de rancune et de frustration. Après trois jours de ce régime, Joseph et Léon craquèrent. Ils n'en pouvaient plus de nous voir rire sans retenue, de nous voir nous bécoter sans pudeur, de nous voir nous peloter de l'aube au crépuscule. Ils vivaient d'autant plus mal la situation qu'ils avaient tout misé sur cette escapade maghrébine pour déclarer leur flamme aux deux frangines. Nathalie leur avait fait la leçon. En politique, la règle d'or était de ne pas mélanger sentiments et idéaux. Pour apaiser leur peine, Babette avait proposé de les accompagner pour visiter la Casbah.

— On ne visitera rien du tout. On a un avion ce soir. On vous laisse avec les deux zozos de Bel-Avenir.

On s'était salué, embarrassé. Promis de se revoir. Quand ? On avait laissé ça au hasard. Ça m'étonnerait, avait ricané Joseph. Sur le coup, je n'avais pas prêté attention à cet énigmatique : « Ça m'étonnerait. »

Après coup, c'était la catastrophe. Impossible de mettre la main sur la sacoche renfermant mes papiers. Le concierge de l'hôtel nous apprit que Joseph et Léon lui avaient emprunté les clés de nos chambres avant de mettre les bouts. Il n'avait pas pensé à mal puisque nous étions ensemble. Les deux loustics n'avaient pu faire main basse sur les papiers de Godasse car ils étaient bouclés dans sa valise. Nathalie et sa sœur étaient consternées, honteuses, humiliées d'avoir pour camarades deux coquins si lamentables. Sans passeport, j'étais un homme nu. J'avais trouvé dans ma poche un coupon de carte Orange trois zones. Je l'avais reniflé. Il sentait bon le RER. Ça m'avait tout remué. Donné envie de chialer, même.

Avant que le muezzin appelle à la première prière, j'étais devant le consulat de France. Cinq heures de queue plus tard, un fonctionnaire écoutait ma requête avec toute l'attention que méritait mon cas.

0 sur 20. Copie à revoir.

— Trouvez autre chose que les papiers volés.

Avec les Algériens, il était rodé le pépère.

— Prouvez votre identité, on vous dira qui vous êtes.

On rejouait Kafka made in Algeria.

Le départ était programmé pour le lendemain. Nathalie et Babette compatissaient à mon malheur. Elles m'avaient assuré qu'elles feraient le maximum pour me tirer de ce pétrin, une fois rentrées à Paris. Elles connaissaient la nièce d'un cousin haut placé dans le Parti. Ça m'en faisait une belle paire. Je m'imaginais goudronné dans le pays de mes ancêtres jusqu'à la fin de mes jours. C'est alors que Godasse entra dans l'histoire en total héros.

Il avait sorti son passeport, me l'avait tendu.

— Maintenant, tu t'appelles Oskar Godaski.

Il était certain qu'avec sa face d'endive il pourrait aller au consulat, leur faire le coup des papiers volés, qu'infailliblement pépère lui délivrerait le sésame pour sortir du pays. Le coup du sacrifié sur l'autel de l'amitié avait fait son effet auprès des deux sœurs. Babette avait écrasé une larme. Nathalie avait considéré qu'il avait l'étoffe d'un Frantz Fanon en bien plus beau, en bien plus fort, en bien plus français. En regardant la photographie sur le passeport, nos différences sautaient aux yeux. Même le flic le plus bigleux aurait vu que je n'avais pas une tête d'Oskar Godaski. Alors, j'avais rasé ma moustache, défrisé et éclairci mes cheveux à l'eau oxygénée. Restait le plus risqué : franchir l'obstacle de la police des frontières.

Godasse nous avait accompagnés à l'aéroport. Je lui avais donné l'accolade des frères, juré sur la vie de toutes les arsouilles de Bel-Avenir que, si j'en réchappais, il n'y aurait pas de service assez grand que je ne puisse lui accorder. C'était ma dette d'honneur. Nathalie était passée la première. Le flic, un tout grisâtre, qui devait avoir un chromosome de la mouche tsé-tsé dans son patrimoine génétique – car il ne faisait que bâiller –, avait tamponné son passeport. Babette avait lancé une dernière œillade enamourée à son seigneur et s'était fait tamponner le passeport. Mon cœur allait exploser dans ma poitrine tant il cognait fort. Le flic avait feuilleté le passeport, m'avait dévisagé, envisagé et avait bâillé. Devant, Nathalie et Babette s'étaient engagées dans la salle d'embarquement.

— Godaski... Oskar.

J'avais dégluti de travers.

— Ça me dit quelque chose. Vous êtes d'origine polonaise.

J'étouffais. Le flic avait bâillé de plus belle, détaillé la photographie de plus près.

— J'ai fait un stage à Varsovie, il y a dix ans. Mon instructeur s'appelait Godaski, comme vous. Vous ne seriez pas de la famille ?

Je versais dans la paranoïa. Sûr qu'il me la jouait sournois, à la manière de Columbo. Sûr qu'il allait me parler de sa femme...

— Une fois, j'ai emmené ma femme à Varsovie, elle a beaucoup aimé. C'est à cette occasion que j'ai pu revoir mon ami Godaski. Il est directeur de la police, aujourd'hui.

Je faisais de l'huile. Première pression à froid garantie. Je me voyais déjà les gourmettes aux poignets. Direction le bagne de Lambèse, quinze, vingt années à tirer. Adieu France. Adieu Bel-Avenir. Adieu cellule Gagarine. Je vous aimais tant.

— Godaski, c'est assez commun en Pologne, que je m'étais permis. C'est comme Ben Mohamed, ici.

— Ce n'est pas faux, ce que vous dites. Ma belle-famille s'appelle Ben Mohamed.

À ce moment-là, c'était ma tête que j'avais vue rouler sur le billot. Son supérieur qui allait de guérite en guérite pour régler les problèmes que posaient les émigrés s'était étonné que la file derrière moi s'allongeât à perte de vue. Il avait apostrophé son subalterne pour en connaître la raison.

— Tout va bien, chef. Ce jeune homme, il me fait penser à un ami.

Il avait tamponné le passeport, m'avait souhaité bon retour, m'avait demandé de saluer la France de sa part.

À peine avais-je fait trois pas qu'il m'avait rappelé. J'avais fait la sourde oreille.

— Godaski ! qu'il s'était écrié.

Je m'étais retourné. Il m'avait fait signe d'approcher. J'étais liquéfié. À deux doigts du coma. Impossible de mettre un pied devant l'autre. Il était sorti de sa guérite. Il avait souri, dévoilant une dentition hors d'état de nuire. Je mourais.

— Vous saluerez la Pologne de ma part aussi. Et les Godaski, qu'il avait dit en bâillant jusqu'à s'arracher la luette.

Il était reparti. À ce moment-là, je m'étais senti plus léger qu'un ballon gonflé à l'hélium.

Trois jours plus tard, Godasse était de retour à Bel-Avenir, la nuque raide, le front haut, en Homme.

Les frangines, je les avais revues une fois, bien des années plus tard. Elles vendaient *L'Huma-Dimanche* au métro Crimée. On s'était dit un bonjour un peu emprunté. Joseph avait réussi à mettre le grappin sur Nathalie. C'était tout récent. Son alliance brillait à son annulaire. Babette m'avait demandé des nouvelles de Godasse. J'avais répondu qu'il faisait castor. Ça l'avait amusée. Elle se souvenait qu'il avait des prédispositions pour travailler de la queue. Bien plus tard encore, j'avais croisé le portrait de Nathalie sur une affiche du PC jaunie par les déluges. Elle posait avec d'autres de ses camarades, barbus et encravatés, pour les élections européennes. Plus très bandante, la fille aux gros lolos... Ainsi va le temps, ainsi va le vent... Un bail, cette affaire de passeport...

... Godasse me ventile toujours les narines avec sa liasse de billets. Je repousse son bras. Je ne veux pas de cet argent.

— Elle loge où, ta capricieuse ?

— Prends le fric, qu'il insiste.

— L'honneur n'a pas de prix. Qu'est-ce que je dois faire ? que je moralise.

— Ce soir, c'est frisette. Elle m'a dit qu'elle voulait aller danser un peu. Deux slows. Trois salsas. Deux verres de vin. Après, retour à la case départ. Bonne nuit les petits. Si tu te débrouilles bien, dans deux heures tu es dans ton lit. On sera définitivement quittes pour l'Algérie.

Il remballe son flouze, me remet la clé de son cabriolet. Puis il note sur un paquet de Marl les coordonnées de sa patiente. Elle s'appelle Philippine. Elle réside allée du Roy au Vésinet. Avant de déguerpir, Godasse me brosse la fiche technique de sa bienfaitrice. Ne pas la contrarier. Rire de son humour so British. Ne pas oublier de la complimenter pour son porto qu'elle importe de Porto via sa bonniche Lisboète. S'ébaudir devant l'intelligence de son chien : un dalmatien. Elle prétend qu'il lit dans les pensées des êtres humains. Le reste tient de la bienséance. Parler un français sans vulgarité. Ne pas roter à table. Ne pas péter sur le canapé. Les doigts dans le nez, à éviter aussi. Il ramasse son balluchon Vuitton, son manteau en poil...

— De quoi, déjà ?

— Ragondin du Mississippi.

Il prend un roman « Émois et Moi » dans la boîte à gants, écrit à la hâte quelques mots sur la couverture, me le tend. Je décrypte : Pour Omar, mon ami, mon frère que j'aimerais inviter au banquet des Crapules.

Son portable vibre dans sa main avant de sonner. Sur l'écran clignote Philippine.

Il s'éclaircit la voix, décroche. Ses premiers mots sont pour la rassurer.

— Mais oui, il est en route... Je vous assure que vous ne serez pas déçue. Ah, qu'il fait hypocrite, je croyais vous l'avoir dit. Il s'appelle Omar... Omar, Oskar, c'est quasi de l'homonymie... N'ayez pas d'a priori. Il y en a des très bien... Évidemment qu'il est compétent. Vous m'en remercierez... C'est ça, mes hommages... Oui, dès mon retour, je ne manquerai pas de vous téléphoner.

Il coupe son portable, mémorise allée du Roy au Vésinet sur le GPS, me fait la bise, descend de l'auto, hèle un taco.

***

Sortir de la noirceur des bas-fonds parisiens pour fricoter en banlieue bourgeoise me fouette le moral. Je me branche sur Nostalgie. L'animateur annonce plein d'entrain qu'après le bulletin d'infos il recevra un invité surprise. Le bulletin se résume à un flash météo. On attend des températures négatives pour la nuit. Moins huit à Bailleul. Moins neuf à Aurillac. Moins sept à Orléans. Moins dix dans la capitale. Les réservoirs à clochards affichent complet. Les bouches de métro resteront ouvertes toute la nuit pour l'opération Grand Froid. Merci qui ? Merci RATP ! À part ça, tout va pour le mieux dans le monde le plus merveilleux. Nous sommes le 22 décembre. Vivement les fêtes. *Jingle bells, jingle bells*. Un spot publicitaire incite l'auditeur à convier ses voisins autour d'une raclette de fromage Entremont. Pas Entrecons, taquine l'animateur. L'invité surprise est Adamo. Bien sûr qu'il est possible de téléphoner pour poser des questions à l'inoubliable, l'indépassable, l'inimitable, indémodable interprète de : *Mes mains sur tes hanches*. De : *Ruisseau de mon enfance*. De :

À demain sur la lune. Et pour nous réchauffer, nous allons écouter : *Tombe la neige.*

Je dégaine mon portable, compose fébrile le numéro du standard. J'ai une question à poser : ma question. Une opératrice va me passer à l'antenne. La dernière note tombe légère comme un flocon de neige. C'est à moi. Je suis en direct sur Nostalgie. Ma voix chevrote en me présentant.

— Bonsoir, Boulawane.

Je reconnais le timbre de la voix voilée de Salvatore.

— Bonsoir Adamo...

Je suis troué d'émotion. Je ne trouve plus mes mots. Il y a un blanc. Un torrent de blanc. L'animateur relance :

— Votre question, cher auditeur.

— Je voudrais savoir si vous vous souvenez du théâtre de Bel-Avenir ?

— Non. Pourquoi cette question ?

— Parce que j'avais failli y aller... c'était... j'étais en CM2.

L'animateur déconcerté propose une autre question.

— J'ai pas d'autre question. Je voudrais lui chanter une chanson : *Le Ruisseau de mon enfance.*

— Nous ne sommes pas à la « Star Ac », Boulawane.

Adamo vient à ma rescousse. Je le savais bien qu'il est mon double, mon frère. Il demande poliment, toujours poli Salvatore, qu'on laisse chanter le sieur Boulawane. Je fredonne la voix troublée :

« *Parle-moi de mon enfance, mon vieux ruisseau, du temps où coulait ma chance au fil de ton eau... Parle-moi de mon enfance où je venais te confier mes rêves... Parle-moi mon vieux ruisseau...* »

Je m'écoute en stéréo. Ça sonne faux mais c'est quand même beau. L'animateur m'interrompt, supplie les autres intervenants à l'antenne de ne pas m'imiter. À mon tour, je remercie Salvatore Adamo pour les 3 minutes 07 de bonheur qu'il m'a offertes.

Et déjà, je pénètre au Vésinet.

Tout est calme, propre, mort. Des lampadaires crachent une lumière blafarde sur des rues désertes. J'entends dans le lointain le coassement de quelques corbeaux insomniaques répondant aux hululements d'un hibou enroué. Par ici, il n'y a pas de trace de HLM. Pas même de lotissements de maisons de maçons. On est dans le durable. Dans le résidentiel individuel équipé de caméras. Manque aux entrées que le pédiluve javellisé pour se délester de ses microbes.

Le GPS m'ordonne de tourner à droite au carrefour. J'obtempère. Je tombe dans l'allée du Roy. Au bout de l'allée de peupliers dénudés se dresse un portail hérissé de pics plus acérés que des Opinel. Je me parque devant la propriété. Je carillonne à l'interphone. Le portail s'ouvre sur un parc dont je ne perçois pas les contours. Le dalmatien se rue sur moi. Il exprime sa joie en me respirant l'entrejambe. J'apaise ses ardeurs à coups de talon dans les rognons. Il fait demi-tour en grognant des insanités, sûrement. Je suis un chemin de graviers blancs qui mène à une villa tenant plus du manoir anglais que de la case de l'Oncle Tom. Plus j'avance, plus les questions les plus tordues se bousculent dans ma tête. Son mari ? Et s'il rappliquait à l'improviste ? Je me l'invente solide, ogresque, un fusil chargé, prêt à m'allumer. Comment justifier ma présence, ici, à l'heure où les braves gens sont au lit ? Alger... Joseph, Léon... Passeport volé... Godasse... Incroyable, tout ça. Je me mets soudain à espérer déplaire tout à fait à Philippine. Je me la souhaite lepéniste, civilisée. Villiériste pour tout dire. Elle me raccompagnerait aimablement au portail en s'excusant pour le dérangement. Ainsi ma dette serait payée. Je rentrerai chez moi l'honneur sauf et l'esprit en paix. Mais je rêve. Elle apparaît sur le perron, le sourire avenant. Elle est bien mieux que me l'avait dessinée Godasse. Elle a la cinquantaine maîtrisée. Un corps tout en minceur. Des grands yeux bleu acier. Un nez de fouineuse. Elle devait être un sacré prix de Diane lorsqu'elle avait l'âge de courir dans la catégorie jeune canassonne. Au jour d'aujourd'hui, comme disent les gardiennes d'immeubles, elle pourrait encore décrocher un joli lot. Elle a la classe pour ça. Je m'incline. Je baisemain. Je roucoule du bonsoir madame. Elle insiste pour que je l'appelle par son prénom. Sa bête mouchetée revient me sniffer les joyeuses. Je loue son flair. Elle apprécie le compliment. Pour l'instant, c'est un sans-faute. Elle me prie de la suivre.

Nous traversons un couloir où sont exposés des tableaux. Des natures mortes, plutôt. Des pommes. Des poires. Des bananes tigrées. Une orange à demi pelée dans une coupe en grès. Des cadavres de faisans. De perdreaux. Et d'autres bêtes à plumes sur une table de cuisine. Des photos de son chien à travers les âges... Chiot, tout mignon. Ado, un peu foufou. Adulte, aux pieds de sa maîtresse. Vieux, viscéral renifleur de claouies. Au bout du couloir, il y a un escalier en colimaçon couvert de moquette rouge. Philippine marque le pas devant la première marche, baisse les yeux.

— Le bureau de mon mari est là-haut... Les chambres aussi.

Dans son séjour, on pourrait faire coucher un charter de Maliens. Au pif, c'est du cent cinquante mètres carrés. Là encore, je suis au musée. Des statuettes aztèques et africaines dorment dans chaque recoin. Sur des meubles sont dispersées des sculptures informes. De la quincaille en étain. Des photographies encadrées auxquelles je ne prête guère attention.

Près de la fenêtre, sur des trépieds que des spots peinent à mettre en valeur, des toiles représentent un vol de canards au-dessus d'un étang, un coucher de soleil au ras d'un champ de blé, un lever de soleil au ras du même champ de blé. Elle me confie qu'à ses heures perdues c'est elle qui peint ces jolies choses.

— Comme vous le voyez, je ne me limite à aucun sujet. Ça vous plaît ?

J'émets à peu près le même grognement que son dalmatien. Elle ouvre une autre porte : c'est le salon. Plus intime. Plus chaud, aussi. Il baigne dans une moelleuse lumière ocrée. Les murs sont tenturés de tissu rayé bleu-blanc. Un feu de bûches flambe dans une cheminée de marbre. Des plantes vertes gigantesques caressent les moulures du plafond. Des tapis d'Orient se répandent sur le parquet de bois clair. J'hésite à retirer mes mocassins.

— Gardez-les. Nous ne sommes pas dans une mosquée.

Elle me propose de m'asseoir sur un des fauteuils club autour d'une table basse sur laquelle sont empilés des revues d'art, des magazines de bonnes femmes, des journaux de télé.

— Vous prendrez bien quelque chose ?

— Deux doigts de porto, s'il vous plaît...

— Dans quel sens ?

Je crispe un sourire. Godasse ne m'a pas donné toutes les clés pour pénétrer son humour. Entre *Marie-Louise, Elles, Télé 7 Poches*, je dégotte un trésor. Le premier numéro du *Nouveau Siècle*. À la der, il y avait l'édito de Martial Duvernoy qui, déjà à l'époque, commençait ses éditos par le sentencieux : Ce que je crois bon pour la France...

— Vous êtes une lectrice ?

Elle acquiesce, dépose sur la table les verres de porto. Je lève mon verre à sa santé. Nous tchintchinons.

— Lectrice depuis toujours, qu'elle précise.

D'un geste empli de lassitude, elle montre une console sur laquelle trône une photographie dans un cadre en fer forgé. J'écarquille les yeux. Je me frotte les paupières. Ai-je la berlue ? Je me pince les joues. J'avale de travers, manque m'étrangler. Je vire au rouge, au vert, au jaune. Me re-pince les joues, le nez, les cuisses. Non. Pas lui !

— Mon porto ne vous convient pas ?

Le souffle me manque. Je n'en reviens pas. Martial Duvernoy, là, dans le cadre en fer forgé. J'ai envie de rire, de pisser, de pisser de rire. J'imagine la tête du boss s'il me voyait dans ses pénates à faire causette et risette à madame Duvernoy.

— Oh là là ! que je ressasse à l'endroit, à l'envers.

— Je le fais pourtant venir directement de Porto.

Elle me propose d'autres alcools, du plus violent, du plus épais, plus dru mais je n'ai plus la tête à boire. Je me recompose la façade. Son regard change d'expression.

— Vous venez bien de la part d'Oskar ?

— Tout à fait. On s'était connus à la fac de Bel-Avenir.

Elle boit son verre à petites gorgées, l'œil de biais. Probablement qu'elle a envie de téléphoner à Godasse, lui demander si le confrère qu'il lui a recommandé a bien une gueule de métèque, un costard noir. Savoir aussi s'il est normal qu'il s'étouffe en regardant la photographie de son époux. Elle est sur ses gardes. Elle prolonge un silence embarrassé. Grand bien lui fait puisque Godasse se manifeste de l'aéroport pour prendre de ses nouvelles. Le tableau qu'il croque de ma pomme, au bigophone, la rassure. Elle raccroche. Elle se lève, ouvre le tiroir d'une commode normande, à moins qu'elle ne soit bretonne. Bretonne ou normande n'a aucune importance pour la suite des événements. Seule compte la liasse de billets qu'elle ventile à la manière de Godasse.

— Cinq cents euros. Je vous paie tout de suite. Comme ça, nous ne parlerons plus d'argent.

J'encaisse sans broncher. Elle consulte sa montre, vide son verre.

— 23 heures. Il est temps d'y aller.

— Aller où ?

— Oskar ne vous l'a pas dit ? Nous allons au New Morning. Vous connaissez ?

Le New Morning est une boîte de nuit de la rue des Petites-Écuries, à un jet de pierre de la gare de l'Est. J'ai, par le passé, sévi quelques nuits là-bas. À cette époque, on dansait salsa, jazz, rock, zouk, reggae. On fumait des pétards gros comme des entonnoirs. On rêvait de partir. Faire le tour du monde à pied, à cheval, en voiture, peu importait, mais, c'était sûr, on partirait pour entrer dans la légende comme nos aînés revenus de ces périples les bras tatoués de souvenirs. En attendant D day, on portait des jeans râpés aux genoux, des santiags, l'anneau des pirates à l'oreille gauche pour avoir l'illusion qu'au bout de nos cartes Orange tout restait possible. Les filles avaient l'humeur moins migratrice. C'était à Paris qu'elles voulaient s'accomplir. Elles se coiffaient comme des corneilles gominées, refaisaient le monde en rouge et noir. Tout pareil que Jeanne Mas, une chanteuse reléguée depuis en seconde division dans les émissions du vibrionnant Pascal Sevran. Il y avait de la rébellion en latence. Manquait juste une allumette pour mettre le feu et disparaître en fumée. Juste une allumette. Je regarde Philippine avec ses bagues en or, son tailleur pied-de-poule, ses escarpins vernis et je me dis comme les vieux cons que c'était mieux de mon temps.

— Une soirée à thème, Philippine ?

— On va dire ça comme ça, qu'elle répond sans autre détail.

Elle veut cinq petites minutes pour se re-pomponner. Je plonge la main dans ma poche, malaxe les billets. Cinq cents euros pour faire le cake avec Madame au New Morning, c'est cher payé. Deux slows, trois boogie woogie, retour au Vésinet. Je me la visionne comme ça, la soirée. Je me décolle du fauteuil club. Revisite les photographies du couple Duvernoy sur les murs du salon et du séjour. Là, ils sont bras dessus, bras dessous, étudiants, visiblement. Ils ont la vingtaine d'années. Il était déjà blond, déjà binoclard, maigre comme un chat de gouttière. Il fixe fiérot l'objectif de l'appareil. Elle le regarde de profil. Il y a de l'admiration dans ce regard. Là, ils sont à la mer avec leurs trois enfants. Blonds comme papa et maman. On nage dans le bonheur azuré. Là, Duvernoy, tout seul, à son bureau, penseur comme un Rodin. Je suis, ainsi, un circuit balisé d'épisodes de leur vie. Là, en couple quadragénaire à Venise. Elle, en pantalon à pinces grenat, chemisier à fleurs, lunettes de soleil dans les cheveux, la moue avantageuse. Lui, transpirant l'ennui. Un plan gondole pour se requinquer les sentiments, que je spécule. En bout de piste, le temps a fait son œuvre, comme on l'écrit souvent dans les livres de grande littérature. Ils sont dans le parc de leur propriété. Duvernoy a engrangé une vingtaine de kilos, des poches sous les yeux, un double menton. Les cheveux se font plus rares. Philippine a pris un coup au moral. Elle se tient à distance, raide, lèvres pincées, les bras croisés dans le dos. Je devine l'ombre d'Odette derrière ce naufrage qui s'annonce. Là, Duvernoy prend la pose. Il est entouré de toute la rédaction. Claire Fontaine est de la première heure. Ce couillon de Perrier, aussi.

J'entends les talons de Philippine claquer sur le parquet. Je me retourne.

Elle a tiré ses cheveux en arrière, rosi ses lèvres, mis du vert sur ses paupières. Ça donne de la vie à ses prunelles bleu glacé. Assurément cette femme est de la belle came. Je voudrais le lui dire, siffler mon admiration mais ça ne se fait pas. Pas ici. Il faut mettre les formes, connaître les us, les coutumes.

Comme je ne sais rien de tout ça en magasin, je me bloque tous mes compliments dedans.

Elle active le système d'alarme, éteint les lumières. Son dalmatien revient me flairer. Je profite de l'obscurité pour le dérouler à coups de pompe dans les reins. Nous arrivons au portail. Elle me fait remarquer que j'ai la même voiture qu'Oskar. Cette dette d'honneur me transmute en roi des menteurs. Obligé de m'inventer une berline au garage pour la révision des 10 000, plus lavage, graissage, vidange. Voilà ce qui justifie que mon collègue Godasse m'ait prêté son carrosse.

— Carrosse qui fut le mien, il n'y a pas si longtemps, qu'elle croit utile d'ajouter.

À la sortie du Vésinet elle m'informe de la suite des opérations. Elle ne va pas au New Morning pour guincher avec l'homme de compagnie que je suis mais pour prendre son mari en flagrant délit d'adultère. Récemment, elle s'est payé les services d'un détective pour le filer avec sa maîtresse. Le limier ne lui a ramené que quelques clichés saisis lors d'une réception à la mairie du seizième arrondissement. On n'y voyait que du flou. Flou suffisamment net pour qu'elle me détaille Odette avec le regard d'une femme meurtrie. Grande jument. Blonde décolorée. Quinquagénaire. Commune. Vulgaire. Qu'il la trompe avec une jeunesse, elle aurait fermé les yeux. Ça lui était déjà arrivé, une fois, quand il était en reportage à Saint-Jacques-de-Compostelle pour *Le Pèlerin*... mais une femme de son âge, elle trouvait ça dégradant.

— Vous coucheriez avec une quinqua, vous ?

— Par amour, oui.

Par amour. C'est le pire des scénarios. Ça, ça la rend malade. Elle a peur qu'il la quitte par amour alors qu'il lui doit tout. Je la sens à vif, prête à se vider d'années de rancœur. J'ai mis dans le mille. Elle balance sec. Quand ils s'étaient connus sur les bancs de la fac, Duvernoy n'était que le fils d'un petit bistrotier de Neuilly. Elle était fille d'industriel établi dans la pharmacie. Le roturier. La bourgeoise. Les Montaigu. Les Capulet. On n'en sort pas. Avant que cette story d'amour ne se termine en psychodrame, papa industriel avait cédé la mort dans l'âme – on cède toujours la mort dans l'âme – aux caprices de sa fille unique. Elle aimait Duvernoy. Il n'avait pas les moyens de lutter.

Au sortir des études, Duvernoy voulait faire dans le journalisme. Il se prenait pour Albert Londres. Il avait des choses à dire et à écrire. Papa industriel avait des accointances dans la presse. Il fit engager son gendre à *La Vie catholique*. Pendant huit ans, il avait été l'envoyé spécial du journal au Vatican. C'est à l'ombre bienveillante de la chapelle Sixtine que naquirent les trois rejetons Duvernoy. Jean-Paul II avait béni l'aîné de la fratrie.

— Je vous montrerai les photos quand nous serons de retour à la maison.

— Je vous crois sur parole, Philippine. Je vous crois.

Après *La Vie catholique*, ce fut *Le Pèlerin*. Période qualifiée de sombre à cause de la faute commise à Saint-Jacques-de-Compostelle avec une jeune pénitente qui aurait pu être sa fille. Puis ce fut *La Croix*. Il œuvra dans ce quotidien durant un septennat sans que personne se souvienne de son passage. Enfin, en l'an 2000 de notre ère, il y a eu *Le Nouveau Siècle*. Un nouveau journal. Un nouveau challenge. Une nouvelle vie. À cinquante ans et quelques brouettes, Duvernoy repartait à zéro. Objectif avoué : faire du *Nouveau Siècle* le premier hebdomadaire national.

— Arrêtez-moi si je vous embête.

C'est pis que ça. De surréaliste, la situation tourne au tragique. Je cours à ma perte. Je vais entrer au

New Morning avec Philippine. Je vais tomber nez à nez avec son mari au bras d'Odette. Et je vais me faire lourder pour faute professionnelle encore non répertoriée dans le Code du travail. Il y a urgence à alerter Odette du drame dont je suis l'otage. Je prends mon portable, clique le répertoire, presse à Odette, me colle l'écouteur à l'oreille. Sa boîte vocale me demande de laisser un message. J'obéis :

— Allô, c'est papa. Rappelle-moi si tu n'es pas couchée, que je gazouille.

Philippine me dévisage avec une gravité toute maternelle.

— Vous êtes papa ?

J'affirme.

— Sa maman n'est pas avec elle ?

Je grimace.

— Morte en couches.

Elle s'excuse, me prend la main.

— Je sais ce que c'est. Maman est partie trop tôt, elle aussi.

Elle esquisse un sourire de compassion. Je viens de faire vibrer quelque chose de douloureux en elle. C'est le moment de la dérouter.

— On ferait mieux d'aller se distraire ailleurs. Je connais un bar sensass. Le New-Delit. Vous le regretterez pas. Laissez-vous aller. Voyez les choses en rose. Peut-être que sur les photos, c'était pas sa maîtresse.

Elle a la certitude qu'il la trompe avec la grande blonde vulgaire. Le détective a même capté son prénom lors de la fameuse partie à la mairie.

— Odette. Odette, c'est d'un grotesque.

— Vous abaissez pas à ça. Vous valez mieux. Alors, on va se faire un petit karaoké au New-Delit ?

Elle se fiche de mon new machin. Elle veut aller au New Morning. Elle me rappelle qu'elle m'a payé pour que je l'accompagne.

— Peut-être qu'il est pas au New Morning. Peut-être qu'il a changé d'avis. Les maris volages sont méfiants. C'est un professionnel qui vous parle.

Impossible qu'il soit ailleurs. Philippine a ses oreilles au *Nouveau Siècle*. Des oreilles qui ne l'ont jamais trahie, elles. Pour une poignée d'euros, Claire Fontaine la renseigne sur les turpitudes de son patron. Ainsi, ce soir, au New Morning, il y a un cocktail dînatoire en l'honneur des principaux actionnaires du journal. Sa présence est indispensable.

— Claire a surpris une conversation. Martial donnait rendez-vous à sa poule. Franchement, vous qui avez de l'expérience, qu'est-ce qu'elle peut avoir de plus que moi ?

— C'est peut-être pas de l'amour. C'est peut-être simplement sexuel. Ne vous découragez pas. Vous savez, Philippine, qu'on a vu souvent rejaillir le feu...

Par respect pour les cendres du Grand Jacques, je m'en tiens là.

— Laissez flotter les rubans quelque temps, après vous aviserez. (Je chantonne.) Oui, Martial, c'est moi, non je n'ai pas changé, je suis toujours celui qui t'a aimé...

Par respect pour la mémoire du regretté C. Jérôme, je ne lui fais pas l'injure de continuer.

— On se le fait, ce karaoké ? Voyez, j'ai un répertoire. Je peux tenir jusqu'à l'aube. Quand je suis chauffé, je vous sors l'intégrale d'Adamo...

Elle s'agite, prétend que je l'emmerde, me supplie de me taire et se met à regretter Godasse. Porte de Saint-Cloud, elle pose sa tête sur mon épaule, se soulage de nouveau. Ça fait cinq mois que son mari ne l'a pas touchée. Cinq mois qu'il la voit mais ne la regarde plus. Cinq mois de frustration. Quand elle exige des explications, il lui répond : « Passé un certain âge, l'important n'est pas de savoir avec qui on a envie de coucher mais avec qui on a envie de dormir. Pour dormir, je ne trouverai jamais mieux que toi, Philippine. »

Même les conseils du dévoué Godasse sont restés sans effet. La cause semble désespérée. Lui importe maintenant de le faire souffrir comme il l'a fait souffrir parce qu'elle l'aime toujours et le déteste plus fort encore.

Sur les Champs-Élysées illuminés, c'est la foule des grands soirs. Ça trompette du feu de dieu. Ça McDonaldise. Ça entre, ça sort des cinémas. Dans un bus, des touristes japonais le nez collé aux vitres nous lancent des coucous auxquels nous restons insensibles. Place de la Concorde, la grande roue tourne à vide. Il faut dire qu'il faut être givré pour monter dans une des nacelles par moins huit degrés. C'est ce qu'affirme un thermomètre dressé sur le toit d'une camionnette de l'Armée du Salut. Plus on file vers le New Morning, plus une boule d'angoisse yoyote dans mon estomac. Je me permets une ultime diversion. Je laisse ma main s'encanailler sur ses genoux voilés de bas Nylon noirs. Elle reste sans réaction. Je m'en vais explorer plus haut. Je me permets un clin d'œil, un baiser sur la joue, même. Elle frissonne.

— Vous ne croyez pas qu'on serait mieux dans une chambre d'hôtel ? Je vous ferai découvrir des trucs que vous n'avez jamais essayés. La brouette kabyle, vous connaissez ?

Je perçois un flottement. Un trouble. Un brin d'hésitation.

— Le chacal. C'est pas Oskar qui vous ferait le coup du chacal. C'est ma spécialité. Testé. Approuvé. Éprouvé. J'ai déposé le brevet.

Ça tangue un chouia plus. Je tente le tout pour le tout.

— Là, il y a un petit hôtel.

Minuit cogne à l'horloge du clocher d'une église. Philippine retire ma main de sa cuisse. Elle me prie de m'arrêter là. Devant le parvis de l'église. Ses billes bleu acier s'embuent de larmes.

— C'était ici. À Saint-Roch...

C'est dans cette église qu'ils s'étaient juré fidélité. Elle se revoit en robe blanche au bras de Duvernoy en costume clair avec œillet à la boutonnière. Le riz jeté par poignées par des mouflets endimanchés. Papa industriel faisait contre mauvaise fortune bon cœur. Duvernoy avait fini par rentrer dans le moule. Il avait appris par cœur le manuel du savoir-vivre et des bonnes manières. Il en usait, abusait sans vergogne. Et maman industrielle ? Morte quand elle avait sept ans. Morte sur le coup. C'était à la veille de Noël, justement. Elle sortait des Galeries Lafayette chargée de cadeaux pour sa fille. Un chauffeur-livreur bourré avant l'heure l'écrabouilla sur le passage clouté.

— Le malheur ne frappe pas qu'à la porte des voisins, Omar.

Je compatis.

— Et le clan Duvernoy, dans tout ça ? que je questionne pour gagner du temps.

Au dernier rang. Avec les ploucs montés d'Auvergne.

Elle sèche ses yeux rougis, s'excuse d'étaler sans pudeur sa souffrance devant le premier sparring-partner venu. Pourtant ce n'est pas fini. Cette église est toute leur mémoire. Qu'il pleuve, qu'il neige, qu'il vente, ils vont à Saint-Roch prier la naissance du divin enfant. En trente ans, ils n'ont jamais manqué la messe de minuit. Avec les enfants jusqu'à ce qu'ils ne croient plus au Père Noël. Puis sans eux, pour perpétrer la tradition.

Saint-Roch est l'église des quartiers chics de Paris. Des ministres, des industriels, des vedettes au sommet des hit-parades, des sportifs fraîchement auréolés s'y pressent pour afficher leur foi. Après la messe, tous se souhaitent le meilleur pour l'année à venir, s'échangent leurs cartes de visite, s'invitent à dîner, à des spectacles, à des compétitions sportives. Philippine a accumulé tant de cartes de visite qu'elle pourrait tapisser les murs de son séjour. Trente ans qu'elle se plie à ces simagrées mais cette année elle ne veut plus remettre les pieds à Saint-Roch avec son coquin de mari si les choses ne sont pas réglées entre eux. Pas question de se présenter à la face de Dieu dans le péché. D'autant que cette année son fils, l'aîné...

— Celui qui s'est fait bénir par le pape Jean-Paul II ?

— Merci Omar. Ça me fait plaisir que vous suiviez.

... D'autant que cette année son fils, l'aîné, celui qui s'est fait bénir par Jean-Paul II, a décidé de participer à la messe avec sa fiancée, sa future belle-mère et son futur beau-père, qui est, par parenthèse, le préfet de Paris.

— Je les plaquerai tous si Martial ne s'excuse pas pour le mal qu'il me fait.

— Pas possible. Par parenthèse, le préfet... Pas possible. Par parenthèse, le préfet... le préfet. Oh putain ! Le préfet... Oh la vache ! que je bégaye.

Je réalise que Godasse, bien malgré lui, m'a mis sur un coup phénoménal. Plus gros que le Loto. Plus fort qu'Euro Millions.

— Oh là là ! Le préfet...

Elle plisse les yeux d'agacement.

— Quoi le préfet ? Vous vous fichez de moi ? N'essayez pas de m'embobiner avec votre karaoké, je ne marcherai pas. Assez pleuré sur mon sort. Au New Morning.

Une idée me percute l'esprit. Une idée démoniaque. Une illumination. L'illumination de Noël. Un visage m'apparaît. C'est celui d'Angélina. Puis ce sont les faces de fripouilles de ses petits nègres, de ses petits moricauds, du petit Lavabo, des sans-papiers. Plein de sans-papiers. Une forêt de sans-papiers. Énorme, le préfet... Et j'entends les petites Voices of Tanger Street chantant : *Oh happy day*.

— Philippine, je vous aime.

J'attrape sa main, baise ses doigts un par un. Elle jure qu'il me manque une case. À cet instant de mon existence, il ne me manque pas une case mais toutes les cases. Un vent de folie tempête dans mon crâne. Une énorme tempête que je baptise Philippine. Cette femme est un don du ciel. Une bénédiction. Reste à lui faire oublier son funeste mari. Je m'autorise une nouvelle caresse sur le genou. Elle me repousse, veut se rendre dare-dare au New Morning. J'enclenche la première vitesse. Mon portable sonne. C'est Odette. Sa voix est couverte par des bruits de maracas, des tam-tams, de bongas et d'autres instruments de musique exotiques. Elle s'égosille qu'elle n'a rien compris à mon message.

— Ma fille, il est plus de minuit. Il est l'heure d'aller au dodo... Oui, je t'aime. Mais avant d'aller au lit, il faut rendre ton gros nounours blond à sa maman. Il doit être fatigué depuis le temps que tu joues avec lui... Oui, je t'aime.

À l'autre bout des ondes satellitaires, Odette s'inquiète. Me demande si j'ai bu de l'alcool à brûler les méninges ou bien fumé un wagon d'herbe magique, puis elle raccroche.

— Quel âge a votre fille ?

J'agite cinq doigts.

— Pauvre enfant.

Nous arrivons rue des Petites-Écuries. Je me gare devant la boîte de nuit. J'ai la frousse. Philippine se sent d'attaque pour affronter la bête infidèle. D'une certaine façon, je l'admire. Pas sûr que je serais aussi courageux dans pareille situation. Elle sort de la voiture, claque la portière. Son mari, elle se le veut entre quatre z'yeux. Le mettre au pied du mur. Qu'il choisisse son camp ! La maman de leurs enfants ou la putain décolorée. Un géant noir, videur de son état, l'arrête dans son élan. Il veut les cartons d'invitation. Nous n'en avons pas. Évidemment.

— C'est une soirée privée. Faut un carton, qu'il insiste le malabar.

Philippine exige qu'il aille chercher l'organisateur de la soirée. Il est désolé mais il n'a pas le droit de quitter sa place. La porte s'entrouvre. J'aperçois la crinière choucroutée d'Odette noyée dans le brouillard de fumée de tabac. Philippine essaie, aussi, d'y voir quelque chose mais la carrure du videur lui barre la vue. La porte se referme.

— Mon époux est à l'intérieur. Il faut que je rentre.

— Le monsieur avec vous, c'est qui ? Votre fils ? Votre frère ? Votre amant ?

Il éclate d'un rire gras, tout à fait obscène. Philippine le toise de bas en haut. Dans son regard, je lis un mépris sans fond. Elle tente de forcer le passage. Le videur la renvoie dans mes bras.

— Si vous pouviez aller faire vos dents ailleurs, madame, je vous en serais reconnaissant.

Il m'interpelle. Me fait signe d'approcher. Je suis tout près. Il me murmure à l'oreille : « Emmène ta chèvre brouter ailleurs. Ça me fera des vacances. »

Je le cale dans l'encoignure de la porte. J'ai deux mots à lui dire et quelques billets pour graisser sa patte. Comme ça, il comprend mieux la situation et reconsidère sa position. Je retourne à Philippine pour lui annoncer le résultat de mes tractations. Le malabar me laisse entrer. Seul.

— Pourquoi seul ?

— Il a peur que vous fassiez scandale si vous trouvez votre mari. Il a pas envie de perdre sa place. Je vais jeter un œil. S'il est à l'intérieur, on se le coltinera quand il sortira.

— Vous ne le connaissez pas.

— J'ai vu des photos chez vous. Une tête comme la sienne, ça ne s'oublie pas.

Je l'exhorte à patienter dans l'auto en attendant mon retour. Elle hésite, puis se résigne après que j'ai promis de ne rien lui cacher des horreurs qu'elle suppute. Le videur entrebâille la porte. Je me faufile.

La boîte est bondée. Sur scène, un groupe de latinos, liquettes fleuries, teint halé, sombreros sur le nez, ondoie en chantant : « *Ba la la bamba i arriba* ». Sur la piste, au milieu des fêtards, Duvernoy se trémousse dans un ordre imparfait tandis que les mouvements d'Odette sont fluides, coordonnés, dans le rythme, irréprochables. Elle cesse de danser, sort de la piste dès qu'elle me voit. D'emblée, je lui décode le dossier du gros nounours blond à sa maman.

— Oui. Dans la voiture, devant la boîte qu'elle est, sa femme.

— Qu'est-ce que tu fiches avec elle ? qu'elle questionne incrédule.

— Un jour, je te parlerai d'Alger et de ma dette d'honneur.

Mais, dans l'immédiat, il est impératif de retenir Duvernoy sous les sunlights, le temps que je dégage Philippine. Duvernoy termine de gesticuler « *arriba arriba la bamba* » et nous rejoint essoufflé, le visage brillant de sueur. Avant qu'il s'étonne de ma présence en ce lieu, à cette heure avancée de la nuit, Odette dit que c'est elle qui m'a invité à prendre un verre car ce soir je me tiens un cafard d'égoutier. Duvernoy me prend par l'épaule comme si nous étions complices de toujours, me propose une flûte de champagne à leur table. Odette souhaite que nous trinquions à leurs amours. Nous trinquons à leurs amours. Odette m'annonce qu'ensemble ils vont partir cet été au Brésil.

— Hein, c'est vrai qu'on part tous les deux à Rio, cet été ?

Duvernoy répond d'un mouvement de tête intraduisible.

Le champagne est tiède. La musique sonne la quincaillerie bon marché. Sur la piste, on a tombé la veste, viré les cravates, débraillé les chemises. Ça se déhanche. Ça folâtre. Ça pelote les miches des secrétaires-maîtresses. Pitoyables gugusseries. Ça me donne des pulsions meurtrières. Je prétexte que le bonheur d'autrui me rend malade pour prendre congé. Duvernoy tente de me retenir avec du champagne plus frais, des pistaches, cahuettes, des toasts mais Odette l'en dissuade.

— Il vaut mieux le laisser filer. Quand il est comme ça, y a rien à faire. Je crois qu'il est pas doué pour le bonheur, mon Omar.

Le New Morning a perdu beaucoup de sa magie depuis qu'il est devenu un vaste bidule où amants et maîtresses se retrouvent pour s'inventer d'improbables paradis à l'ombre du CAC 40. Ils sont loin, mes rêves de papier, citoyen du monde, oreille percée, cheveux au henné, bras tatoués... Tout passe, tout casse, tout lasse. Même le Nouveau Matin.

Près de la sortie, je repère Philippine accoudée au bout du bar. Elle tire nerveusement sur une cigarette. Je l'entraîne au-dehors. Elle a tout vu.

Les mains aux fesses, les câlins, les patins. Elle est atterrée. Elle voulait foncer sur Odette, lui arracher les yeux, hurler son amour meurtri, mais au moment de passer à l'action, elle n'était plus qu'un paquet de haine flasque. Elle les trouve répugnants comme des rats. Elle a envie de vomir.

— Vous auriez dû m'attendre dans la voiture comme je vous l'avais dit. Je vous aurais empaqueté la vérité autrement.

— Je ne pouvais plus attendre. J'ai imploré le Noir de me laisser passer cinq minutes.

En échange de cent euros, le videur lui avait ouvert les portes de l'enfer.

Philippine a froid. Froid partout. Elle plaque sa main sur ma joue. Je la trouve chaude, sa main.

— C'est à l'intérieur que je suis froide. Je deviens folle.

Nous revoilà à rouler dans la nuit hachurée de traits de pluie. Je monte le chauffage. Elle allume la radio. France-Musique diffuse une fugue de Bach. Ça la rend plus mélancolique encore. Elle écoute, sans ciller, jusqu'à la dernière note puis elle me demande ce que son mari m'a raconté.

Je réponds : Rien d'intéressant.

— Comment ça, rien ? Je vous ai vu bavarder avec lui... avec elle aussi.

— Je me suis approché d'eux et j'ai simplement dit : Vous permettez monsieur que j'emprunte votre femme pour une danse. Il m'a répondu que ce n'était pas sa femme. J'ai fait slow avec elle. Je l'ai sondée. C'est une pute. Dès qu'elle aura trouvé un pigeon plus gros à plumer, elle le renverra à son foyer. Courage et patience, Philippine. C'est une question de jours. D'heures, peut-être.

Elle ne me croit pas.

Porte de Saint-Cloud, la radio l'énerve. Elle coupe. *Les Quatre Saisons* de Vivaldi lui rappelle le festival de musique classique de Bayreuth. Ils y étaient pour un week-end l'été dernier.

— Martial avait adoré.

— Vous l'aimez toujours ?

— Je suis sa femme.

— Vous l'aimez ?

— Les enfants sont partis. La vie est courte mais les journées sont longues quand on est seule.

— Vous ne l'aimez plus. Seulement, vous avez peur de le perdre. C'est ça ?

— J'ai cinquante et un ans. Je ne veux pas rester seule. En trente ans de mariage, je me suis habituée à ses mensonges, mais là il est allé trop loin.

Elle a chaud. Je baisse le chauffage. Elle me

confesse qu'elle est dégoûtée, désemparée, désespérée, qu'elle ne s'imagine pas refaire sa vie avec un autre homme. Je feins de méditer de longues secondes comme si je cherchais une thérapie miraculeuse à sa pathétique histoire de cocuage, puis je déclare solennel :

— Puisque la méthode d'Oskar n'a pas fonctionné, il faut en essayer une autre.

Je préconise de ne rien changer à ses habitudes d'épouse-modèle-fidèle, de surtout ne pas se risquer à des amourettes sans lendemain qui compliqueraient la situation.

Hormis Godasse, avec qui elle entretient une relation dénuée d'arrière-pensées, elle avoue qu'elle s'enverrait en l'air avec son jardinier. Un beau mâle du Sud marocain.

— Quand on est une femme de votre classe, on ne baise pas avec le premier tondeur de pelouse venu. On attend son heure.

— Cinq mois qu'on ne m'a pas touchée...

— Écoutez-moi, Philippine.

Pour Noël, je lui recommande d'aller prier à Saint-Roch comme si de rien n'était. Après tout, si quelqu'un doit rendre compte de ses péchés au Tout-Puissant, c'est bien Duvernoy. Elle est sceptique.

— Je vous assure que si vous allez à la messe de minuit, il va se produire un miracle.

— Vous me prenez pour une gourdasse ? Envoyez-moi à Lourdes tant que vous y êtes.

— Faites ce que je vous dis. Emmenez votre mari, votre fils aîné, votre future belle-fille et son papa, le préfet, à l'église. Je vous garantis des étincelles.

— Ce sera bien la première fois qu'il se passera un miracle à Saint-Roch. Si j'avais envie de rire, je rirais. Mais je n'en ai aucune envie.

— Il se passera quelque chose. Pour vous prouver que je crois en ma méthode. J'y serai.

— Vous, à Saint-Roch ?

— Moi, à Saint-Roch.

— Parole d'homme ?

— Parole d'homme. En attendant, pas un mot. À personne. Ça doit rester entre nous. Vous me faites confiance ?

— Non. Mais qu'est-ce que je risque ? La messe de minuit, c'est après-demain. Je ne suis plus à cinq minutes près.

À Versailles, elle a froid, de nouveau. Je tourne la molette du chauffage à fond dans le rouge. Trois bornes plus loin, la voiture est une étuve. Je me déboutonne la chemise jusqu'au plexus. Trop chaud maintenant. Puis trop froid. Puis trop chaud. Elle baisse la vitre, passe la tête au-dehors. Le vent rougit ses pommettes. Elle dénoue ses cheveux. On dirait une poupée russe. Une jolie poupée, ma foi. Elle veut que je coupe par le Petit-Bois de Versailles. J'obtempère. L'obscurité est totale.

— Vous connaissez ?

Pour sûr qu'elle connaît. Elle est sur ses terres parmi ces taillis, ces sous-bois, ces hautes futaies. Bébé, elle y a fait ses premiers pas. Jeune fille, elle y a appris à faire du cheval. Jeune femme...

— À droite après le rond-point, Omar.

Le GPS m'alerte que nous sommes en perdition. Nous attaquons un sentier étroit, boueux, spongieux. Les roues patinent. Pleins phares, je perçois tout juste les branchages qui éraflent la carrosserie. Ça sent le traquenard. On débouche dans une clairière. Le GPS a rendu l'âme.

— Avec Martial ça s'était passé ici. C'est moi qui l'avais dévié ici. C'était la pleine lune. On a fait l'amour jusqu'au petit jour. J'étais sa première femme.

Elle coupe le contact, passe sa main dans mes cheveux, susurre d'une voix de velours :

— Consolez-moi, Omar. Faites-moi le chacal.

Elle m'offre ses lèvres brûlantes de désir.

Quoi qu'on dise, quoi qu'on fasse, il y a un bonobo qui sommeille en chaque homme. Elle désire se faire sabrer et voilà qu'aussitôt il se met au garde-à-vous. Un rebelle. Un félon, ce gland. Je crispe les mains sur le volant. Sa main me tâte. Je bande infernal. Elle bascule le siège. Elle est jupe relevée. Je lâche tout. Je ne contrôle plus rien. Elle gémit :

— Martial ne me respecte pas. Punissez-le. Faites-moi le chacal. Dites-moi que mon mari est un voyou, un salaud. Et faites-moi le chacal !

J'ouvre les vannes.

— Duvernoy est un porc. Un tas de fumier. Un débouche-chiotte. Un chien galeux qui ne vous mérite pas, Philippine.

— C'est bon, Omar. Piétinez-le encore.

— Crevure. Raciste. Fils de bistrotier. Fils de bougnat.

Un frisson parcourt le creux de ses reins.

— Fils de bougnat, c'est divin, Omar... Le chacal maintenant.

Je lui grimpe dessus. Je jappe. Je pétris ses jolis lolos jaillis de la soie noire de son soutien-gorge. Elle ahane :

— C'est bon. Détruis-moi mon chacal...

Hystérique Philippine. Elle me mord les joues, me suçonne le cou, plante ses ongles sur mes pectoraux, me tire les cheveux. J'essaie de penser à des choses tristes pour détriquer. La discrimination positive. Les œuvres complètes de Brigitte Bardot. Bouvard et ses « Grosses Têtes ». Le générique de « Des chiffres et des lettres ». Rien n'y fait. Je me tiens une gaule indécente. Je prospecte plus sinistre. La faim dans le monde. Le tsunami. Le sida. La boucherie Poutine en Tchétchénie. Je m'en vais fouiller plus loin. Le

Moyen Âge. Sa peste. Je refais surface avec Abou-Norbert, le petit tubard. Ça ne va pas mieux. Impossible de calmer mes ardeurs.

Elle vagit : « Tu es meilleur qu'Oskar... Continue, mon chacal. »

Je sombre dans le plus glauque. Elle, Philippine Duvernoy, se faisant purger entre deux tontes par le préposé gazon. Du Feydeau petits bras. Plus graveleux, c'est difficile. Pourtant ma rapière ne fléchit pas. Je priapisme. Je me flagellerais si je le pouvais.

Elle y va gaillardement. Elle s'accroche à l'appuie-tête, brame, me remercie à grands coups de léchouilles sur la nuque, agite son bas-ventre par secousses brèves et violentes. Elle a de la santé, la gourgandine. Bientôt l'extase, la félicité, l'aller sans retour. La pâmoison. L'orgasme... Soudain, un ange noir me voile la face. Angélina. Elle me chante : « *No, no, no.* » L'hymne de ses grands frères du Bronx de Harlem. Et c'est le miracle de l'amour. La débandade. Illico, je suis plus flasque qu'un bâton de guimauve et c'est bon.

— Oh non, Omar. Remettez-moi votre chacal, qu'elle m'implore.

La représentation est terminée. Le chacal a regagné sa tanière. Je me refagote. Elle est cramoisie, de honte, de joie. Je ne distingue pas. D'ailleurs est-ce bien nécessaire de distinguer ? Elle reprend ses esprits, minaude :

— Merci, Omar. Votre queue est magique. Rien ne sera plus comme avant. Merci, Omar.

J'ai la faiblesse d'accepter le compliment. Elle remonte sa culotte. Je redémarre pied au plancher pour ne pas m'enliser dans le sentier marécageux. À l'orée du bois, elle murmure les yeux baissés :

— Si un soir une de vos patientes se décommande, pensez à moi. Je serai généreuse.

Je souris. La tocante sur le tableau de bord tictaque une heure du matin. Il est temps de rentrer. Je me fais flasher par un radar à l'entrée du Vésinet. C'était limité à 50, j'ai cloqué le 120 kilomètres/heure.

— Ça vous fera une photo souvenir, qu'elle glousse.

Au bout de l'Allée du Roy, je fais un tête-à-queue afin d'être dans le bon sens pour le retour. La propriété est plongée dans le noir. Le dalmatien donne de la gueule en entendant les vrombissements du moteur.

— Voyez, Martial n'est toujours pas rentré. Il ne rentrera plus à cette heure. Vous voulez prendre un dernier verre ? Je vous montrerai des photos de Jean-Paul II.

Je décline l'invitation au prétexte que ma petite fille m'attend.

— Elle ne s'endort jamais sans que je lui fasse son bisou. (Je lui baise la main.) Sachez, chère Philippine, que j'ai passé une soirée mémorable. L'avenir nous dira si elle fut révolutionnaire. Encore une fois merci. Si jamais une cliente annule son rendez-vous, je promets de vous faire signe.

— Vous êtes sérieux ?

Je jure ce que j'ai de plus cher au monde : ma fille. Avant d'embrayer, je lui rappelle que nous sommes convenus de nous revoir à Saint-Roch, avec toute sa tribu pour la messe de minuit. Elle n'a pas oublié.

À la vitesse d'une Merco au galop, j'arrive au Mégastore des Champs-Élysées. J'achète tout ce que le rayon de musique sacrée compte de blues, de gospel. Dix minutes plus tard, je suis chez moi. Angélina n'est pas là. Machinalement, je regarde par la fenêtre. Pas un chat. Pas un rat. Pas un clochard. Ce n'est que vent froid et désolation. Je redescends. En deux coups d'accélérateur, je suis rendu rue de Tanger. J'avale l'escalier, quatre à quatre, mon paquet de CD sous le bras. Je toque. Elle ne répond pas. J'enfonce d'un coup d'épaule la porte branlante. J'allume la lumière. Angélina n'est pas là. Je vais à la fenêtre. La faune des dealers et des belins va d'un trottoir à l'autre comme des âmes grises sous une pluie de misère. Je suis grillé de fatigue. Je me laisse tomber sur le matelas de mousse, me couvre du duvet imprégné de l'odeur de vanille de ma gazelle du Sahel. Je lutte contre le sommeil. Je veux m'endormir avec elle. Mes yeux me piquent. La fatigue prend le dessus. Mes paupières se font lourdes, lourdes, lourdes. Lourdes comme des rideaux de plomb. Mes paupières se ferment. Mon portable tintinnabule. Je peine à ouvrir un œil. Le nom de Godasse s'affiche. Je coupe.

Au réveil Angélina est là, près de moi, allongée tout habillée. Je m'assois en tailleur. Je l'admire. Elle n'est pas belle, elle est la grâce. Elle est ma diva d'ébène. Je pourrais rester des heures, des jours, une vie, ma vie à la contempler, à l'écouter respirer, à espérer être de ses rêves.

Elle tressaille, ouvre les yeux. Elle sourit. Me désigne les CD qu'elle a vus en rentrant au petit matin.

— Ils sont pour qui ?

— Pour toi, pardi.

Elle bondit. Tout sur les Voices of East Harlem. Tout sur The Golden Gate Quartet. L'intégrale de Nat « King » Cole. Le meilleur de Louis Armstrong. Le Gospel Dream. Un chœur qu'elle est allée écouter dans une église réformée près de la Bastille. Elle avait emmené avec elle Lavabo et Fatou. Ils en avaient pleuré des rivières tellement c'était beau. Elle prend les CD, détaille chaque pochette, jure qu'elle ne les mérite pas.

— Tu mérites mieux, Angélina. Tu mérites tout.

Elle revient s'asseoir sur le matelas. Nous sommes épaule contre épaule, tête contre tête, rêve contre rêve.

— Tu sais, hier soir...

Elle a appris par radiotrottoir que le papa d'Abou, qui était déjà sous le coup d'un mandat de reconduction à la frontière, a été placé en centre de rétention pour être expulsé dans son bled. Sa mère a été remise en liberté. Sans son mari, cette femme est condamnée à la déchéance. Elle fait le pied de grue devant le centre en espérant la clémence d'un juge. Du coup, elle s'est substituée à sa mère. Elle est repassée à l'hôpital pour apporter un pyjama au gamin. Elle l'a veillé jusqu'à ce qu'il trouve son sommeil. Dès qu'il fut endormi, l'infirmière Mouillard l'a entraînée dans son bureau pour lui confirmer qu'il est atteint de tuberculose. La guérison s'annonce longue, difficile, incertaine. Il est question de l'envoyer dans un sanatorium. Angélina ne sait plus quoi faire.

— Moi, je sais ce que je vais faire pour lui. Je sais ce que je vais faire pour toi. Je sais ce que je vais faire pour les autres. Je sais ce qu'on va faire pour les Voices of Tanger Street. Écoute-moi bien, Angélina. On va frapper un grand coup.

5

Il est à peu près onze heures lorsque j'arrive au journal. Dans la salle de rédaction, il y a foule. C'est le petit verre de l'amitié qu'offre la direction pour fêter la fin d'année. Tous sont sur leur trente et un. Claire porte un ensemble saumon avec une rose couleur tilleul à la boutonnière. J'adresse un amical bonjour à la petite brunette imbibée d'UV. Elle me renvoie un double clin d'œil. Perrier enfourne en cachette des cacahuètes dans ses poches. Les trois traders sont emblablatés dans une conversation concernant les risques que fait courir à l'économie mondiale un euro trop fort par rapport au dollar trop faible compte tenu du fait que... Adossée à une armoire, une jeunette dont l'attrait essentiel est d'être moulée dans une minijupe en Skaï et de prendre des poses de starlette en distribuant des sourires à qui les veut bien. Morel, le secrétaire de rédaction, de plus en plus barbu, va de groupe en groupe, en versant du vin rouge dans les gobelets de machine à café. Il y a, aussi, des journalistes que je n'ai jamais vus ou plutôt qui ne m'ont jamais vu. L'un d'eux, en saharienne, du sable dans les cheveux, l'appareil photo en bandoulière, se dresse devant moi.

— T'es arabe, toi.

— Ça se voit tant que ça ?

— Oui. Tant que ça. J'arrive à l'instant de Bagdad. C'est un sacré merdier, là-bas. Les Américains font du bon boulot pour remettre de l'ordre mais y en a pour un bout de temps avant de tout nettoyer.

— T'as pas essayé de te faire prendre en otage ? Ça t'aurait fait de la pub.

— Je l'ai espéré cent fois. Hélas, personne n'a voulu de moi.

Il rêvasse que le président de la République, son Premier ministre, Duvernoy, l'accueillent au pied de l'avion à Villacoublay. Il rêvasse qu'il est l'invité de PPDA, au journal du soir. Il se rêvasse à la une de *Match*. Ce serait son jour de gloire. Puis il revient à la réalité.

— T'es arabe d'où, exactement ?

— De l'avenue Jean-Jaurès. 75019.

Claire sent que la moutarde me monte aux narines. Elle se faufile entre nous. Le baroudeur de Bagdad tourne casaque pour partir à la conquête de miss UV. Claire me prend par le bras, me relance au sujet du réveillon de ce soir. Ses deux bourriches d'huîtres que sa sœur lui a fait parvenir sont toujours en rade dans le bac à légumes de son réfrigérateur.

— Ça me fait mal de gâcher de la si belle marennes-Oléron. Si vous me faites l'honneur d'accepter l'invitation, j'irai chez Fauchon acheter une bûche.

— Ce soir, je suis pris. L'année prochaine, *Inch Allah*, si je suis encore là.

— Vous n'êtes pas bien chez nous ?

— Très bien.

— Alors ?

— *Mektoub*.

Duvernoy sort de son bureau. La lambada, la macarena lui ont laissé des traces aux mollets. Il arque comme un canard. Claire sourit.

— Je ne sais pas ce qu'il a fait de sa nuit mais il n'est pas frais, frais, notre patron.

Duvernoy serre des mains, salue les traders, serre d'autres mains, prend des nouvelles des uns, des autres, de leurs enfants, de leurs chats, de leurs chiens, fait la bise à la jeunette moulée dans le Skaï. Claire ricane :

— C'est Jennifer, une nouvelle stagiaire. Il les choisit sur catalogue.

Morel tend un gobelet de vin à Duvernoy. Il boit une gorgée, claque du palais, dresse un pouce approbateur. Nous formons à présent un cercle autour de lui.

— Espérons qu'il ne va pas nous servir la même soupe que tous les ans.

Murmure qui ? Je ne le sais pas. Ils sont cinq, six, à papoter dans mon dos. Duvernoy vide son gobelet. Le silence se fait. Et, sur un ton empreint de solennité, il déclare :

« Mes chères collaboratrices, mes chers collaborateurs. Ne vous inquiétez pas, je serai bref. Toutefois, il faut que vous sachiez que je vous remercie pour l'engouement dont vous faites preuve chaque jour pour que le *Nouveau Siècle* soit un journal ambitieux, novateur, performant. Nous avons enregistré un bond de 3 % des ventes cette année alors que nos confrères régressent. »

(Il marque un temps car le baroudeur de Bagdad vient de flasher Jennifer qui prend la pose accoudée à un téléscripteur.)

« ... Je tiens, enfin, à vous remercier pour votre fidélité dans les bons comme dans les mauvais jours. C'est en allant vers la mer que le fleuve reste fidèle à sa source, disait le poète. Je ne suis pas poète mais je vous dis : c'est en restant fidèle au *Nouveau Siècle* que vous serez fidèle à vous-même. Quoi de plus beau que la fidélité ! (Il croise mon regard, marque un autre temps de silence)... »

Il termine son speech en queue de poisson en nous souhaitant santé, prospérité pour l'année à venir.

Puis il s'en va féliciter certains pour la qualité de leurs articles, d'autres pour rien. De remerciements en congratulations, il échoue près du percolateur où je me tiens.

— On dirait que ça va mieux, le moral, depuis hier soir, Boulawane ?

— Ça ira encore mieux ce soir.

— Ce soir ? Pourquoi diable ? Vous allez vous coucher de bonne heure ?

— Je crois pas. Je vais à la messe de minuit.

Il s'esclaffe :

— À la messe de minuit. Vous avez été visité par la grâce en rentrant chez vous. Remarquez, moi aussi j'y vais. Par devoir. (Il avance sa lourde tête près de mon oreille.) J'avais promis à Odette de faire un saut chez elle après la messe. Je crains que ce ne soit impossible. Mon fils aîné a invité sa future belle-famille à réveillonner à la maison.

Morel passe avec sa bouteille de rouge. Duvernoy montre son gobelet vide. Morel refait le plein.

— À propos, votre papier sur la SPA, ça en est où ?

— Je m'en occupe.

Il me complimente pour être revenu à plus de pragmatisme. Je dévie la conversation.

— Vous êtes resté tard au New Morning ?

— Qu'est-ce que ça peut vous faire ? Occupez-vous de la SPA. J'ai besoin de l'article pour demain soir. Dernier carat.

Comme je bâille et rebâille de plus belle, il m'autorise à rentrer chez moi. Comme je le remercie, il se fend d'un sourire pincé, me souhaite un bon minuit chrétien.

6

21 heures.

En se remplissant, Saint-Roch bruit de chuchotis, de quintes de toux vite réprimées, de bruits de chaises raclées sur le sol en dalles de pierre. Après que les petites gens timides, les bonnes portugaises coiffées de fichus bariolés et quelques impotents ont garni les derniers bancs, les grosses cylindrées arrivent.

Philippine ne m'a pas menti. Il y a du beau linge. Je reconnais Ophélia, une chanteuse foudroyée par la révélation divine, il y a quelques années de cela. Elle en avait fait un tube, de cette révélation. Dieu l'a abandonnée depuis. On ne parle plus d'elle dans la presse pipeule que pour énumérer le nombre de ses dépressions, le nombre de ses amants, le nombre de ses fausses-couches. Je reconnais des athlètes qui se sont illustrés lors des derniers JO. Il y a aussi Stony, une actrice qui a fait les beaux jours des feuilletons télé pendant les années Giscard. Depuis elle n'est apparue que dans des spots de pub pour ménagères de plus de cinquante ans. Il y a d'autres acteurs dont je ne me rappelle plus les noms. Ils sévissaient dans des nanars au temps où le petit écran était en noir et blanc. Et puis, il y a un ancien présentateur du journal de La Cinq – version berlusconienne – qui n'espère plus qu'en l'intervention des extraterrestres pour se refaire une virginité télévisée. Tous se connaissent. Ils se saluent d'un léger mouvement de nuque avant de prendre leur place. Moi, je me suis calé à l'abri des regards, dans un recoin mal éclairé, près de la chapelle dite des Saints-Apôtres. Une petite chapelle que j'ai repérée en début d'après-midi lorsque je suis venu étudier la topographie exacte pour le festival impromptu qui va se jouer, ce soir. Pour ne rien laisser au hasard, j'ai tout noté sur un bloc-notes. Au fond de l'église qui, à vue d'œil, doit contenir au moins trois cents âmes, se trouve une porte au-dessus de laquelle est gravé : Sacristie. Je l'ai poussée, j'ai passé la tête afin de voir ce qu'il s'y tramait. Là, je suis tombé nez à nez avec le curé. Un homme tout en force. Il portait sa chasuble blanche brodée de fils d'or. J'ai d'abord remarqué ses mains. Des mains épaisses. À assommer un bœuf. Puis ses cheveux gris coupés en brosse. Puis ses yeux jaunes, tout petits, qui cadraient mal avec sa large face. Derrière lui, des gamins de tous âges, en aube blanche, chahutaient, de fort bonne humeur.

— C'est une annexe de l'église, ici, qu'il m'a apostrophé.

Je me suis excusé. Il est sorti de la sacristie, a ouvert les bras au plus large pour me montrer toute la splendeur de son église.

— Elle est belle, n'est-ce pas ?

J'ai acquiescé car elle n'est pas belle, elle est sublime, cette église. Il y a des sculptures, des dorures, des peintures dans de petites chapelles illuminées par des cierges projetant des lumières dansantes jaunes et bleues dans les travées. J'ai compté vingt-deux chapelles au total. C'est dire si on est loin de l'église plébéienne de mon quartier. Il était si bienveillant à mon égard qu'il m'avait proposé de le suivre au cœur de la nef. Là où se trouve la réplique grandeur nature de la crèche de la nativité. Tout pareil que devant la grande vitrine à jouets du Bazar de l'Hôtel de Ville, j'ai admiré Marie, un voile bleu sur la tête, serrant dans ses bras un bébé dans un lange. Son bébé. Un bébé tout rose, tout joufflu : Jésus. En retrait, Joseph regardait tout ça d'un œil perplexe. Au-dessus de la crèche : une croix de taille humaine. Sur cette croix, le même homme trente-trois ans plus tard.

— Qu'est-ce qui s'est passé entre ces deux tableaux pour qu'il finisse dans cet état-là ?

Le curé a souri. Il souriait en permanence. C'était comme un tic. Une grimace, quasiment. Je me suis encore excusé pour cette mauvaise blague qui m'avait échappé. Il a accepté mes excuses bien qu'il ne se soit pas senti offensé. Et enfin, il s'est présenté.

Il s'appelle André Robinson. Il est abbé et officie à Saint-Roch depuis vingt ans. Cette messe de minuit est sa dernière messe. Il a atteint l'âge de la retraite. L'épiscopat le rappelle à d'autres fonctions. Aimable formule pour dire qu'on va le remballer au magasin des accessoires.

— Avec l'aide de Dieu, je voudrais que cette messe de minuit restât marquée dans l'esprit des fidèles comme la plus belle des nuits de Noël.

Si tout se déroule comme je le souhaite, il y a de fortes chances que son vœu soit exaucé au-delà de son espérance.

— À quelle heure la messe ? que j'ai demandé.

Elle débuterait à 21 h 30.

— Serez-vous des nôtres ?

J'ai approuvé en rangeant discrètement mon bloc-notes dans ma poche. Il était l'heure pour lui de faire répéter sa chorale. Nous nous sommes séparés devant la chapelle des Saints-Apôtres. Cet endroit plongé dans la pénombre sera l'observatoire idéal pour voir sans être vu, ai-je pensé.

J'ai continué à visiter l'église afin que rien ne m'échappe. Derrière un confessionnal, une petite porte était entrebâillée. Je l'ai entrebâillée un peu plus. Elle donne sur le passage Saint-Roch, qui lui-même débouche sur la rue Saint-Honoré. J'ai mâché un chewing-gum. J'en ai fait une boulette. J'ai obstrué le trou de la serrure pour qu'on ne puisse plus la refermer. Puis les enfants de chœur sont sortis de la sacristie. Ils se sont groupés à droite du retable – les plus petits devant, les grands derrière. Ainsi formée, la chorale ressemblait à une grande vague blanche. Il y a eu quelques murmures, quelques sourires en coin, quelques fous rires qui trahissaient une certaine nervosité. L'abbé Robinson a levé les mains au ciel. Il y a eu, encore, quelques gloussements et le silence s'est fait. Les enfants de chœur ont entamé en canon :

« *Veilleurs, bénissez Dieu dans la nuit,*
Il vous donne sa paix
Veilleurs, bénissez Dieu, élevez les mains
Dans la nuit, bénissez sans fin... »

En sortant de l'église, j'ai repéré deux vigiles noirs comme ceux de Carrefour, d'Auchan, de Leclerc, de Franprix, de tous les supermarchés, de toutes les boîtes de nuit. Pourquoi les vigiles sont-ils tous noirs ? me suis-je interrogé à haute voix pour être entendu du plus Grand. Pourquoi les as-tu réduits à l'état de chiens de garde ? Éclaire-moi, toi l'omniscient ! *Wallou.* Pas un signe. Le Bon Dieu m'avait boudé, encore et toujours.

De retour au squat, j'ai fait un plan détaillé de Saint-Roch. Nous avons réglé nos montres à la seconde près. J'ai donné mes dernières instructions à Angélina.

— Tout le monde est prêt ? Gonflé à bloc ?

Angélina m'a garanti que tous ont répondu présent à l'appel. Tous et même plus. Des sans-papiers de Barbès, de Château-Rouge, de Belleville vont se mêler à ce qu'il convient d'appeler une coordination improvisée dont je me suis autoproclamé porte-parole. J'ai pris Angélina dans mes bras. Son cœur battait comme un tambour. Elle grelottait. C'était la peur. La peur que rien ne marche comme prévu. La peur que je jette ses frères et sœurs dans les mailles de la flicaille. La peur que ce Noël ne tourne au cauchemar.

— Pourquoi fais-tu ça, Boulawane ? Tu risques gros, toi aussi.

— Si j'ai pas le courage de donner un sens à ma vie, aujourd'hui, maintenant, tout de suite, je vais finir au banquet des Crapules. Je les entends déjà qui m'appellent. C'est égoïste, je sais, mais c'est ma façon de me sauver moi-même. Tu me dois rien parce que je t'aime. Tu vois, c'est toujours de l'égoïsme, que j'ai répondu.

J'avais assez parlé. Il était l'heure de passer à l'action.

21 h 15.

L'église est remplie aux trois quarts. J'ai la bouche sèche, les lèvres gercées, les mains glacées. J'ai froid. J'ai chaud. Je m'évente avec le programme de la soirée distribué à l'entrée par les deux cerbères noirs. Les grandes orgues étirent des notes de musique tristes comme de longs sanglots.

Et toujours pas de Duvernoy.

L'idée que tout capote me traverse l'esprit. Et si Philippine avait craqué au dernier moment dans un accès de furie. Et si son mari avait lui aussi, dans une crise de folie, préféré les effluves capiteux du parfum de la belle Odette à l'odeur d'éther et de pieds de Saint-Roch. Et si l'aîné des Duvernoy avait déclaré les oreillons, une otite, la chtouille... Et si le préfet avait été appelé en urgence... Un attentat, par exemple. Des automobiles en flammes dans une cité.

Paraît que ça arrive les soirs de Noël. Et si... et si ma tante avait des roues ça serait un autocar, tenté-je de me rassurer.

21 h 25.

L'église affiche complet maintenant. Dans cinq minutes, début des opérations.

Sûr que les Duvernoy ne vont plus venir. Ils ont dû s'écharper. À l'heure qu'il est, ils sont au commissariat de police à s'expliquer devant un condé pressé de rentrer chez lui pour taquiner la dinde aux marrons. J'arrête de supputer car je me perds en conjectures... Soudain : miracle. Philippine passe la porte. Elle est vêtue de noir. Elle a l'œil éteint, la mine affligée. Duvernoy la suit trois pas derrière. Il porte un costume gris sinistre. Philippine regarde devant, derrière, à droite, à gauche. À la recherche de qui ? De moi. Elle ne me voit pas. Duvernoy plonge la main dans l'eau du bénitier, se signe. Elle l'imite mécaniquement. Derrière eux, Duvernoy junior, facilement reconnaissable à sa crinière blonde et au regard de bigleux de son géniteur, tient la main de sa bien-aimée. Une toute jeune femme. Une jeune fille, devrais-je dire pour la décrire plus nettement. Une toute jeune fille, presque une enfant, qu'il a dû braconner à la sortie du lycée. Mignonne au demeurant. Un visage d'ange, des cheveux noirs de jais, aérienne, pleine de grâce comme la maman du grand garçon cloué sur la croix. Dans leurs ombres : son papa, le préfet. Je n'ai jamais vu de préfet de près, ni même de loin, mais si le petit renard des sables m'avait dit : « S'il te plaît, Boulawane, dessine-moi un préfet », je l'aurais crayonné tel qu'il est. Entre deux âges. Les tempes grisonnantes. Austère. Raide. Tout ça emballé dans un costume trois pièces anthracite. Au final, nous sommes tous les clichés de nous-mêmes, que je médite. Le préfet a une tête de préfet. Les sans-papiers, kif-kif, des têtes de sans-papiers.

Godasse a une tête d'arsouille. Odette, une tête de Clodette. Duvernoy, une tête bouffie de suffisance. Philippine, une tête de cocue respectable. Moi une tête de gentil Arabe. Et c'est bien tout mon problème... gentil.

Le préfet pique le doigt dans le bénitier, se signe, retrouve sa fille et le clan Duvernoy installés au premier rang.

Et madame la préfète ? Migraine ? Aux fourneaux ? Athée plus simplement ? Rien de tout ça. Elle est à la bourre. Elle rosit en entrant, se dégante, se hâte de se signer et gagne sa place parmi les siens. Je n'ai pas le temps de la mémoriser avec exactitude, mais à la va-vite elle a la légèreté, la grâce de sa fille.

21 h 30.

L'orgue vrombit. La porte de la sacristie s'ouvre. Tous se lèvent. L'abbé Robinson sort le premier. Il marche lentement, les mains jointes sur la poitrine, l'œil rivé sur la crèche. Deux moinillons le suivent du même pas. D'où je suis, on dirait des jumeaux. L'ambiance est au recueillement. On n'entend plus que le souffle voilé d'un bronchiteux au dernier rang. Les deux jeunes prêtres se tiennent à gauche de l'autel, prêts à servir la messe. Les enfants de chœur apparaissent. Ils vont trois par trois, empruntent la travée centrale, s'alignent sur quatre rangs à la droite de l'autel. Comme pour la répétition.

L'abbé Robinson incline la tête en guise de remerciement et tous s'assoient. Les vigiles ferment les portes. Un moinillon place un micro sur pied devant l'autel. L'autre installe un pupitre sur lequel il plaque un cahier, qu'il ouvre à la première page.

Après un long silence, la voix de l'abbé Robinson s'élève, profonde, solennelle.

— Mes bien chères sœurs. Mes bien chers frères. Je suis heureux, ô combien heureux de voir qu'une fois de plus votre église, notre église accueille chaque année toujours plus de fidèles. Avant de célébrer cette messe, je vous adresse à tous mes vœux de joie, de bonheur, de paix.

Amen, répondons-nous en écho.

Les enfants de chœur poussent le premier chant.

« Pour sauver le genre humain, l'arracher du péché,
Ramener au Seigneur ses enfants égarés... »

L'assemblée reprend à l'unisson...

« Noël, Noël, Noël, Noël...
Jésus est né, chantons Noël. »

Moi, qui suis entièrement inculte en la matière, je me contente d'un play-back en léger différé.

L'abbé Robinson ajuste le micro au plus près de sa bouche pour remercier une fois de plus ses ouailles. Puis, la voix submergée d'émotion, il déclare que c'est la dernière année qu'il officie.

— Excepté le royaume des cieux, tout a une fin. Place aux jeunes qui sont l'avenir. Notre avenir.

Amen.

21 h 40.

L'abbé Robinson annonce qu'il va lire le chapitre deux, versets un à vingt de l'Évangile selon Luc. Certains prennent leur missel pour suivre la lecture, d'autres se contentent d'écouter, l'air pénétré. Il est question de Joseph parti de la ville de Nazareth pour aller à Bethléem où est né le roi David parce qu'il était lui-même descendant du roi David. Il alla s'y faire inscrire avec Marie, sa fiancée. Elle attendait un enfant et, pendant qu'ils étaient à Bethléem, le jour arriva où son bébé devait naître. Elle mit au monde un fils, son premier-né. Elle l'enveloppa de langes et le coucha dans une crèche parce qu'il n'y avait pas de place pour eux dans la maison où logeaient les voyageurs. Dans cette même région, il y avait des bergers qui passaient la nuit dans les champs pour garder leur troupeau. Un ange du Seigneur leur apparut. Ils eurent alors très peur. Mais l'ange leur dit : « N'ayez pas peur, car je vous apporte une bonne nouvelle qui réjouira tout le peuple : cette nuit est né votre Sauveur, c'est le Christ, le Seigneur. Et voici le signe qui vous le fera reconnaître : vous trouverez un bébé enveloppé de langes et couché dans une crèche. »

Tout à coup, il y eut avec l'ange une troupe d'anges du ciel qui louait Dieu en disant : « Gloire à Dieu au plus haut des cieux et sur la terre paix à ceux que Dieu aime. »

Duvernoy montre déjà des signes d'impatience. Il lorgne sur sa montre, se retourne sans cesse, opine d'un léger mouvement de tête lorsqu'il accroche un regard qui lui est familier. Le préfet, lui, se tient épaules dégagées, nuque droite, menton relevé. On dirait qu'il a avalé un cintre. Et moi, dans mon recoin je frissonne de partout. J'ai des chandelles de sueur qui dégoulinent de mes tempes et qui se meurent sous mon col de chemise.

21 h 47.

Les enfants de chœur chantent une ode à la gloire de Marie reprise par tous les fidèles.

21 h 50.

L'abbé Robinson entame son sermon. De plus en plus grave. De plus en plus triste.

— L'ange dit aux bergers : « N'ayez pas peur car je vous apporte une bonne nouvelle qui réjouira tout le peuple... » Nous, chères sœurs, chers frères, de quoi avons-nous peur ?

On est soudain loin de Bethléem et du petit Jésus dans sa crèche. On est rendu à des préoccupations plus terre à terre. Plus matérielles. Plus humaines finalement. L'abbé Robinson désigne d'un mouvement ample l'assistance. Son index s'attarde, un bref instant, sur Ophélia. J'entends dans mon dos une vieille dame en chapeau à voilette chuinter à une plus vieille encore qu'elle a lu dans la presse à scandales qu'Ophélia n'a aucune générosité, qu'elle n'a jamais participé aux Restos du Cœur, pas plus qu'aux soirées de luttes contre le sida.

— Pour le sida, je la comprends, et je l'approuve, répond la plus vieille.

On entend des chut ! Elles la mettent en veilleuse.

L'abbé Robinson poursuit :

— De quoi avons-nous peur ? Les bergers dans la nuit de Bethléem craignaient Dieu car ils adoraient Dieu. Aujourd'hui, nous ne le craignons plus. Nous avons peur d'autre chose. Nous avons peur de perdre notre niveau de vie, peur que nos enfants ne soient pas les premiers, peur de ne pas être aimés. Nous avons peur de la maladie, peur de vivre, peur de mourir. À la vérité, nous nous replions sur nous-mêmes. Nous devenons indifférents aux cris des plus faibles. Nous sommes, malgré les richesses qui abondent, comme des vagabonds. Nous engloutissons comme des bêtes jamais repues les bienfaits que nous offre ce monde sans repères. Il est temps de nous tourner vers Notre Seigneur avant que les phénix des supermarchés qui réclament le sacrifice de nos vies sur l'autel de la consommation ne nous précipitent au royaume des ténèbres. Il est grand temps de nous ressaisir, de retrouver le chemin du Christ. Il est temps d'écouter cette voix qui nous dit : « En cette nuit de Noël, notre Sauveur est né. » Mes bien chers frères, mes bien chères sœurs, il est temps...

22 heures.

Mon cœur doit taper les cent quatre-vingts pulsations. J'ai des nausées. Mes jambes flagellent. Je suis inondé de suée de la tête aux pieds.

22 h 01.

Il est l'heure d'en avoir. Je parle de celles en nombre pair dans mon caleçon. J'inspire. J'expire un grand coup. Je sors de l'ombre. J'emprunte la travée principale. Un pas. Personne ne me remarque. Dix pas. On se retourne sur moi. Vingt pas. J'entends qu'on chuchote : « Qui c'est celui-là ? » Tous les regards convergent sur moi. Je suis devant l'autel. À côté de l'abbé Robinson qui interrompt son sermon. Il est interdit. Au premier rang, Duvernoy est cramoisi. Au bord de l'apoplexie. Philippine ouvre grands ses lampions. Ébahie, elle aussi. Elle me sourit d'admiration. Un grondement monte des derniers rangs. Les fidèles se lèvent pour voir le zouave qui sabote leur *Minuit chrétien*. Dans un élan protecteur, le préfet arrache sa fille des mains de Duvernoy junior pour la prendre dans ses bras. Un des deux moinillons gémit :

— Jésus, Marie, Joseph, pourvu que ce ne soit pas un coup d'Al-Qaïda.

La garde noire accourt pour me maîtriser. L'abbé Robinson les arrête avant qu'ils ne me mettent la main au collet.

— Je vous reconnais, vous. Que nous voulez-vous ? qu'il me demande sur un ton qui n'a rien de fraternel.

— Je veux parler à vos cœurs.

— Dites ce que vous avez à dire et regagnez votre place ou sortez.

Je me poste derrière le micro, m'excuse pour le dérangement que j'occasionne, décline mon identité, puis je me lance :

— Voilà ce qui m'amène ce soir. Je suis journaliste. Pas un grand reporter. Je débute dans la carrière. J'en sais pas plus que vous sur les guerres, les catastrophes naturelles, les épidémies. Je sais juste ce qui se passe à l'autre bout de ma rue. C'est pas loin... quelques stations de métro d'ici. Mon rédacteur en chef m'a demandé de rédiger un article sur la SPA. Je ne le ferai pas. Je ne le ferai pas parce que je ne saurai pas parler des chiens et des chats quand aujourd'hui, à Paris, il y a des familles qui vivent moins bien que des chiens et des chats.

Duvernoy est groggy. Il chancelle, se rassoit, se prenant la tête à deux mains. Je me décale d'un pas pour me coincer le regard du préfet.

— C'est à vous que je veux m'adresser, monsieur le Préfet. Je voudrais que vous receviez mes bien chers frères, mes bien chères sœurs. Après, vous jugerez de ce qu'il convient de faire pour eux.

Le préfet jette un regard inquiet derrière lui et soupire, rassuré. Non, il n'y a pas de légions barbares qui vont l'alpaguer et lui couper le kiki. Alors, il rend sa fille à Duvernoy junior, s'avance jusqu'à moi poings sur les hanches. De près, il m'impressionne moins que lorsqu'il était à distance.

— Prendre toute une église en otage, ça va vous coûter le maximum, monsieur Boulawane.

Je vide mes poches sur l'autel. Deux euros. Un trousseau de clés. Un ticket de métro. C'est tout.

— Voyez, je n'ai rien d'un terroriste. Mais je ne partirai pas d'ici avant que vous les ayez écoutés.

L'abbé Robinson dépassé par l'événement bredouille :

— De qui parlez-vous ? On ne vous comprend pas.

Je me précipite à la petite porte, près du confessionnal. J'ouvre.

22 h 05.

Angélina paraît dans un halo de lumière pâle. Puis, ce sont les Voices of Tanger Street qui apparaissent en blouses mauves. Ils sont intimidés par les regards hostiles braqués sur eux. Suit une armée de mamas africaines avec leurs marmots ligotés dans le dos. Les papas en boubous arrivent en retrait, puis des Arabes, des Turcs, un Chinois... Chacun trimballe dans des sacs en plastique ses papiers, son histoire, sa mémoire. Le préfet s'étrangle :

— Qu'est-ce que c'est que cette mascarade ?

— Ils sont venus pour vous exposer leurs problèmes. Nous ne partirons pas tant que vous ne les aurez pas entendus, monsieur le Préfet.

Il réalise qu'il est démasqué. Hormis la famille Duvernoy, personne n'était censé connaître sa venue à Saint-Roch. Il se tourne vers Duvernoy qui se tasse un peu plus sur son banc. Les fidèles excités mais curieux s'approchent par grappes de l'autel autour duquel se sont regroupés les sans-papiers. C'est la consternation. La messe de minuit, leur messe de minuit est gâchée par la faute d'une horde de bicots et de négros sans foi ni loi.

— C'est Saint-Roch. Notre patron. Le patron des pestiférés qui nous les envoie en ce soir de Noël. N'ayez pas peur. Nous devons accueillir ces pauvres gens comme s'ils étaient nos frères et nos sœurs. N'ayez pas peur, mes amis. Ils sont un signe du Seigneur, se réjouit l'abbé Robinson.

Une voix anonyme venue du fond de l'église hurle :

— Foutez ces mécréants à la rue.

En écho la vieille femme liseuse de presse à ragots répond :

— Pourquoi ils n'envahissent pas leurs mosquées ? Pourquoi nous ? La nuit de Noël, en plus. C'est un sacrilège.

Une autre voix anonyme s'écrie :

— Que fait la police !

Les mamas se sont assises en tailleur devant la crèche. Leurs braillards courent, dans les travées, sautent sur les bancs, jouent à cache-cache dans les chapelles et les confessionnaux. Les Voices of Tanger Street discutent, comparent leurs répertoires musicaux avec leurs confrères enfants de chœur. Les deux moinillons ne savent plus où donner de la tête. Ils trottent menu d'un bout à l'autre de l'église pour informer de l'évolution de la situation les impotents, les ventripotents, les aveugles restés à leur place.

Angélina veut prendre la parole mais aucun son ne sort de sa bouche. C'est la peur qui la tenaille. Le préfet ne décolère pas. On lui a tendu un traquenard. Il n'apprécie pas. Il le fait savoir à Duvernoy qui ne sait bafouiller que : « Vous me le paierez, Boulawane. Vous me le paierez, Boulawane. »

Nous voilà encerclés par une centaine de fidèles réclamant notre expulsion sans délai. Comme je l'avais prévu : c'est le foutoir intégral. Philippine me fait un clin d'œil. Je lis dans son regard de la complicité. Je cligne des deux yeux en retour. Au final, j'ai beaucoup d'estime, de respect pour elle. Si je n'étais pas né du néant et ballotté de ruisseau en caniveau, j'aurais aimé faire un bout de chemin avec cette dame. Elle m'aurait appris les bonnes manières, en échange, je l'aurais encanaillée. On aurait fait une belle paire tous les deux.

22 heures 26.

L'ancien présentateur de La Cinq vient rappeler au préfet qu'on a vu pareille affaire à Saint-Bernard en 1996. Il y était. Trois cents Africains avaient trouvé refuge dans l'église. Ils avaient entamé une grève de la faim, interrompue par les CRS deux mois plus tard. Ophélia a tendu l'oreille. Elle demande si ce n'était pas à cette occasion qu'Emmanuelle Béart avait partagé la détresse de ces va-nu-pieds.

— Exactement. Ça lui avait fait une belle pub à l'époque.

Aussitôt, elle s'en va s'installer au milieu des Africaines. Elle saisit un des petits enfants dans ses bras, prend des poses de souffrance en attendant l'arrivée d'hypothétiques photographes. Le préfet est submergé. Par ici, on le somme de rétablir l'ordre, par là les sans-papiers tendent leurs dossiers. Sa fille vient à ma rencontre pour me dire qu'elle trouve la situation follement exaltante. Enfin un Noël qui ne sent pas le caramel, qu'elle s'excite. Elle m'en remercierait presque. Duvernoy junior pointe le museau. Il s'imagine que je la charme, sa dulcinée. Il la tire par la manche pour qu'elle regagne sa place sur le banc. Elle résiste. Il insiste. Elle lui flanque une baffe. Duvernoy junior se tient la joue en feu.

— Camille, t'es une salope.

C'est tout ce qu'il trouve à dire.

— Et toi une couille molle, qu'elle réplique du tac au tac comme on dit à la Française des Jeux.

Il y a du règlement de comptes dans l'air. Camille me prend à témoin.

— Ça fait deux mois qu'on est ensemble. On n'a pas baisé une seule fois. Il veut me préserver pour le mariage. Pauvre garçon.

Duvernoy junior vacille :

— Tu n'es plus vierge ?

— Mon pauvre garçon...

Duvernoy junior blêmit. Il arme son poing pour cogner sur sa promise. Le papa préfet s'interpose avant qu'il ne commette l'irréparable. Duvernoy junior tout honteux repart à sa place. Le préfet me fusille du regard.

— Vous êtes content de votre provocation ?

— Je jubile, monsieur le Préfet. Je jubile.

— Profitez-en bien parce que ça va vous coûter un maximum.

— Papa, c'est formidable ce qui arrive. Tu ne voulais pas venir à la messe parce que tu avais peur de t'ennuyer. Tu vois, grâce à M. Boulawane, tu ne t'ennuies pas. Elle est là, la vie. C'est ça le show !

Madame la préfète s'est avancée, penaude, son petit sac à main plaqué sur sa poitrine. Elle craint pour les siens... tous ces métèques... Elle n'imaginait pas que ce fût possible... Enfin, il ne faut pas que je le prenne mal mais... Elle n'imaginait pas que sa France soit dégradée à ce point-là... Je la laisse à ses désillusions. Duvernoy le père, cette fois, continue de me maudire. Il paraphrase un dicton qu'il accommode à sa sauce : « Fais du bien à l'arbi, sur toi il fera pipi. »

Je lui renvoie un doigt d'honneur. Il jure que demain matin, à l'heure où blanchit la campagne, j'irai pointer à l'Agence nationale pour l'emploi. Il jure, encore, que plus jamais la discrimination positive il n'effectuera. Cette fois, je tends la main en signe d'approbation. Il la repousse sèchement.

Après une brève accalmie, le préfet est de nouveau sur la brèche. Les sans-papiers ont formé un cercle autour de lui et le harcèlent.

— Envoyez vos dossiers à la préfecture, je vous promets d'y prêter une attention toute particulière.

— Nous ne sommes pas des dossiers mais des êtres humains. Écoutez-moi, j'en ai pour deux minutes, dit l'un d'eux, un Noir tout flétri.

Il s'appelle N'Gom. Sur ses papiers il a cinquante-cinq ans. Il tire de la poche de son boubou une médaille en cuivre patinée. C'est celle de son père. Il faisait partie des milliers de tirailleurs sénégalais. Cette médaille de guerre, il l'a gagnée à Monte Cassino contre les Allemands en 1944. C'est de Gaulle, en personne, qui la lui a remise. Son grand-père a fait la Grande Guerre. Pas de médaille pour lui. Il est crevé au chemin des Dames, toujours contre ces mêmes Allemands. Et lui, N'Gom, ne veut rien d'autre que le droit de rester en France avec des vrais papiers. Ça fait trois ans qu'on le ballotte de bureau en bureau. Il n'en peut plus de la clandestinité. Il sort de son sac en plastique des papiers qu'on lui a renvoyés.

— S'il vous plaît. Aidez-moi.

Un autre Africain, très jeune celui-là, vit un autre drame. On l'a fait venir du Mali pour jouer dans l'équipe de foot d'une multinationale. En échange de quoi on lui avait promis des papiers. Il s'est fracturé la cheville dès le premier match. Deux mois d'hôpital. Il ne s'en est jamais remis. Il a été congédié comme un malpropre. Depuis, il se perd dans les rues de Paris comme un chien sans collier. Un autre se dit Tutsi du Rwanda. Il s'est réfugié en France après le génocide de son peuple. Il a demandé l'asile politique. À la préfecture, on lui a répondu : centre de rétention. Expulsion. Un autre a échoué en France à cause de la famine qui ravage son pays. Elle a d'ailleurs toujours ravagé son pays, la famine... Un autre dont le visage émacié est mangé de barbe blanche a épinglé sur sa poitrine une photographie jaunie.

— Regarde toubab. Regarde.

Il bombe son torse famélique.

— C'est mon ancêtre sur les photos. Tu vois, il est dans une cage. Une cage dans un zoo humain. Il est mort en captivité au Jardin d'acclimatation. Au nom de tous nos ancêtres morts en captivité dans des zoos humains, je demande à l'homme blanc notre régularisation.

Un autre, un autre... des autres.

Le préfet n'en peut plus de ces doléances. Il dénoue sa cravate, repousse tous les dossiers qu'on lui fiche sous le nez.

— Dites à vos amis que je ne peux rien pour eux. Rien ! Rien ! Rien !

Il se plante devant le micro, hurle : « Rien ! Rien ! Rien ! »

Je hurle plus fort :

— Il va falloir pourtant !

— Des menaces, monsieur Boulawane ?

— Non. Un conseil, monsieur le Préfet.

Philippine a définitivement pris mon parti. Tout ce barouf l'exalte follement. Elle me susurre qu'elle a le sentiment de se trouver au cœur de quelque chose de divin et de révolutionnaire à la fois. Elle me susurre aussi qu'elle a des sentiments pour moi, que je vaux bien mieux qu'Oskar, que son offre de remettre le couvert tient toujours. Je lui caline la joue en guise d'affection. Duvernoy junior et son père sont déconfits sur leur banc. L'abbé Robinson est aux anges. Sa dernière messe est par ma volonté l'événement de l'année.

23 h 17.

Le préfet s'est replié sous la protection des deux vigiles dans la sacristie. Puis il a envoyé l'abbé Robinson me chercher. L'un des deux moinillons – le moins jumeau des deux – sert du café, des biscuits secs, des dattes. Le préfet ordonne aux vigiles d'interdire l'accès de la sacristie à qui que ce soit.

— J'espère que vous mesurez la gravité de la situation, monsieur Boulawane, qu'il me sermonne.

— Je mesure, je mesure...

À l'entendre, je vais terminer la nuit de la Nativité les bracelets aux poignets, être jeté dans un cachot en attendant d'être jugé pour occupation illégale d'un lieu de culte en bande organisée.

— Si ça peut faire avancer leur cause, je vous offre mes poignets tout de suite.

— Vous ne ferez pas avancer leur cause. J'ai appelé la police. Elle ne va pas tarder.

L'abbé Robinson confirme que le préfet a sonné les flics de son portable juste avant qu'il ne me fasse demander. Ça l'agace, mon sourire en coin. Il répète que je ne réalise pas dans quelle mélasse je me suis embourbé. Je répète que je réalise fort bien, que tout ça, je l'ai finement réfléchi, que la seule chose à laquelle je n'ai pas pensé, c'est la fin de cette histoire, car elle dépend de lui.

Je m'assois à califourchon sur une chaise. Il est face à moi.

— Voyez-vous monsieur, j'aurais pu rester à la maison, m'acheter un petit sapin de Noël, une boîte de foie gras et finir la soirée les pieds sur la table à mater les filles du Crazy Horse à la télé. Oui, j'aurais pu m'en foutre, attendre que cette comédie de Noël passe. Mais je sais pas m'en foutre. De ce point de vue, j'ai été très mal éduqué. Faut toujours que je me mêle de ce qui me regarde pas. Il est, à ma montre, 23 h 31...

— Je me fiche de vos états d'âme. Moi aussi, j'aurais pu rester chez moi. Moi aussi, j'aurais pu m'en fiche. Je déteste les messes. Ce sont les Duvernoy et ma fille qui m'ont supplié de les accompagner. Je n'aurais pas dû céder. Il ne faut jamais céder.

Il croque dans un gâteau sec, boit une gorgée de café qu'il trouve infecte. Je lui montre du doigt la porte, lui raconte que derrière cette porte, loin des ors, des enluminures de cette église, au service de pneumologie de l'hôpital Lariboisière, il y a le petit Abou qui se crève de la tuberculose dans un lit en fer-blanc. Son papa va être charterisé parce qu'on a trouvé de la drogue à son domicile. Je ne trouve pas ça convenable de vivre de rapine, de deal, de trafic mais quand on n'a pas de travail, qu'on est sans-papiers, qu'on a une épouse, un enfant à nourrir... La faim justifie parfois les moyens.

— S'il n'y avait qu'un papa dans ce cas-là, je ne serais pas là à vous ternir la fête mais ils sont des dizaines et des dizaines. Vous le savez bien. Et puis, il y a Angélina. Un petit oiseau migrateur dont je suis tombé dingue d'amour. Clando, elle aussi. Un cœur plus gros que le chœur de Saint-Roch... et il y a tous ces enfants. Eux sont français. Ils n'ont connu que les squats, la violence, les descentes de police. Si on ne fait rien pour eux, vous les retrouverez dans quelques années dans les rubriques faits-divers. Voilà pourquoi ce soir, j'ai pas envie de regarder les filles du Crazy Horse à la télé, monsieur le Préfet.

— Vous êtes plus dangereux que les autres parce que vous êtes un utopiste, Boulawane. Vous croyez que la vie c'est un roman. La vie n'est pas un roman, Boulawane. La vie est un pot de merde. Je ne suis pas responsable de ces gens qui se faufilent à travers nos frontières comme des rats. Je trouve que nous sommes trop bons avec eux. Ils en usent. Ils en abusent. Ce n'est pas être raciste que de dire cela.

— C'est quoi, alors ?

— C'est être lucide. Lucide et patriote.

La porte s'entrouvre. La préfète entre tout émoustillée. Elle dit à son mari que l'ancien présentateur de La Cinq a rameuté les télévisions, les radios, que tout ce beau monde ne va pas tarder à rappliquer. Le préfet se frotte les mains. Depuis trois ans qu'il est en fonction, la presse ne s'est jamais intéressée à lui. Pas une ligne dans les journaux. Pas un mot à la radio. Pourtant le taux de criminalité a baissé de deux points depuis qu'il a été promu à Paris. L'occupation de Saint-Roch lui fournit une chance inespérée de se faire mousser auprès de son ministère de tutelle. Des rêves insensés se télescopent alors dans sa tête. Il se voit secrétaire d'État à la Démolition des logements insalubres. Ministre des Expulsions. Président d'une compagnie de charters. Il a trouvé un slogan : « Bon voyage sans retour. » Maintenant, il est calife à la place du calife au ministère de l'Intérieur.

La préfète tente de le ramener à plus de réalisme.

— Qu'est-ce que tu comptes faire, chéri ?

Dès que la police sera là, il compte être en première ligne pour ficher dehors ces envahisseurs et montrer devant les caméras que, grâce à lui, l'ordre républicain règne dans la capitale en cette nuit sacrée.

— Tu n'as rien compris, chéri. Rien de rien.

Dans les sondages d'opinion, la personnalité préférée des Français n'est pas le ministre de la police mais Noah, Zidane, l'abbé Pierre, sœur Emmanuelle, des gens de cœur. L'abbé Robinson se souvient qu'il avait bien connu son confrère Pierre. C'était l'hiver 54. Une histoire de paria, déjà.

Le préfet n'en démord pas. Il est là pour rétablir la sécurité des biens et des personnes. Pas question qu'il manque à sa tâche.

Les douze coups de minuit sonnent. On entend l'orgue jouer l'introduction d'une chanson que nous connaissons tous. L'abbé Robinson et son moinillon quittent la sacristie. Nous les suivons. Les enfants sont sous la nef. Aubes blanches et aubes mauves se sont mélangées. Ils ne font qu'une chorale. Angélina est la chef. Et tous les fidèles les entourent. Et tous les fidèles reprennent dans un même élan de ferveur :

« *Il est né le divin Enfant,*
Jouez hautbois, résonnez musettes !
Il est né le divin Enfant
Chantons tous son avènement ! »

Duvernoy père et fils le regard tendu vers le Christ se contentent de remuer les lèvres. Ophélia presse toujours dans ses bras son petit Nègre en chantant haut et faux :

« *Le Sauveur que le monde attend*
Pour tout homme est la vraie lumière
Le Sauveur que le monde attend
Est clarté pour tous les vivants. »

L'abbé Robinson et ses deux moinillons sont main dans la main. Ils chialent. Pas de la larmichette de faux-derche. Non, de la bonne larme lourde d'émotion. Le préfet insensible à cette démonstration d'amour, de fraternité guette, impatient, l'arrivée de la police en se rafraîchissant le visage avec l'eau du bénitier.

Les enfants se taisent. Angélina se tourne face à nous. Elle est seule en piste désormais. Sa voix de blues woman perfore nos cœurs.

« *Depuis plus de quatre mille ans*
Nous le promettaient les prophètes
Depuis plus de quatre mille ans
Nous attendions cet heureux temps. »

Elle est star, Angélina. Une étoile qui brille au firmament des mondes infinis. Elle côtoie les anges, les elfes, les djinns. Elle parle à Dieu. J'ai envie de l'étreindre, lui dire tout mon amour mais je ne le peux pas. Elle m'impressionne.

Soudain, ils entrent. Matraques d'une main, boucliers de l'autre. Les tout-petits paniquent. Ils se carapatent dans tous les sens pour se réfugier sous les boubous de leurs mamans. Duvernoy père s'affole, lui aussi. Il se planque dans mon dos, implore :

— S'il vous arrive des bricoles, je vous en prie, ne dites pas que vous me connaissez. Je risquerais d'avoir des problèmes avec mes actionnaires.

Je ne réponds rien. J'avance vers la meute de bleus. Le préfet me montre du doigt à une fliquette en civil. Elle est rousse... un roux qui ne m'est pas inconnu. Son visage est piqué de taches de rousseur... des taches de rousseur qui ne me sont pas étrangères. Elle a des yeux vert olive. Deux grands yeux vert olive. Un nez retroussé que je n'ai jamais oublié. Si la foi chrétienne m'avait foudroyé là, à l'instant, j'aurais fumé tous les cierges de Saint-Roch. Elle est restée telle que je l'avais laissée. Belle. Flicardement belle. Elle devance sa meute de bleus qui tambourine sur les boucliers à coups de matraque. Ça pleure. Ça crie. Ça fuit dans la sacristie. Le préfet exige qu'elle donne la charge, qu'on en finisse avec cette plèbe squatteuse. Muguette Javert ne l'entend pas ainsi. Ou plutôt, elle ne l'entend pas du tout. Elle me détaille, le regard plissé. Elle fouille sa mémoire. Je lui offre mon plus beau sourire. Je me recadre.

— Bon sang mais c'est bien sûr ! Omar Boulawane de Bel-Avenir.

Elle se déride. Elle sourit, m'ouvre grands ses bras. Nous nous serrons très fort comme deux vieux amants retrouvés. L'émotion l'étreint. On ne trouve rien de mieux à se dire que le monde est bien petit, qu'il n'y a que les montagnes... qu'on n'échappe pas à son destin. Je l'avais laissée bébé-fliquette, bien des années plus tard je la retrouve chef-fliquette à la tête d'une meute de bleus. Elle m'avait laissé Arabe à Bel-Avenir, bien des années plus tard elle me retrouve toujours Arabe à la tête d'une horde de sans-papiers. On se fait des mamours. On se prend par la main. On se fait des amabilités. On se projette dans le passé avant d'envisager le futur très proche. Elle n'a pas d'enfant, Muguette. Elle n'a pas eu le temps d'en faire. Son horloge biologique lui dit que ça presse. Suffit de trouver le bon poulet pour la couver mais par ces temps de grippe aviaire l'envie de se reproduire lui fait défaut, qu'elle plaisante.

— Et toi ? Une femme ? Des enfants ?

Je lui montre Angélina entourée d'enfants. Pour une Noire, elle la trouve plutôt jolie. C'est tout ce qu'elle trouve à dire pour la définir. Les CRS piaffent d'impatience, frappent de plus en plus fort sur leurs boucliers. On ne s'entend plus. Muguette leur fait signe d'arrêter de cogner. Le préfet s'emporte. Il mouline avec ses bras. Il la somme d'envoyer sa patrouille au charbon.

— Donnez-moi cinq minutes. Omar et moi c'est un beau souvenir. Presque une belle histoire. Ça fait si longtemps.

Le préfet la menace de sanctions si elle ne lui obéit pas... ses aboiements habituels, quoi. On fait quelques pas au milieu des ouailles et de la flicaille qui nous dévisagent sidérés, consternés, ahuris. Je lui présente Angélina qu'elle salue deux doigts sur la tempe comme pour un contrôle d'identité. On se pose sur un prie-dieu. On se regarde les yeux au fond des yeux. Je détaille ses petites ridules au coin des yeux, son petit nez retroussé, ses milliers de taches de rousseur sur les pommettes, son front, ses mains. Malgré les ans, cette gniace me trouble toujours. Elle me dissèque pareillement.

— Quel beau gâchis, que je soupire. Dire qu'on va peut-être se cogner dessus.

— Quelle idée de te mettre toujours du côté des plus faibles. T'as pas mieux à faire ? Fais ta vie. Intègre-toi. Deviens un vrai Français.

— Je suis français.

— Un vrai Français, normal, je veux dire. Rase ta moustache. Rase les murs. Teins-toi en roux comme moi. Change de nom. Fais-toi appeler Arthur. Ça t'irait bien, Arthur. Personne n'y croirait mais au moins, on dirait : il fait des efforts pour s'intégrer. Au lieu de ça, tu persistes à t'appeler Omar et tu occupes une église à Noël avec des sans-papiers. Même les gauchistes ne font plus ça.

Elle décroche une paire de menottes, la fait tintinnabuler sous mon nez.

— Ça ne me ferait pas plaisir de te les passer. Pourtant je le ferai sans hésiter. Rends-toi à la raison, ton combat est perdu.

— Tant qu'une bataille n'est pas livrée, elle n'est pas perdue.

Une connerie que j'ai entendue à la télé... De Gaulle, peut-être bien. À moins que ce soit Napoléon ou Staline.

24 h 39.

Le préfet la rappelle une dernière fois à ses devoirs. Cette fois-ci, Muguette obtempère. Elle va donner ordre qu'on nous expulse proprement, me promet-elle. Mais elle ne garantit rien. Pour tout dire, elle préférerait que nous déguerpissions de notre plein gré.

— On ne partira pas avant que le préfet nous...

Elle grogne que j'ai trois minutes pour gicler avec mes miséreux.

— Je ne pars pas.

— C'est ton dernier mot ?

— C'est mon dernier mot, Muguette. Au revoir.

Elle me fait une ultime bise, s'en va rejoindre sa meute de bleus.

24 h 45.

Les premières caméras se bousculent aux portes de Saint-Roch. L'ancien présentateur de La Cinq guide ses confrères. Les reporters radio interviewent, tour à tour, sans-papiers, fidèles, l'abbé Robinson et même les deux moinillons. La préfète et sa fille Camille attirent le préfet à l'écart de l'agitation fébrile. Ils conversent à voix basse. Le préfet fait non de la tête, non de la main. Franchement non. Plus ils complotent, plus le non se fait moins net. Après vingt minutes de discussion, le préfet opine du bonnet pour dire oui et non. Puis il acquiesce mollement. Camille vient, alors, me trouver pour me proposer un marché. Son père était un honnête fonctionnaire sans envergure à l'esprit étriqué, qu'elle admet d'entrée de jeu. Toutes ces radios et télés sont une chance de le tirer de l'anonymat. Pour se distinguer auprès de son ministre, il veut sonner la charge. Sa mère et elle l'ont convaincu du contraire. À savoir :

— On est à l'heure des coups médiatiques. Lâcher les fauves un soir de Noël sur des femmes et des enfants sans défense : bonjour l'étiquette de facho. Mon père n'est pas facho.

Je fais une moue dubitative.

— Réac mais pas facho. Ma mère et moi nous voudrions qu'il apparaisse comme un homme d'ouverture, de dialogue, de compromis... pourquoi pas de paix. Nous sommes certaines qu'au ministère, on appréciera d'agir comme ça plutôt qu'un énième remake de L'Homme blanc contre le reste du monde. Pour ça, il voudrait négocier avec vous.

— Qu'est-ce qu'il veut négocier ?

— Votre reddition. En échange, il promet de s'occuper personnellement des dossiers laissés en souffrance.

— Votre papa me prend pour le crétin des Alpes. Je veux un engagement signé de sa main. (Je me ravise aussitôt.) Non, je préfère qu'il donne sa parole d'homme devant les caméras et les radios.

Camille retourne dans le giron de son paternel. Ils discutent encore et encore. Le préfet fait non de la main en me jetant des regards assassins. Camille trépigne. Elle fait des moulinets avec ses bras comme son papa. La préfète montre la foule qui petit à petit se prend d'empathie pour les sans-papiers. Il dodeline de la tête. Camille se tourne vers moi, lève le pouce.

25 h 07.

Les caméras filment Ophélia assise au milieu des Africaines. Son petit Nègre lui file des bras. Elle en saisit un autre. Le premier qui passe à sa portée. L'enfant se débat. Ophélia l'empoigne par une jambe, l'exhibe à l'œil de verre de la caméra.

— Regardez ce petit garçon. Il est né en France. Il est français comme vous et comme moi. Tant que ses parents ne seront pas régularisés, je ne quitterai pas l'église. Nous sommes tous frères et sœurs, tous enfants de Jésus. Je suis croyante. Dieu m'a donné la foi, qu'elle rappelle au cas où on aurait oublié sa ritournelle.

Elle rend le marmot en pisse et en pleurs à sa maman pour poser devant la crèche avec et sans boubou. Avec et sans turban. Avec et sans moinillon. C'est selon les desiderata des photographes. L'ancien présentateur de La Cinq attire l'attention des caméras sur moi. Deux, trois, cinq micros se braquent sous mon nez.

On me questionne :

— Pourquoi avoir sévi ce soir de Noël ?

— Si j'avais monté l'affaire le 15 août, seriez-vous là ?

— Ne craignez-vous pas que cette prise d'otages soit mal perçue de l'opinion publique ?

— Je ne retiens personne. Les portes de l'église sont grandes ouvertes. C'est au préfet qu'on voulait parler.

— Quelle a été sa réponse ?

Je pointe Muguette Javert et sa meute de bleus.

— Qui êtes-vous ? Pour qui roulez-vous ?

— Je suis un dangereux utopiste et je ne roule que pour eux. Puisque vous êtes là, j'aimerais que vous tourniez vos objectifs de caméras vers Angélina et son gospel. Je voudrais faire un cadeau à vos téléspectateurs. Je voudrais vous faire profiter de leurs talents.

C'est maintenant à Angélina de leur prouver de quoi elle est capable. Les aubes mauves se détachent des aubes blanches, s'alignent en arc de cercle devant elle. Angélina fait un pas dans la lumière crue des projecteurs et se présente. Elle est Angélina du Burkina. Elle aime la France. Elle aime la vie. Elle aime aimer. Elle aime les autres. Tous les autres. Elle aime chanter pour les autres. Pour tous les autres. C'est le sens de sa vie. Son unique quête. Elle ferme les yeux, bat le tempo en claquant des doigts. Puis tout le gospel bat la mesure en claquant des doigts. Puis, c'est l'abbé Robinson et les deux moinillons. Puis ce sont les enfants de chœur. Puis tous les fidèles battent le rythme en frappant dans les mains. Puis jaillit de sa frêle poitrine la voix brûlante d'Angélina.

« Oh happy day
Oh happy day
When Jesus washed
Oh when Jesus washed
He washed my sins away
Oh happy day. »

Après avoir placé ses enfants de chœur face aux Voices of Tanger Street, l'abbé Robinson se range à côté d'Angélina. Pour un couplet made in France, elle le laisse diriger le chant d'amour et d'espoir du peuple noir.

« Oh happy day
Suivons la flamme
Paix à nos âmes
Séchons nos larmes
Le soleil s'est levé
Nous sommes tous frères. »

Main dans la main, ils font chanter en canon les deux chorales en alternant la V.F. et la V.O.

« Oh happy day
When Jesus washed
Suivons la flamme
Paix à nos âmes
When Jesus washed
Oh happy day. »

D'autres chants sacrés succèdent à d'autres chants sacrés. L'abbé Robinson rougeoie de bonheur. Ophélia va et vient devant les caméras, en vain. On l'ignore. Cette nuit, c'est Angélina qui capte toute la lumière. Dans les chaumières, il sera dit qu'on ne verra que la diva du Burkina. Ophélia n'a plus qu'à trouver une autre cause pour ressusciter.

26 h 12.

Le tour de chant est terminé. Les enfants de chœur et les Voices of Tanger Street se congratulent en se tapant dans les mains. Ils échangent leurs adresses. Moi, c'est Jean-Édouard, j'habite rue Royale... Moi, c'est Lavabo, j'habite dans un squat, rue du Maroc... Moi, c'est Ernest-Antoine, j'habite derrière, avenue de l'Opéra... Moi, c'est Moussa Diouf, j'habite dans un squat, rue d'Aubervilliers.

— Je pourrai venir visiter ton squat ?

... Moi, c'est Anatole. Moi, c'est Saravana. Moi, c'est Émilien. Moi, c'est Yamento. Moi, c'est Stanislas...

La lectrice de presse-poubelle quémande un autographe à Angélina. Puis ce sont d'autres chaisières qui veulent une dédicace. Angélina ne sait plus où donner de la tête... Pour Anne-Odile. Pour Anne-Sophie. Pour Anne-France. Pour Anne-Marie... Puis ce sont les femmes de ménage et concierges qui rappliquent. Pour Marietta. Pour Amalia. Pour Fernanda. Pour Josette.

Muguette s'approche du préfet pour prendre ses instructions. Elle ne se voit pas évacuer l'église dans l'euphorie générale qui règne à présent.

27 h 04.

La préfète précipite son mari devant micros et caméras. Camille s'écrie :

— Monsieur le préfet a une déclaration à faire ?

Le préfet demeure silencieux, un peu hébété. La préfète lui inflige un coup de pied dans les chevilles. Un journaliste l'apostrophe :

— Quand comptez-vous donner l'ordre d'évacuation ?

Le préfet regarde sa femme, sa fille.

— Il faut savoir être ferme mais il faut savoir écouter pour comprendre le malheur et la souffrance d'autrui.

Camille acquiesce. Il poursuit.

— Tous les clandestins ne se valent pas. Il y en a qui abusent de notre hospitalité. À ceux-là, je dis que nous devons rester fermes sur nos principes.

Camille le gratifie, à son tour, d'un coup de coude dans les côtes. Il rectifie.

— La France est aussi une terre d'accueil. La patrie des droits de l'homme. À ce titre, je m'engage à examiner chaque dossier avec le plus grand soin, y compris ceux que j'ai rejetés. Chaque dossier recevra une réponse sous quinzaine. Un suivi sera assuré avec l'aide de leur porte-parole, monsieur Boulawane.

Un micro manque de m'éborgner. Un journaliste m'interpelle : il veut savoir si j'ai confiance en la parole du préfet.

— J'ai confiance en la parole de la République.

Les caméras se braquent, de nouveau, sur le préfet. Nous sommes suspendus à ses lèvres. Camille et sa femme qui redoutent qu'il ne se dérobe l'ont pris en sandwich. Il n'est plus question de reculade. Il gonfle sa poitrine, déclare dans un souffle :

— Je jure sur mon honneur d'examiner avec le plus grand soin les dossiers des personnes ici présentes.

Je prends la relève.

— En échange de quoi je demande à tous mes amis squatters d'aller voir ailleurs.

Camille saute au cou de son papa-préfet. Elle l'aime, son père, et le lui fait savoir à renfort de bisous. Riches et pauvres fraternisent. Certains proposent même des heures de ménage aux mamas africaines et du boulot au black pour leurs époux. Angélina se pend à mon bras. Elle me dit qu'elle m'aime. C'est la première fois, je crois.

28 h 61.

Un journaliste convie le préfet sur le plateau télévisé pour une interview.

28 h 63.

Duvernoy se traîne, la mine chafouine.

— Boulawane, ce serait bien que vous me fassiez cinq feuillets sur les sans-papiers de Saint-Roch. Vous expliqueriez à nos lecteurs comment vous avez appris que le préfet serait présent ce soir.

— Un journaliste doit savoir garder secret le nom de son informateur, c'est la règle d'or de notre travail.

— C'est une règle informelle. D'autant que j'ai ma petite idée.

Il jette un regard haineux à Philippine.

— Oubliez Odette, vous ne la méritez pas.
— Je ferai comme je l'entends.
— Vous n'avez pas l'étoffe d'un Casanova. Vous allez vous brûler les ailes. Votre femme vous aime, elle.
— Fermez-la, Boulawane.
— Regagnez la niche ce soir. Je m'arrangerai avec ma voisine.
— Faites-moi cinq feuillets sur vos sans-papiers, j'ai dit ou je vous vire.
— Vous les aurez. Comptez sur moi.

29 h 07.
L'église se vide petit à petit. Muguette remballe sa meute de bleus. On s'embrasse. On se dit au revoir. On se dit adieu. Les Voices of Tanger Street me saluent, me tapent dans la main en sortant. Duvernoy père a disparu avec son fils et sa Philippine.
C'est la fin. Je cherche Angélina. Ne la vois pas.
— Elle est là-bas, dans le confessionnal, me dit l'abbé Robinson.
Elle dort à poings fermés. Je prends la place réservée au confesseur et j'avoue que je lui dois le plus beau de tous mes Noël. Grâce à elle je ne serai jamais au banquet des Crapules. Je lui donne rendez-vous pour d'autres nuits d'amour. J'espère qu'un jour, *Inch Allah*, je l'emmènerai au pays de Martin Luther, d'Angéla Davis sa grande sœur, de Malcolm X, de Mohammed Ali mon grand frère, qu'on écoutera les Voices of East Harlem dans une chapelle du Bronx et qu'on visitera l'Amérique, ce grand pays démocratique.

29 h 22.
Mon portable sonne. C'est Godasse. Il débarque de Genève, me supplie de venir le cueillir à Orly. Avant que je ne quitte Saint-Roch, l'abbé Robinson allume un cierge en mon honneur et fait une prière pour que Dieu me protège.

30 h 14.

Un petit soleil peine à se frayer un passage dans la grisaille du petit matin banlieusard. Godasse s'installe dans la voiture, pose ses pieds sur la planche de bord. Il est vanné, furieux, écœuré. Le conseiller du semencier Monsanto l'a reçu en tout et pour tout treize minutes, montre en main.

— Il m'a demandé mon pedigree. J'ai répondu que mon pedigree c'était ma motivation, que j'étais prêt à m'investir à fond dans les OGM.

— C'est tout ?

— Non. Il est question d'un autre rendez-vous. Il y a des tonnes d'argent à se faire dans ce bizness.

— Tu crois qu'il t'a pris au sérieux ?

— Je le crois. Tu viendras avec moi à mon prochain rendez-vous ? À deux, ça sera mieux.

Je ne réponds rien. Je suis la tête dans les étoiles. Il bâille, relève son col de manteau en ragondin du Mississippi.

— Et toi, Omar, qu'est-ce que t'as fait pour le réveillon ?

— J'ai fait ce que j'ai pu. J'ai fait ce que j'ai pu, Godasse.

— Oskar...

À la porte d'Italie, il s'endort. Et je roule, roule, roule, traverse des villes et des cités, des ZEP et des ZUP. Sans que je m'en aperçoive, j'arrive sur un parking désert.

Devant moi, se dresse un centre commercial. La neige tombe en tourbillon. Elle recouvre d'une fine pellicule le goudron. C'est beau. Ça me donne envie de chialer. J'allume la radio en sourdine. C'est le bulletin d'information. Le préfet Blitz raconte sa folle nuit à Saint-Roch. Oui, il a fait preuve d'humanité. Oui, le ministre l'a félicité pour son tact et son esprit d'initiative. Non, il ne reviendrait pas sur ses engagements. Boula... quoi ? Wane... Non. Il ne voit pas qui est ce gars-là.

32 h 43.

Godasse rouvre les yeux.

— Qu'est-ce qu'on fait ici ? qu'il s'étonne.

Il lit Bel-Avenir 2 en lettres fluo au-dessus de la galerie marchande.

— Pourquoi tu nous ramènes ici ?

— Si c'était à refaire, tu le voudrais comment, notre Bel-Avenir, Oskar ?

Il s'étire, réfléchit, sourit.

— Si c'était à refaire, je reprendrais le magasin de chaussures de mon papa. Je ferais une famille avec une gonzesse de la cité et on aurait plein de petites godasses.

— Et toi ?

— Moi pareil. J'aimerais avoir une vie simple. Toute simple.

— Une vie de con.

— Une vraie vie de con, mon frère.

33 heures.

Le deutch-cabriolet est recouvert de neige. Nous sommes comme sous une yourte. Je zappe sur Nostalgie. En plein dans le mille. C'est Salvatore. J'ai froid. Mes yeux se voilent. Je n'ai plus la force de rien, même pas de fredonner : *Et tombe la neige... impossible manège... la... la... la... la... la... la.*

8639

Composition PCA à Rezé
Achevé d'imprimer en France (Malesherbes)
par Maury-Imprimeur le 11 mars 2008.
Dépôt légal mars 2008. EAN 9782290004456

Éditions J'ai lu
87, quai Panhard-et-Levassor, 75013 Paris
Diffusion France et étranger : Flammarion